잎새이는 버끔

읽어이는 밤 글

초판 1쇄 인쇄_ 2016년 6월 25일 | **초판 1쇄 발행_** 2016년 6월 30일
지은이_ 온새미로 | **엮은이_** 이경화 | **펴낸이_** 오광수 외 1인 | **펴낸곳_** 꿈과희망
디자인 · 편집_ 김창숙, 박희진 | **마케팅_** 김진용
주소_ 서울시 용산구 백범로90길 74, 대우이안 오피스텔 103동 1005호
전화_ 02)2681-2832 | **팩스_** 02)943-0935 | **출판등록_** 제2016-000036호
e-mail_ jinsungok@empal.com
ISBN_978-89-94648-92-7   43810
※ 책 값은 뒤표지에 있습니다.
※ 새론북스는 도서출판 꿈과희망의 계열사입니다.
ⓒPrinted in Korea. | ※ 잘못된 책은 바꾸어 드립니다.

대한민국 책쓰기와 사랑에 빠지다

진솔하게, 때로는 매력적인 상상력으로
십 대들의 눈과 입과 가슴으로
그들이 꿈꾸는 세상을 풀어내고 있다

잎새 이는 바람

온새미로 지음 | 이경화 엮음

꿈과희망

머리말

　무엇인가 하나를 만들어 낸다는 것은 어려운 과정이면서도 색다른 경험인 것 같다.

　그 동안 교사 생활을 하면서 학생들이 활동한 내용을 모아 책으로 만들면 좋겠다는 생각을 많이 했었다. 학생들이 활동한 내용을 보면 자신도 모르게 자신의 삶, 생각 등을 글에 나타난다. 그 내용을 모아 책을 만들면 좋은 경험과 기억이 되지 않을까 하는 생각을 아주 오래전부터 해왔다.

　그런 생각이 결실이 맺어 2016년에는 책을 출판하게 되었다.

　2015년 1년 동안 책을 쓴 대전봉우중학교 도서반 '온새미로' 18명의 학생들에게 고생했다는 말을 하고 싶다. 도서반 모두의 글을 정식으로 출판할 수는 없었지만 다들 1년 동안 열심히 글을 썼다. 처음으로 길게 글을 써 보았기 때문에 힘들고 막막했지만 지금은 왠지 모를 뿌듯함과 자신감이 생겼을 것이라고 생각한다. 특히, 정식 책으로 출판하는 5명의 친구들에게는 더욱 값진 경험이 되었을 것이다.

　1년의 결실을 맺은 온새미로 도서반 학생들, 이혜영 교감 선생님, 전홍식 교장 선생님께도 진심으로 감사드립니다.

2016년 1월 어느 날
이 경 화

차 례

성장

김정아

시작

간절히 원하던 곳에 드디어 도달했다

한발짝 한발짝 내딛는 걸음이

숨길 수 없이 너무나 설레고 기뻐

걷는 내내 새어져 나오는 웃음을 주체할 수 없었다

모든 곳이 반짝반짝 빛이 난다

심지어 길에 버려진 쓰레기까지도…….

이제 나는 이 곳에서 멋진 친구들과 함께

내가 사랑하는 일들을 할 것이다

때론 넘어져서 상처가 나고 아프겠지만

내가 스스로 결정한 만큼

최선을 다해 열심히 내일을 사랑해야지.

참아야 하거늘

누군가 나보다 앞서갈 때

화가 난다

나는 아직 여기인데

내 앞엔 수백 수천 명이 앞서 달리고 있다

어떤 때는 슬프기도 하다

열심히 달리다 지쳐 쓰러져가는 누군가를 볼 때

나도 곧 넘어질까 봐 안간힘을 쓰며 달린다

달리고 달리는데 앞이 보이지 않아

무섭다

과연 내가 저기 끝에 도달할 수 있을까?

하며 달린 지 16년

아직 반도 오지 않았다

모두가 달렸고 달리고 달려온 길

기쁨이 단비처럼 존재하기에

나는 참고 달린다.

너를 향해 가는 길

정말 멀었어

너에게 가기까지

분홍 빛 길을 지나

푸르런 산을 오르고

빨간 풍경 보며

하이얀 눈을 밟는 데까지

울기도 했어

너무 닿기 힘든 곳이라

화내기도 했어

너무 닿지 않아서

그래도 버틸 수 있었어

도착하면 네가 있으니까.

고생한 당신에게

16년 동안 날 위해 존재한

또 '나' 이기를 포기한

임아

이제는 더 이상 임을 미워할 시간이 없네요

그러게 왜 왜 미련하게 남을 위해 살았나요

남편을 위해 또 자식을 위해 그다음은 손녀에게

낡을 대로 낡아서 누가 봐주지도 않는데

다음 생이라는 거 없다는 거 아는데

최고로 억울하게 산 당신을 위해 있었으면 좋겠어요

늦었지만 거기서라도 못 누린 거

다 누리세요.

나 가면

내가 하늘로 돌아가면
우리 집 앞마당에
예쁜 벚꽃나무 다섯 그루만 심어줘
하늘에서 내가 비도 내려주고
햇빛도 비춰주고
사랑도 듬뿍 내려 보낼게

그리고 봄이 되면
가족들이랑 꽃보러 놀러와
나도 예쁜 꽃들이랑
너를 기다리고 있을게.

미안해

수줍게 날 바라보던 네 눈빛이 떠올라
날 위해 웃어 주었던 너도
내가 힘들면 뒤에서 앉아 주었던 너도
내가 화내면 같이 화내고
내가 즐거우면 더 즐거워했던 너도

그런 너를 몰라줘서 미안해
내가 너를 사랑하지 못해서 미안해
너의 내가 되지 못해서 미안해.

보고 싶어도

아직도 내 눈은
그 깊은 슬픔의 눈을
기억한다

곱게 잡아 주었던
손마저
내 손은 기억한다

내 마음도
아직 당신을 기억하는데
이젠 보고 싶어도
볼 수 없다.

눈을 감다

구십 인생
날 위해 살아본 적이 없다
열여섯에 시집가
엄마가 되었다

남편을 먼저 보내고
나이 사십이 되어
아들 딸 여섯을
20년 동안
홀로 먹여 살렸다

이제 예순이 되었다
자식들 장가가고 나도 좀 쉴까하니
손녀가 태어났다

갓난쟁이 손녀가
유치원에 가고

초등학교에 가고

중학교에 들어가기까지

십육 년

주름이 짜글짜글해지고

성한 데 없어 아프지 않은 곳이 없다

이제 나도 가려나 보다

살며시 눈이 감겨 온다.

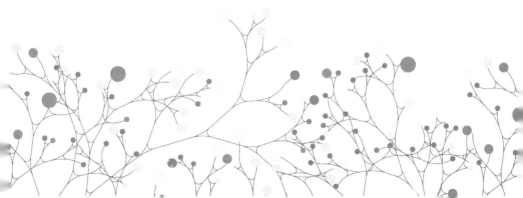

일탈

반복되는 일상이 지겨워
공부를 안 했다
책도 안 읽었다
학원도 안 갔다
시간이 널널해지니
자도자도 시간이 안 간다
하루 종일 게임을 해도
남는 게 시간이네

밖을 보는데
친구들이 바삐 어딘가를 간다
보는 순간
나도 가방을 메고
뛰쳐나갔다.

"찰 칵"

꼬리를 살랑살랑 흔들며
노란 들꽃이
지나가던 나를 유혹한다

그냥 지나칠 수 없어
사진 한 장
"찰칵"
내 마음 속에도
"찰칵"

그래도 아쉬움이 남아
손을 흔들며
노란 들꽃을 보내주었다.

들국화

지나가는 누군가를 위해

하얀 꽃을 피우며

기다리지만

작고 연약해서

나는 사랑을 받지 못해요

나도 사랑받고 싶어요

당신을 위해 꽃을 피울게요

당신을 위해 살게요

그러니 나를 사랑해 줘요.

보이지 않아도

눈이 안 보여도
당신을 알 수 있어요

예쁜 말씨와 고운 손은
당신을 알아보기 충분해요

멀리 떨어져 볼 수 없을지라도
나는 당신과
평생을 함께할 거예요.

요!

요!

오늘 뭐 했어요?

나는 학교 갔어요~

공부도 하고요

밥도 먹고요

친구랑 수다도 떨었어요~

너무 즐거운 하루에요!

별

가까이 있어도
늘 볼 수 있어도

너와 나
너무 멀다.

첫 만남

훤칠한 키에

넓은 이마

호수같이 깊은 눈은

나를 매료시키기에 충분했다

부드러운 목소리는

차가운 분위기를 녹였고

옅은 미소는

온 곳을 환하게 만들었다.

주름

내가 크면
엄마의 눈주름이 는다
아빠의 이마 주름도 더 생긴다
이모의 입가 주름은
날이 갈수록 짙어진다

내가 어른이 되면
이제 볼 수 없는 젊음들
더 많이 사랑해 주어야지.

숨겨진 것(첫 만남2)

호수 같은 눈에는
장난 끼 가득한 마음
살짝 숨겨 두고

훤칠한 키에는
귀여운 생각
잘 숨겨 두고

옅은 미소에는
어린아이 같은 마음
꽁꽁 숨겨두었다

어른이 되면…….
숨길 게 너무 많다.

알지도 못하면서

늘 옆에 있다고
같이 산다고
나를
얼마나 아니

내가 뭐를 좋아하고
뭐를 싫어하고
오늘 무슨 일이 있었는지
알긴 아나

알지도 못하면서
아는 척하지 마.

미안하다는 말

미안하다는 말
정말 못된 말이다
미안하면
애초에 미안해야 할
일을 저지르지 말았어야지

미안 한마디에
용서돼서는 안 될 잘못 하나가
예쁘게 아름답게
꾸며진다.

작은 거인

작지만 당찬 걸음
큰 눈에서 무섭게 쏟아지는
매서운 기운
감히 나댈 수 없다

빨간 립스틱을 바른 입술은
집중을 안 할 수 없었고
크고 날렵한 목소리는
머리를 조아릴 수밖에 없었다.

엄마가 되면

아이야
내가 너의 엄마가 되면
너의 예쁜 눈빛이
검게 물들지 않게 지켜줄게

너의 작은 손이
멋진 일들을 할 수 있도록
그림자가 되어 열심히 도와줄게

너의 작은 발은 큰 발이 되어
많은 사람들을 만나고
많은 것들을 느끼며
많은 것을 사랑할 수 있도록
너를 많이 사랑해 줄게

아직 너를 볼 수 없지만
너의 모습이 방금 본 듯 선하구나.

가을

하늘을 보는데
너무 푸르고 예뻐서
시간가는 줄 모르고 바라봤다
길가에는 지나가는 사람들을 맞이하는
분홍색 코스모스가 생긋 웃어 주니
그냥 지나칠 수 없었다
이제는 붉은색 단풍과 노란 은행이
어딜 가냐며 나의 발목을 잡는다

아아 먹을 것도 많고
즐길 것도 많은 계절 가을
풍성해지는 것들과 함께
내 뱃살도 날로 풍성해져 가네.

검은색으로

위에서 내려오는 강물이
썩어 악취가 난다
아랫물이 정화해야지 결심하지만
힘이 없어 올라가지 못하고
썩은 채로 흘러 보낸다

내려가고 내려가서 바다와 만난다
썩을 대로 썩어 이젠 바꿀 수 없어
바다는 썩은 물 한 움큼 움켜쥐고
다시 또 내려간다
이젠 온 바다가 검은 색이 되어 버렸다.

거짓말쟁이

노력은 배신하지 않는다
거짓말이야
다 가져갈 사람이 가져가

실패는 성공의 어머니
거짓말이야
실패는 그냥 실패야

그냥 다 거짓말이야
믿지 마.

처음부터

이젠

잃을 것도 없고

얻을 것도 없다

그래,

처음부터 다시 시작하는 거야.

꿈

두 눈을 감고
초록 들판을 그린다
나무 한 그루도 그리고
무성한 초록색 잎들도 그린다
이제 마지막으로
가장 빛나는 태양을 그렸다

초록색 잎들 사이로
쏟아져 내리는 빛을 느끼며
나는 눈을 감는다.

편지

짧으면 짧고
길면 한없이 긴 3년.
할 것도 많고 얻어지는 건 없어서
막막합니다
그저 남들 성공하는 것만 보이고
나는 너무 작아 보입니다

그래도 살아 있어서
다시 시작하려고 합니다
열심히 하면 언젠가
결실을 맺는 날이 오겠죠?

사랑하는 친구에게

동글한 눈을 굴리며
예쁜 목소리로
당당하게 말하길 바래

너무 급하게 뛰어다니지 말고
천천히 걸으며
차분히 생각하길 바래

검은 물에 발 담그지 말고
늘 한결같이 하얗길 바래.

나에게 보내는 말

내일의 나에게
월요일이구나 한 주가 시작되는 만큼
새로이 시작하는 마음으로
알차게 보내

내년의 나에게
고등학생이 되었네 힘들고 지치겠지만
얼마 남지 않았어
뒷심을 발휘하여 끝까지 버텨줘

대학생이 된 나에게
19년 동안 공부하고 사느라 수고했어
이제 시작인 거 알지
조금만 더 힘내

부모가 된 나에게
벌써 아이가 생겼구나

기쁠 때 슬플 때 짜증날 때 혼자가 아닌

다 같이 누리는 행복한 가족이 되렴

마지막을 앞둔 나에게

오늘도 가물가물 하지? 정말 많은 시간이 흘렀구나

눈을 감으면 행복했던 기억들만 넘쳐나

미련 없이 떠나렴.

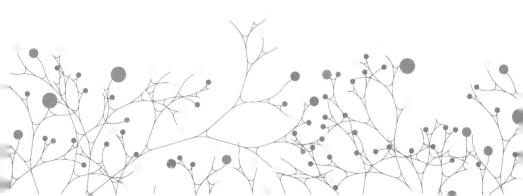

작가 후기

처음 글을 쓴 건 초등학교 3학년 때였다. 편지를 썼는데 난생 처음 은상을 받았다. 상을 받으며 친구들의 부러움을 받고 엄마께 칭찬을 받으니 점점 더 상을 많이 받고 싶다는 욕심도 생겼다. 그때부터 나는 글짓기 대회란 대회는 모두 참가했다. 늘 결과는 좋지 않았지만, 글을 쓰며 마음이 차분해지고 생각이 깊어졌다. 조금씩 글 쓰는 실력도 늘기 시작했다. 이제까지 쓴 글을 따져 보면 어림잡아 70편 정도 된다. 종류도 다양하다. 논설문, 설명문, 동화, 연설문, 시, 극본 등 쓸 수 있는 글은 모두 다 시도해 보았다.

전문 작가처럼 매끄럽고 감동적이게 글을 쓰지는 못하지만 그래도 매번 글을 쓰면 보통보다는 잘 썼다는 칭찬을 들었다. 그러나 유난히 시만큼은 부족하다는 얘기를 많이 들었다.

짧은 문장에 많은 것들을 함축하여 쓴다는 게 전문 작가도 힘든데 내가 잘 쓰지 못하는 건 당연했다. 하지만 오기가 생기기 시작했다. 그래서 나는 유명한 작가 분들의 시집을 여러 권 구매해서 그 분의 마음을 이해하려고 노력하며 열심히 읽었다. 그분들의 시 감성을 빌려 내가 직접 시를 써보기도 했다.

아직까지도 시가 완벽하지 않지만, 이제는 내 마음을 시에 담아낼 수 있다. 칭찬이 인색한 동생도 잘 썼다고 칭찬해 주었다. 이제 보게 될 시들은 내가 매일 밤 가슴 속에 묻어 두었던 생각들을 글로 표현한 것이다. 시를 쓰는 능력보다는 마음으로 같이 느껴주셨으면 좋겠다.

2016년 1월
김정아

Animato

: 생기 있게, 활기차게 :

김민주

프롤로그

나보고 어렸을 때의 기억을 떠올리라고 하면 생각나는 것이 거의 없다. 아마 부모님의 방식대로 살아왔기 때문일 것이다. 부모님의 약간 과장된 말에 의하면 나는 3살 때 한글을 떼었다고 한다. 나는 믿지 않는다. 왜냐하면 14살이 된 지금도 내 문장구사능력은 장난 아니게 안 좋기 때문이다. 분명히 며칠 전에 내가 쓴 글인데도 다시 보면 도대체 무슨 말인지 모르겠다. 이런저런 많은 일들을 겪으면서 살아왔지만 내 인생에서(그래 봤자 14년밖에 되지 않았지만) 기억에 남는 일을 얘기해보라고 하면 6살 때의 일이 아직도 머릿속에 생생하게 비추어진다.

내 6살은 남들에 비해 고단한 편이었다. 부모님께서는 내가 공부를 뛰어나게 잘할 것이라고 믿고 유치원 때부터 학원을 보내려고 했다. 물론 유치원생이었던 나를 받아주는 학원은 없었고 결국 어머니께서는 내게 학습지를 시켰다. 힘들었지만 어머니께서 하라고 했기 때문에 어쩔 수 없었고, 그때는 내 또래 모두가 하는 건 줄만 알았다.

그런 나날이 계속되던 와중 추석날, 사촌 형이 내게 처음으로 피아노라는 것을 보여주었다.

"이게 피아노라는 거야. 신기하지 않니? 이 네모난 것들이 건반인데,

누르면 소리가 난다.”

사촌 형은 나보고 건반을 눌러보라고 했다.

띵– 동– 딩–.

건반이 눌러지는 그 순간, 나는 느낄 수 있었다. 이 피아노라는 악기는 나한테 꼭 맞는 악기라는 것을.

그 해는 추석연휴가 유난히 길어서 나는 한 가지 곡을 칠 수 있게 되었다. 노래까지 부르면서 피아노를 치는 나를 보고 사촌 형은 내 부모님께 피아노 강습을 건의했다. 부모님께서는 그냥 취미로 배우는 것쯤은 괜찮을 거라면서 추석이 지난 며칠 뒤, 피아노 과외를 해주었다.

딱 거기까지. 그 장면까지 지금도 자세하게 묘사할 수 있다. 그때 사촌 형의 옷 색깔이며, 피아노에 쓰여 있던 글씨까지도. 그때 처음 쳐보았던 곡은 작은 별이었다. 그리고 난 그날 이후로 음악세계에 빠져들었다.

1
지나가 버린 과거

부스스ー.

나는 침대에서 일어나 눈을 비볐다. 시간은 7시, 정확히 정각이다. 알람이 울리지 않았는데도 내가 7시 정각에 딱 맞추어서 일어난 적은 이번이 처음이다. 고개를 돌렸지만 내 눈에 알람시계는 보이지 않았다. 어쩔 수 없이 손을 더듬어 거실로 나왔다. 앗, 여기 있었구나. 알람시계는 TV 위에서 자고 있었다. 알람이 울리지는 못할망정, 시계가 가지도 않는다. 초침, 분침, 시침 모두 움직이지 않는 것을 보고 나는 저절로 한숨이 나왔다. 건전지가 또 다 닳은 건가?

"으아!!"

건전지가 어디 있는지 모르는 것은 기본, 7시인데도 쓸데없이 성능 좋은 암막커튼 때문에 시계와 책상의 발광 버튼 말고 아무것도 보이지 않는 것은 추가 서비스인가?

"도대체 무슨 소리야?! 너였어? 도대체 무슨 생각을 하고 사는 거니?"

내가 작게 질렀다고 생각한 소리를 들어버렸는지 누군가가 방문을 열었다. 우리 누나다. 안 그래도 짜증이 나 있는데 나까지 이러니 오죽하겠어.

"미안, 누나. 방에 들어갈게."

"휴, 알았어. 근데 왜 그런 거야?"

"아니, 알람시계가 잠을 자기에 좀 깨우려고 했지."

원래는 알람시계에 건전지를 끼우려고 했다고 얘기하려고 했지만 내 입에서는 법학과인 누나가 전혀 말뜻을 모를 만한 소리만 나왔다. 누나가 문예창작과였다면 참 좋았을 텐데.

"그건 또 무슨 말이야? 네 말은 가끔씩 통 알아들을 수가 없다니까?"

역시 누나는 알아듣지 못했다. 아무래도 누나에게 비유적 표현을 가르치는 과외를 받아보라고 해야겠다. 물론 세상에 그런 과외는 없지만 말이다.

"아니야, 어쨌든 좀 있다가 다시 나올게. 나 들어간다."

덜컹-.

방문을 닫자마자 다시 내 눈 앞에는 칠흑 같은 어둠이 내리 깔렸다. 다행히도 여기가 내 방인지라 스위치가 어디에 있는지 정도는 알고 있었다.

틱-.

불이 켜지니 색다른 세상이 펼쳐지는 듯했다. 실크로 된 침대 옆 원목 책상에는 내 노트북이 자리했고, 책상 옆에는 피아노가 자리했다. 피아노 악보거치대에는 내가 가장 좋아하는 곡인 모차르트의 피아노 소나타 16번이 놓여 있었다. 악보를 보는 순간 내 마음 속에는 치고 싶다는 생각이 밀려 들어왔지만 아침부터 피아노를 친다고 신고할 이웃 때문에 관두었다. 다른 쪽 벽에는 옷장과 책꽂이가 있었다. 책꽂이의 2 칸은 참고서와 교과서가 떡 하니 버티고 서 있었고, 나머지 칸들은 모두 음악에 관련된 서적 또는 악보였다.

이런 생각을 하던 도중, 문득 내 책상 서랍 속이 궁금해졌다. 요즘 책상 서랍을 열어본 적이 없었던 것 같았다. 그래서인지 무엇이 들어 있는지도 잊어버렸다.

드르륵–.

첫 번째와 두 번째 서랍은 잘 열렸다. 첫 번째 서랍에는 갖가지 노트가 들어 있었는데 모두 작곡 노트였다. 두 번째 서랍에는 사전들이 들어 있었다. 하나씩 꺼내보니 모두 4권이었다. 국어사전, 영한사전, 옥편, 일본어사전. 이 4권만으로도 서랍 하나가 꽉 차는 것이 신기할 따름이었다.

이제 마지막 세 번째 서랍을 열 차례이다. 이번에도 별 거 없겠지 하고 손잡이를 잡아당겼지만 열리지 않았다. 처음에는 그냥 걸린 줄 알고 무작정 힘을 주어 당겼지만 조금도 움직인 것 같지 않았다. 힘으로 하는 것은 체념하고 서랍을 살펴보니 열쇠구멍이 있었다. '아, 열쇠로 잠가 놓았구나.' 그러나 난 열쇠가 어디에 있는지 알 수 없었다. 머리를 쥐어짜다가 철사를 꺼냈다.

끼이익–.

짜증나는 소음이 들렸다. 나 역시 귀가 괴로웠지만 서랍을 열기 위해 참았다.

딸깍–.

약 1분간 열쇠구멍과 씨름을 한 나는 결국 이겼다. 설레는 마음으로 서랍을 열었지만 거기에는 달랑 도톰한 노트 한 권만이 덩그러니 있었다. 내가 이 노트 하나 때문에 왜 열쇠로 잠가 놓았는지는 알 수 없었으나 궁금증이 한 발 앞섰기에 일단 노트를 펼쳤다.

「07월 13일, 맑음 꿈을 결정한 날」

나는 오늘 꿈을 결정했다. 남들은 꿈을 흔히 장래희망이라고 부른다. 그러나 나는 그 단어가 별로라고 생각한다. 장래희망은 커서 되고 싶은 것이고 꿈은 꼭 직업이 아니더라도 내가 하고 싶은 것 모두를 말하기 때문이다. 어찌됐든 내 꿈은 훌륭한 음악가가 되어서 세상 모든 이가 알아주는 음악을 작곡하고, 연주하는 것이다. 부모님께서 뭐라고 말씀하실 지는 잘 모르겠다. 분명 부모님께서는 미래의 전망을 샅샅이 찾아보고 딱 잘라 안 된다고 말씀하실 것이다. 오늘은 당당하게 말할 자신이 없다. 그래도 나중에는 꼭 말할 것이다.

．

．

．

「07월 20일, 구름 낌 꿈이 박살 나버린 날」

역시 부모님께서는 이렇게 말씀하셨다. "음악가가 된다고? 아니, 해찬아. 음악가라는 직업은 참 힘든 직업이란다. 네가 만약 곡을 하나 작곡했어. 그런데 그 곡을 사람들이 좋아하지 않아. 그러면 너는 할 수 있는 게 없단다. 돈도 잘 벌지 못하고 살아야 하는 사람이 바로 음악가란다. 엄마도 네가 하고 싶은 것을 맘껏 하게 하고 싶지만 음악가는 안 될 것 같다. 다른 직업은 어떠니? 다른 직업들 중에서 네가 하고 싶은 일을 찾는 것이 빠를 것 같구나." 어머니에게는 실망했지만 어찌 보면 맞는 말인 것 같기도 하다. 일단 나도 다른 직업들을 찾아봐야겠다.

.

.

.

「08월 04일, 비가 내림 직업 찾기」

인터넷, 책 등 모든 곳을 뒤져보았지만 나한테 확 와 닿는 직업들은 모두 음악관련직이었다. 나는 아직도 음악이 좋고 피아노에 손을 대는 것만으로도 가슴이 두근거린다. 그러나 다시 한 번 부모님께 말할 자신은 없다. 이제 이 일기장은 서랍에 넣고 열쇠로 잠가두려고 한다. 앞으로 이 일기장에 글을 쓸 수 있을지 모르겠다. 다시 이 일기장을 보았을 때 내가 음악가에 대한 열정으로 달려가고 있었으면 좋겠다.

마지막 일기에서 암시한 대로 일기는 끊겨 있었다. 10살 때 겪었던 일이 새록새록 기억난다. 뭐, 그리 좋은 기억은 아니지만. 그런데 서랍의 열쇠는 도대체 어디 있는 거지? 나는 무의식적으로 위를 바라보았고 천장에는 은빛 모빌이 달려 있었다.

띠링, 띠리링-.

많이 낡은 모빌이었지만 아직 소리는 난다. 먼지가 떨어지는 것이 한눈에 보였다. 모빌에는 별과 달이 걸려 있었고 천사 하나가 리라를 연주하고 있었다. 그런데 천사의 발에 무언가 달려있었다.

"앗, 열쇠가 여기 있었구나. 모빌을 뗐으면 어쩔 뻔했어."

혼잣말이 술술 나온다. 어이없게도 이런 짓을 하는데 3분밖에 걸리지 않았다. 7시 3분, 2분은 더 있다가 나가야 할 텐데……. 안 그러면 또 누나가 난리를 칠거란 말이지. 2분 동안 할 것을 찾아봐야지. 일단 나는 소중한 내 일기장을 다시 서랍 속에 집어넣고 열쇠로 잠갔다.

지금은 부모님께서 인터넷을 끊어 버려서 핸드폰과 노트북은 무용지물이다. 음악 책은 한 번 읽으면 손을 뗄 수가 없어서 엄두도 못 낸다. 피아노도 마찬가지. 그러나 유혹이 때로는 아니, 어쩌면 매일 이성보다 강해진다. 그게 우리가 하지 말아야 할 행동을 하는 이유이기도 하다.

이런 생각을 줄곧 하면서도 내 손은 벌써 피아노 건반 위에 자리 잡고 있었다.

딩, 댕-.

피아노 소리가 방 안에 울린다. 동시에 내 마음도 울리기 시작했다. 이 곡은 내가 13살에 터무니없게 잘못 작곡한 곡이다. 박자, 음정, 화음, 그 무엇도 맞는 게 없다. 그래도 감정은 풍부하게 들어가 있다. 숲 속에서 새가 노래하고 시냇물이 흐른다. 그러나 동시에 위험도 찾아온다. 그렇게 음악은 절정에 다다르고 평화에서 끝이 난다. 여름에 지은 곡이라 그런지 싱그러운 느낌이 팍 든다. 이렇게 피아노를 한 번 두드리는 것으로 또 다시 3분을 소비했고 나는 이쯤에서 내 방 탐색을 끝내기로 하고 다시 거실로 나왔다.

파앗-.

분명 내 방에서도 불은 켜고 있었는데 거실로 나오니 빛은 한층 밝아졌다. 누나는 아침 준비를 하고 있었다.

"생각보다 늦게 나왔네? 원래 들어가면 할 거 없다고 금방 나오던 너 아니었어?"

누나는 놀란 눈치였다.

"엥? 그랬나. 피아노 소리 못 들었어? 나 피아노 쳐서 그랬는데."

이상했다. 분명 나는 방 안이 울리다 못해 날아갈 정도로 크게 쳤을 것이 분명한데 왜 누나는 못 들은 걸까?

"아이, 진짜. 너 어머니께서 방에 방음 장치 해주셨던 거 기억 안나? 정말 네 기억력은 연구해 볼만 하다니까."

누나는 한숨을 쉬면서 도리질을 쳤다. 앗, 맞다. 그랬었지. 9살쯤 되었을 때 내가 피아노 치는 것을 너무 즐거워하자 어머니께서는 음악 감상도 좋지만 지나치면 시끄럽다면서 내 방에 방음 장치를 해 주셨다. 그리고 가끔 내 음악을 듣고 싶으실 때마다 조용히 방문을 열고 들어오셨다. 방음 장치가 얼마나 완벽했던지 윗집이나 아랫집도 듣지 못했다.

'윽, 그러면 아까 처음부터 피아노 쳐도 되는 것이었네.'

뭔가 후회된다. 누나에게 물어보고 그냥 칠 걸.

"야, 근데 너 학교 안 가?"

누나가 내게 물어왔다.

"지금 몇 시인데? 아까 나왔을 때 7시 5분밖에 안 됐었는데?"

나는 주위를 둘러보다가 거실 시계를 발견했다.

"허걱, 이게 지금 사실이야? 7시 37분 맞아? 이거 누나가 시계 돌려 놓은 거……."

누나는 내 말을 보란 듯이 끊었다.

"내가 너 때문에 시계를 앞으로 돌려놓을 정도로 한가한 줄 알아?"

"뭐, 한가할 수도 있지."

"이게 한가해 보이냐고, 이해찬!"

"에이, 미안."

"그렇게 미안하면 빨리 아침 먹고 학교나 가셔."

"알았어."

누나는 나와 함께 있다는 것 자체가 지겨운 것 같았다. 일단은 학교를 가는 것이 가장 급했기 때문에 누나와의 말싸움은 나중으로 보류하기로 했다.

아침은 토스트로 대충 먹고 교복도 대충 걸쳐 입고 나왔다. 준비물은 다 챙겼는지 모르겠다. 나는 학교가 집에서 15분 거리에 있어서 8시 10분 안에 집에서 나오지 않으면 영락없이 지각생으로 낙인찍힌다. 그건 죽어도 싫다. 벌점에 교실 청소에 운이 나쁘면 퓨마 쌤까지 만날 수 있다. 달리기를 너무 잘해 지각해서 뛰어오는 애들도 잡는 선생님이라서 별명이 퓨마 쌤인 생활지도부 선생님을 만나면 운동장까지 돌고도 모자라 복도 앞에서 손을 들고 서 있어야 한다. 손들고 서 있는 건 괜찮은데 문제는 다른 선생님들이 지나가면서 주는 시선이다. 힐끔 쳐다보면서 선생님들끼리 킥킥댄다. 또 매서운 눈초리로 쳐다보고 얼굴과 명찰을 스캔하여 나중에 만났을 때 질 나쁜 애로 찍는 선생님들도 있으시다.

오늘은 아슬아슬하게 8시 9분에 나왔다. 그래도 영 불안해서 1분 정도는 뛰었다. 반쯤 왔을 때 시간은 16분이었다. 다행이었다. 뛰지 않았으면 늦을 수도 있었다. 아직 10월 밖에 되지 않는데 제법 날씨가 쌀쌀하다. 지구온난화라더니 더워지기는 무슨, 오히려 점점 추워지기만 한다. 골목에서는 고등학생들이 담배를 피우고 있었다.

"읍―."

나는 골목 쪽으로 가자마자 숨을 참았다. 담배 연기를 들이마시지 않으려면 이 방법밖에 없다. 고등학생들에게도 안 찍히고 연기도 마시지 않는 가장 좋은 방법이기도 하다. 그 상태로 골목을 다 지날 때까지 숨을 참다가 한 번에 내쉬는 것이다. 운 좋게도 이번 숨 참기는 성공이었다. 숨을 다시 쉴 때까지 고등학생들도 내게 눈길 한 번 주지 않았고, 나도 연기를 한 모금도 들이마시지 않았다. 골목을 지나고 나서 나는 다시 달렸다. 골목마다 피아노가 한 대씩만 있으면 소원이 없을 것 같다. 지금 내 마음을 울리고 있는 피아노 소리를 어딘가에 담고 싶다. 그러나 지금은 그럴 때가 아니다. 마음을 고쳐먹고 학교까지 전력으로 다시 달려 2분 전에 도착했다. 아무래도 골목 담배 때문에 시간을 잡아먹은 것 같았다.

"야, 오늘 뉴스 봤냐?"

"왜, 뭐가 나왔기에 그러고 있어? 북한이 미사일이라도 발사했어?"

"아니, 그냥 재미없는 뉴스 얘기야."

"그럼 다른 얘기 하자."

"끄아악!"

"그러게 누가 나한테 장난치라고 했어?"

역시 우리 반은 언제나 산만하다. 허구한 날 싸움하다가 유리창을 깨는 반이 있다면 아마 그건 십중팔구 우리 반일 것이다. 반 분위기가 이러니 음악을 좋아하는 나는 언제나 왕따 아닌 왕따, 은따가 된다. 그래도 친구가 아예 없는 수준은 아니다. 가끔은 애들과 놀기도 한다.

드르륵-.

난데없이 교실 앞문이 열렸고, 담임 선생님께서 들어오셨다.

"자, 자. 모두들 조용히 해라! 이번 2학기 중간고사 등수가 나왔다. 호명하는 학생은 앞으로 나오도록 한다. 알았나?"

담임 선생님께서 들어오시자 마자 성적 얘기를 꺼내니 반 전체가 순식간에 조용해졌다. 이상해진 분위기에 서 있었거나 뛰어다니던 애들은 모두 슬그머니 자리에 앉았다.

"자기 성적 확인하고 사인한 다음에 옆의 네모 칸에 너희 장래희망과 부모님이 원하는 장래희망을 쓰도록 해라. 생활기록부에 올라가는 거니까 잘 쓰도록 해라, 그럼 반장은 걷어서 3교시 쉬는 시간까지 제출한다. 알았나?"

역시나 담임 선생님께서는 말끝마다 '알았나?'를 붙이신다. 옛날에는 별로 안 그랬는데 요즘 들어 더 심해지는 것 같다.

"……. 21번, 이찬혁. 22번, 이해찬. 빨리 와서 받아가라. 알았나?"

"네이."

나는 귀찮아서 터덜터덜 앞으로 걸어갔다. 솔직히 시험에 음악이 포함되어 있지 않은 중간고사라서 다 망쳐도 괜찮다. 나에겐 오직 음악만이 살 길이니까.

성적표를 받아 들고 자리에 앉았다. 다른 애들은 성적을 보고 기뻐하거나 슬퍼한다. 하지만 나는 솔직히 무감정이다. 음악점수 말고는 신경쓰이는 것이 없다. 그래서 나는 점수를 슬쩍 훑어보고 나서 옆의 네모칸을 살펴보았다. '나의 장래희망, 내가 그 직업을 선택한 이유, 부모님께서 원하시는 장래희망' 총 3칸이었다. 그 네모 칸들을 보는 순간 나는 작년 일이 떠올랐다. 그때도 선생님께서는 이렇게 말씀하셨다.

"얘들아, 너희가 생활기록부란에 너희들의 장래희망과 부모님께서 원하시는 장래희망을 써야 해. 그래서 그런데, 아무 종이나 꺼내서 너희의 장래희망, 부모님께서 원하시는 장래희망을 써서 제출해. 알겠지?"
여선생님께서는 너무 착해서 빨리 적으라는 말도, 다시 써오라는 말도, 단 한마디도 하지 않았다. 나는 빈 종이를 보면서 많은 고민을 했다.
'일단 부모님께서 원하시는 장래희망에는 판사를 쓰면 되겠고, 그러면 내 장래희망은 뭘 써야 하지? 똑같이 판사라고 쓰면 부모님께서 기뻐하실 거야. 근데 내가 진정 하고 싶은 건 음악인 걸. 모르겠다. 작곡가라고 쓰는 게 제일 낫겠지?'
이러고서 나는 내 장래희망에다가 과감하게 작곡가를 썼다.

일주일 뒤, 생활기록부를 보신 부모님께서 나를 부르셨다.

"해찬아, 너 도대체 무슨 생각으로 작곡가를……."

어머니께서는 너무 놀라셔서 거의 뒤로 넘어갈 지경이셨다. 아버지께서는 실망했다는 표정으로 서 계셨다.

"너, 이해찬. 우리가 너에게 음악가는 안 된다고 언제 한 번 말하지 않았니?"

"네, 아버지. 말씀하신 적 있어요."

"그럼 너는 왜 약속을 지키지 않지?"

아버지께서는 경찰이 의심되는 용의자를 심문하는 말투 마냥 내게 물으셨다.

"약속을 지키지 않은 게 아니에요, 아버지."

"그럼 뭐지?"

아버지는 눈썹을 치켜 올리셨다. 아무래도 이 심문은 오래갈 듯싶었다.

"제가 10살 때 어머니께서 음악가는 안 된다고 했던 것은 사실입니다. 그러나 저는 어머니와 약속을 하지는 않았어요. 그렇기 때문에 전 제 길을 택한 거예요."

논리적으로 설명하려고 노력했지만 울분이 차올라 말을 제대로 던질 수가 없었다.

끼이익-.

갑자기 누나가 들어왔다.

"해리야, 여긴 지금 네가 있을 장소가 아닌 것 같구나. 나가 있으렴."

어머니께서 부드러운 목소리로 말씀하셨다.

"아니, 잠깐만요. 지금 제 17살의 상황과 같은 상황인 것 같은데, 제 말이 맞나요?"

"그래, 그런데 왜 그렇게 화를 내니?"

어머니께서는 옅고 가녀린 미소를 지으셨다.

"저도 지금 후회하고 있는 것을 해찬이까지 시키시려는 거죠? 전 해찬이 말에 찬성입니다. 사람은 자신이 하고 싶어하는 것을 해야 해요. 그리고 하고 싶은 것을 못하게 하는 것은 헌법에 위반되는 행동입니다. 인간의 권리를 침해할 생각은 아니시겠죠, 어머니?"

누나는 옹골차게 어머니 말에 받아쳤다. 법학과 누나가 이럴 때 도움이 되는구나.

"이해리. 넌 나가라고 했잖니?"

아버지께서 쉰 목소리로 누나에게 말했다.

"아, 동생 일에는 누나가 관여하면 안 되는 건가요?"

누나가 내심 멋져 보였다. 나도 틈날 때 법을 공부해 두어야겠다. 누나의 말을 듣고 난 아버지께서는 무작정 누나를 끌고 문 밖으로 나가셨다. 잠시 뒤에 다시 들어오신 아버지께서는 눈을 다시 내게 돌리셨다. 인상이 더 험악해진 것 같은 건 기분 탓이라고 믿는다.

"좋아. 일단 그렇다고 해두자. 이해찬, 너는 음악가가 되려면 어떻게 해야 하는지 구체적으로 알고 있긴 해?"

"그, 그럼요. 알고 있어요."

아버지는 이를 갈며 반론을 제기했다. 사실 잘 몰랐지만 일단 안다고 말하고 보기로 하였다.

"잠시만, 해찬아. 제발 다시 생각해 보렴. 우리 말대로 판사나 검사가 되면 누릴 수 있는 것이 아주 많단다. 너 예전에 그랜드피아노를 갖고 싶어 했잖니? 판사나 검사를 해서 그랜드피아노를 사고, 음악은 취미로 하면 되잖아."

어머니께서는 애원 파트로 넘어가셨다. 그러나 내게는 단 한마디도 와 닿지 않았다.

"어머니, 음악가가 되어서도 돈을 많이 벌어서 피아노 사면 되는 것 아닌가요?"

"그런데 네가 성공할 확률은 얼마나 되는데?"

어머니께서는 자신의 말이 통하지 않은 것을 보고 놀란 투였다.

"그러면 판사나 검사를 해서 성공할 확률은 얼마나 되죠?"

초등학교 6학년답지 않은 대화가 흘렀다. 아버지와 어머니께서는 점점 더 당황하시는 듯했다.

"적어도 음악가를 해서 성공할 확률보다는 높단다."

아버지께서 차분히 말씀하셨다.

"길고 짧은 건 대봐야 아는 거예요, 인생을 살아왔다면 알고 계시잖아요."

나는 톡 쏘아붙이고 방으로 들어갔다.

"야! 이리 안 와?"

아버지의 성난 고함이 들려왔지만 나는 오히려 문을 걸어 잠갔다. 끝내고 싶었다. 이런 장래에 대한 지긋지긋한 대화를 말이다.

내가 왜 이런 과거를 떠올리고 있었을까? 어차피 이제는 의미 없는 과거이다. 그날 이후, 지금까지 많은 고민이 잇달았다. 그러나 확신이 서지 않는다. 가출도 생각해 봤지만 갈 데가 없어서 싫고, 자살을 생각하면 내가 죽는 거니까 더더욱 싫다. 하지만 이대로 음악가를 포기할 수도 없다. 선택의 기로. 난 이런 게 세상에서 가장 짜증난다.

"이해찬, 너 뭐하냐?"

몹쓸 과거를 생각하고 있는데 웬 험악한 남자 목소리가 들린다.

"으음……?"

나는 내가 옛날을 떠올리면서 엎드리고 있었다는 것을 깨달았고, 화들짝 놀라 고개를 들었다.

"참, 너도 배짱 좋다."

내 짝꿍인 지호가 소곤소곤 귓가에 속삭였다.

"그게 무슨 말이야? 담임 아……, 냐?!"

고개를 돌리면서 말하다가 체할 뻔했다. 내 앞에서 눈을 부릅뜨고 나를 어이없다는 듯이 쳐다보고 있던 사람은 다름 아닌 퓨마 쌤이었다.

"아……. 하, 하……."

"이해찬은 좀 있다가 따라오도록 한다. 감히 내가 있는데 잠을 자?"

웃음 밖에 나오지 않았다. 담임 선생님께서 부른 줄만 알았는데 이게 웬 날벼락일까? 퓨마 쌤은 단단히 화가 난 것 같았다.

"죄, 죄송합니다. 그러나……."

퓨마 쌤은 보기 좋게 말을 끊었다.

"됐고, 시간 아깝다."

"네."

퓨마 쌤이 단답형을 좋아하는지는 지금 알았다.

따리리링-.

"쉬는 시간 잘 가져라. 괜히 뛰어다니다가 걸리지 말고. 이해찬은 따라오고."

퓨마 쌤은 쌤답지 않게 충고를 해주고 교실을 나갔다.

"으이구, 너 큰일 났다."

"하아……. 퓨마 쌤이 들어왔는지도 몰랐네."

지호는 고개를 살짝 저었다. 어쩔 수 없었다. 과거 회상을 할 때만은 아무것도 눈에 들어오는 게 없는 나다.

"나 갔다 온다."

"행운을 빈다. 친구."

나는 한숨을 한 번 더 쉬고 사회 책을 책상 위에 놓고 난 뒤 자리에서 일어났다. 지호는 손을 흔들어 주었다.

똑, 똑, 똑-.

"들어와라."

퓨마 쌤의 목소리는 아니었다.

"네."

나는 일단 들어가기로 했다.

드르륵-.

"안녕하세요."

나는 퓨마 쌤이 있는지 확인하며 깍듯이 인사했다. 슬쩍 눈동자를 돌려보았지만 퓨마 쌤은 어디 가셨는지 없으셨다.

"그래, 뭐 하러 왔니?"

"아, 찬……."

"찬석 선생님 말하는 거니? 선생님께선 방금 나가셨는데, 길이 엇갈렸나 보구나. 여기서 좀 기다리렴. 아마 금방 오실 거야."

"네, 감사합니다."

솔직히 '아니에요, 나중에 다시 올게요.' 라고 하고 뛰쳐나가고 싶었지만 상대는 퓨마 쌤이다. 그냥 튀면 교실까지 쫓아와서 난리 칠 가능성이 높다.

드르륵, 콰앙-.

드디어 퓨마 쌤이 들어오셨다.

"찬석 선생님, 오셨어요?"

"네."

"아까부터 해찬이가 선생님 기다렸어요. 무슨 일인지는 모르겠네요."

하진 선생님께서는 정말 모르겠다는 표정으로 퓨마 쌤을 바라보셨다. 조금은 알려달라는 눈빛이었다.

"휴, 이해찬. 네 장래희망은 뭐냐?"

난데없이 퓨마 쌤이 이상한 질문을 던졌다.

"제, 제 장래희망은……."

나는 말을 이을 수 없었다. 물론 뭐라고 말해야 할지 모르는 것도 있었지만 퓨마 쌤은 어떤 대답을 원하는지 알 수 없었기 때문이었다.

"너는 초등학교 6학년 때 작곡가를 썼더구나. 물론 부모님께 혼났겠지?"

퓨마 쌤의 인상은 약간 밝아졌다. 찌푸려져 있었던 미간이 지금은 퍽 괜찮아졌다.

"아, 네. 그런데 그건 갑자기 왜……?"

"정말 음악을 좋아하나?"

퓨마 쌤의 돌발적인 질문은 내 가슴 속을, 그리고 내 마음 속을 파고들었다. 그래, 나는 음악을 좋아해. 근데 왜 어디선가 아니라고 말하는 걸까. 그럼 내가 진정 좋아하고 있는 것은 뭐지?

"네……. 좋아……, 합니다."

"확신할 수 없다는 표정이군."

퓨마 쌤에게 이런 능력이 있을 줄은 몰랐다. 아픈 곳을 정확하게 찌르고 생각하는 것을 단번에 알아맞힐 수 있는 능력, 그저 나에게도 있었으면 하는 능력이다.

"……."

나는 대답할 수 없었다.

"따라와라."

퓨마 쌤은 자리에서 일어나셨다. 그리고 원래부터 열려 있었던 문을 더욱 활짝 여셨다. 나는 문 밖에서 불어오는 바람에 몸을 움츠렸다. 바람이 잦아들자 나는 몸을 움직여 문가로 걸어갔다. 내가 문 밖으로 나가는 순간, 퓨마 쌤에 의해 문은 '콰아앙!' 하고 닫혔다.

　퓨마 쌤을 따라 걸어갔다. 끝도 없이 이어지는 것 같은 계단을 통해 2층까지 내려갔고, 다시 끝이 보이지 않는 복도를 걸었다. 나는 눈을 잠시 감고 걸었다. '무슨 벌을 받을까.' 나는 정말 이 생각밖에 들지 않았다. 그래서 더욱 눈을 질끈 감았다.

　터벅, 터벅-.

　발걸음의 탁한 소리가 끊겼다. 동시에 나도 눈을 떴다. 내 눈 앞에는 퓨마 쌤이 있었고, 퓨마 쌤 앞에는 굳게 잠겨 있는 문이 있었다.

　"선생님, 이게 무슨……. 저는 이곳을 한 번도 와본 적이 없는 것 같은데요?"

　"글쎄다. 네가 직접 확인해 보거라."

　나는 조심스럽게 물었다. 나도 모르게 구치소를 생각했기 때문이었다. 퓨마 쌤은 의미심장한 눈으로 나를 쳐다보더니 열쇠를 건네주고 다시 우리가 왔던 복도를 지나쳐서 갔다.

　"서, 선생님!"

　나는 퓨마 쌤에 대한 두려움은 버리고 외쳤다.

　"왜 그러지?"

　"끝……, 인 건가요?"

　"무엇이 말이냐."

　"그, 그게……."

　"아, 오늘의 벌은."

퓨마 쌤은 나에게 세 발짝 다가오시며 말씀하셨다. 더 이상은 듣기 싫었다. 눈을 감고 귀를 막을 준비를 하는데 선생님은 멈추었다.

"없다."

"······!"

나는 놀란 표정으로 선생님을 바라보려 했지만 실패했다. 왜냐하면 이미 가시고 없었기 때문이었다. 내게 남은 것은 내 몸과 작은 열쇠 하나. 집에서의 상황과 어찌 보면 비슷한 것 같았다.

쉬는 시간이 끝날 것 같아서 잠겨 있던 문은 열지 않고 열쇠만 달랑 챙겨왔다. 왠지 잃어버리면 혼날 것 같은 감정과 함께 열어보고 싶다는 호기심이 쌓였기 때문이다.

드르륵-.

들어왔더니 온 시선이 내게 집중되었다.

"어떻게 됐어?"

"맞진 않았나 보네."

"보나마나 반성문이지."

"아닐 수도 있어!"

"내 말이 맞을 걸?"

모든 애들은 내 처벌 항목이 궁금한 모양이었다. 내가 얼마나 힘들고 아팠는지는 물어보지도 않고(어차피 아프지는 않았지만) 어떤 벌을 주셨는지, 앞으로 자기네들은 얼마나 조심해야 하는지를 물어본다. 나는 그런 애들이 너무 싫다. 그래서 내가 애들과 정이 별로 없는 것인지도 모르겠다.

"몰라."

나는 한 단어로 애들을 조용히 만들고 자리로 가서 앉아 고개를 수그렸다. 애들은 잠시 어리둥절하다가 다시 내게 와서 수도 없이 많은 질문을 해댔다.

"몰라가 무슨 뜻이야?"

"내 말이."

"설마 신 유형의 벌이라도 받은 거야?"

하다못해 4차원적인 질문을 하는 애들도 있었다. 한숨이 또 나온다. 오늘을 내 한숨의 날로 지정해야겠다. 추가적으로 학교도 안 오면 좋을 텐데.

"그만해. 해찬이 싫어하잖아."

지호가 쏘아붙였다.

"뭐? 네가 무슨 상관인데."

"네가 해찬이 여친이라도 되냐?"

"야, 그건 좀 심했다. 크큭."

역시 애들은 질 기세가 보이지 않았다.

"다들 조용히 하자."

우리 반 반장, 아영이가 정말 조용히 말했다. 그건 또 들리는지 순식간에 반 분위기는 반장의 기분에 맞게 싸해졌다.

"……."

잠시 침묵이 이어졌다. 우리 반 답지 않다. 보통은 '이응.' 하고 다시 떠들 애들인데, 왜 그러는지 이해가 안 가서 다시 고개를 들었다.

"……!"

나는 한 번 더 놀랐다. 교탁에는 사회 선생님 대신 퓨마 쌤이 서 있었다.

띠리리링-.

"자, 자. 놀랐나? 미안하다."

퓨마 쌤은 무표정으로 사과했다. 역시나 퓨마 쌤의 포스 때문에 교실은 아직도 찍 소리 하나 나지 않았다.

"왜 이렇게 조용해?! 인사도 안 하는 반은 처음 본다."

퓨마 쌤의 눈초리는 사나워졌다. 애들은 더욱 쭈그러들면서도 마냥 조용할 수는 없어 대답했다.

"아, 안녕하세요."

"내가 갑자기 여기 와서 이러고 있는지 알 길이 없을 테지. 내가 진로 분야를 담당하고 있었다는 것은 알고 있나?"

애들은 놀라움을 감추지 못하고 쭈그렸던 몸을 폈다.

"아, 아뇨?"

우리 반에서 가장 용감한 사나이로 알려져 있는 준우가 대답했다.

"그래. 아마 몰랐던 사람이 대다수일 거다. 왜냐, 아직 활동을 안 했기 때문이지. 너네, 원래 각 학교마다 한 분씩 진로 선생님이 있는데 왜 우리 학교에만 없는지 생각해 보지 않았나?"

"해보았으나 설마 선생님일 줄은 몰랐습니다."

예진이가 말했다. 하나도 기죽지 않고 또박또박 말하는 모습에 퓨마 쌤도 조금 놀란 듯했다.

"그렇군. 어쨌든 우리 학교의 진로 선생님은 나다. 그래서 오늘은 너희들에게 진로란 무엇인지, 그리고 자신의 진로를 선택하는 가장 기초적인 방법은 무엇인지 알려주려고 한다."

"네……."

애들은 모두 신나는 표정이었다. 뭐, 수업을 안 하고 노는 것은 나도 좋다. 하지만 퓨마 쌤이라니! 말이 되는 소린가.

"자, 진로란 무엇일까, 생각해 본 사람 혹시 있나?"

이렇게 퓨마 쌤의 연설은 시작되었다.

약 44분 뒤, 퓨마 쌤은 말을 멈추셨다. 애들의 침묵은 대답을 할 때를 빼놓고 계속 이어졌다.

"그래서 결론은. 진로는 태어나서 죽을 때까지 하는 모든 것을 말하며, 우리는 진로에서 삶의 방향을 잘 결정해야 한다. 그리고 너희들이 가장 진로를 선택하기 쉬운 방법은 단 하나다. 잘하면서 좋아하는 것을 찾아라. 이 모든 건 초등학교 때부터 숱하게 들어온 말일 거다. 그러나 이런 말들은 중요하기 때문에 반복되는 것이다. 내가 지금 말한 두 가지는 꼭 기억해라. 나중에 도움이 될 것이다. 이상."

띠리리링-.

퓨마 쌤의 말이 끝나기가 무섭게 종이 쳤다. 그리고 퓨마 쌤은 종이 치기 무섭게 교실 문을 박차고 나가셨다. 우리의 무반응에 어지간히 짜증이 나셨나보다.

"퓨마 쌤, 뭐냐?"

"저런 쌤이 진로 쌤이야? 이런……."

"심했다~!"

퓨마 쌤이 나가니 교실은 애들의 뒷담화로 시끌벅적했다. 나는 그 틈을 타서 밖으로 나갔다.

탁, 탁, 탁-.

10분 안에 그 곳을 갔다 와야 했기에 나는 뛸 수밖에 없었다. 들켜서 벌점을 받아도 어쩔 수 없다. 퓨마 쌤이 나를 발견하면 나도 할 말은 있다. 선생님께서 주신 열쇠로 문을 열어보고 다시 교실까지 오려면 뛰어야 한다고 하면 될 것이다. 그러나 이상한 점이 수두룩했다. 왜 갑자기 퓨마 쌤은 열쇠를 주시고 그에 맞는 문을 보여주신 것이며 나는 왜 그 문을 한 번도 보지 못한 걸까? 지금으로서는 알 수 없었지만 일단 문을 열기로 했다.

드디어 문에 다다랐다. 얼핏 보면 항상 오던 길이다. 아마 왼쪽 벽에는 강당이, 오른쪽 벽에는 과학실과 컴퓨터실이 있었겠지. 그러나 지금은 아무것도 없고 문 하나만 덩그러니 놓여 있다. 열쇠가 어디 있었지? 나는 주머니를 뒤졌다. 주머니에는 500원짜리 동전 2개와 무엇이 쓰여 있을지 모를 찢어진 종잇조각들, 그리고 자그마한 열쇠 하나가 들어 있었다.

달그락, 달그락-.

열쇠는 새 것처럼 보였지만 생각보다 쉽게 돌아가지 않았다. 꼭 내

서랍의 열쇠 같기도 했다.

　철컥-.

　오래된 문이라는 것을 증명하기라도 하듯, 열쇠가 돌아가자 문에서는 뽀얀 먼지가 떨어져 내렸다. 조금 지나자 문의 먼지가 다 사라졌다. 문 앞에는 먼지가 수북이 쌓였고, 연한 회색빛이 감돌던 문은 고동색이 되었다. 아무래도 회색빛이 감돌던 이유는 먼지 때문이었던 것 같다.

　드르륵-.

　문이 잘 열리지 않아 힘주어 밀어야 했다. 방 안에서는 퀴퀴한 냄새가 진동했다.

　"콜록, 콜록!"

　방 안에도 먼지는 가득했다. 주위를 두리번거리다가 스위치 하나를 찾았다. 불을 켜는 순간, 나는 입을 다물 수가 없었다. 방 안에는 형형색색의 악기들이 놓여 있었다. 악보가 꽂혀 있는 책꽂이, 악보 거치대, 지휘대, 지휘봉까지. 이곳은 내 천국이 틀림없었다.

　눈물이 흘러내렸다. 퓨마 쌤은 어떻게 알고 내게 이런 곳을 알려주었는지 궁금하기보다는 퓨마 쌤에게 처음으로 너무 감사했다. 앞으로 이곳을 종종 이용해야겠다는 생각이 들었다. 눈물에 겨워 손을 떨며 서 있는데 별안간 판자가 삐걱거리는 듯한 소리가 들렸다. 무슨 소리인지 궁금했으나 쉬는 시간 끝나기 2분 전이었으므로 나는 열쇠로 문을 걸어 잠그고 방을 나왔다. 다시 옛 기억들이 떠올랐다. 어머니가 언제 내게 음악실을 꾸며 주셨더라? 어머니께서 다시 없애버려서 지금은 존재하지 않지만 왠지 그 옛 음악실이 학교로 옮겨온 것 같았다.

"앗, 이러고 있을 때가 아니지!"

나는 시간이 정말 없다는 것을 깨닫고 다시 복도를 달렸다. 내 사전에 다시 희망이라는 단어가 새겨졌다. 물론 집에서는 또 어떻게 될지 모르겠다.

2
희망이 계속 남아 있게

그날이 지나고, 또 한 달이 지났다. 11월이 되니 날씨가 제법 추워졌다. 2주 뒤에는 눈까지 온다는 말도 들렸다. 날씨는 매일 바뀐다. 맑았다 흐려졌다를 반복하는 것이 날씨이다. 나는 '날씨가 늘 한결같았으면' 이라는 생각을 자주 한다. 우리의 희망이 없어지지 않고 마음속에 꾸준히 남아 있는 것처럼 말이다.

퓨마 쌤에게 감사하다고 몇 번을 말했는지 모르겠다. 세상천지 그렇게 좋은 음악실은 난생 처음 보았다. 물론 난 피아노만 있으면 되지만 다른 악기들도 있어 훨씬 분위기 있어 보이기도 하고, 나중에 피아노가 아닌 악기를 배우게 되었을 때도 쓸모가 있을 것 같았기 때문이다. 퓨마 쌤은 전혀 생색내지 않고 내 말을 잠자코 들었다. 그러고서는 맨 나중에 '그렇게 좋으면 나중에 훌륭한 음악가나 되라. 그리고 그때 나 초대 안하면 죽을 줄 알아라.' 하고 엄포를 늘어놓으셨다. 그러나 내겐 그 말이 엄포보다는 '잘 써라.' 라는 말로 들렸다. 퓨마 쌤은 내게 열쇠를 맡겼다. 내가 관리하는 것이 좋을 것 같다고 하였다.

탁, 탁, 탁-.

쉬는 시간마다 내가 가는 곳은 음악실이 되었다. 이젠 그 곳 없이는 살 수 없게 되었다.

드르륵-.

그리고 이제 음악실은 내게 삶의 안정을 주는 쉼터가 되었다. 갈 때마다 혹시 없어진 것은 아닐까, 불안해진다. 그러나 그 녹슬고 오래된, 고동색 문을 보면 그런 불안감은 눈 녹듯이 사라진다. 열쇠로 문을 열 때도 그렇다. 영원히 잠겨서 열리지 않으면 어떡하지, 초조해진다. 그러나 열쇠가 돌아가는 소리가 들리면 초조한 마음도 바람을 타고 날아가 버린다. 이게 사람의 마음이구나, 싶다.

띠링, 띠리링-.

점심시간, 나는 음악실에 왔다. 피아노 소리가 또 울려 퍼진다. 하지만 이번에는 방 안과 내 마음이 울리는 것에서 끝나지 않는다. 추가된 울림은 바로 스피커. 피아노와 스피커를 합체하면 또 색다른 소리가 난다. 그 느낌, 나는 날아갈 듯 기쁘다. 꼭 무대에서 피아노 독주회를 여는 것 같기 때문이다.

따라란-.

모차르트의 피아노 소나타 16번이 끝났다. 그리고 동시에 내 마음은 가라앉는다.

짝짝짝-.

앗, 여기에 퓨마 쌤이 들어와 있었나? 나는 얼어붙었다. 스피커를 내 마음대로 연결한 것을 알면 큰일날 텐데.

"안녕?"

그러나 목소리의 주인공은 여자였다. 그러면 여선생님인가? 난 뒤를 돌아보았다. 그리고 나는 깜짝 놀랐다.

"음, 놀란 것 같네. 그럼 설마 이 음악실을 알고 있는 사람이 찬석 선생님과 너뿐일 줄 알았던 거니? 꿈도 참 크셔."

"ㄴ……, 너, 나래 맞아?"

내게 또랑또랑한 목소리로 말하고 있는 사람은 우리 반에서 가장 소심하고 조용한 것으로 흔히 알려져 있는 나래였다. 난 그래도 내 눈을 믿을 수 없어서 물어보았다.

"내가 나래가 아니면 누구일 거라 생각하는데?"

나래는 순간 의기소침한 표정으로 되물었다. 표정이 바뀌자 이제야 진짜 나래 같아 보였다.

"원래 이런 애면서 왜 평소에는 소심하게 다니는 거야?"

실례인 것을 알고 있었지만 궁금증이 먼저였다.

"난 말이지, 다른 애들과 어울리지 않아. 어울리고 싶지 않기도 하고."

"어, 왜?"

문득 내 모습이 떠올랐지만 가만히 있었다.

"나는 애들 사이에서는 성적이 좋은 것으로 알려져 있지. 그리고 공부 외에는 아무런 특기나 취미가 없다고 알고 있지 않아? 너도 그렇지?"

"윽……."

정곡을 찔렀다. 솔직히 나는 나래에 대해 정확히 알고 있는 게 없었다.

나래에 대한 설명은 모두 다른 애들이나 선생님께 들었기 때문이다. 정작 나래랑 나는 단 한 마디 대화도 해 본 적이 없었다. '안녕' 조차도 말이다.

"그러나 난 특기도 있고, 취미도 있어. 내 특기와 취미는 같아. 그건 내가 잘하는 것과 좋아하는 것이 같다는 것이지. 저번, 그러니까 첫 진로 시간에 찬석 선생님께서 말씀하셨어. 잘하면서 좋아하는 것을 찾으라고. 나는 남들보다 좀 일찍 찾은 거지. 내 특기와 취미는 바이올린이야. 바이올린을 연주하면 모든 걱정이 지우개로 지워지는 기분이 들어. 부모님께서는 아무거나 내가 좋아하는 걸 하라고 하시지만 삼촌이 반대해. '무슨 악기 연주를 하니. 제정신이 있는 거니.' 그래도 난 싸워보려고 해. 이게 내 이야기야. 그럼 이제 너의 이야기를 들려줘."

나래는 엷은 미소를 띤 표정으로 얘기를 끝마쳤다. 이제 내 이야기를 들려줄 차례였지만 아직 나래를 믿어도 되는지 감이 잘 오지 않았다.

"내 이야기 들려줬는데 설마 네 이야기는 안 들려줄 거야? 보기보다 나쁘네."

"근데 내게 이야기가 있는 건 어떻게 알아?"

나래는 이제 삐친 표정이었다. 나는 얼굴을 찌푸리며 캐물었다. 아무래도 수상했다.

"그야 여기, 이 방은 자신만의 이야기가 있는 사람들만 들어올 수 있으니까."

나래는 의미심장한 말을 했다. 그리고 이 음악실을 '방'이라고 표현했다.

"너도 퓨마 쌤이 열쇠를 준 거니?"

"물론이지. 애초에 이곳을 알고 있는 학교 선생님은 찬석 선생님뿐이야."

"말해 봐. 넌 이곳의 비밀을 알고 있는 거지?"

"……."

"제발 말해 줘. 나도 궁금한 게 이만저만이 아니라고."

나는 나래가 음악실의 정체를 알고 있다고 추측했다. 그리고 내 추측이 맞았는지 나래는 눈동자를 내게서 살짝 돌렸다.

"좋아. 하지만 네 이야기. 들려줄래?"

나래는 조금의 애원과 조금의 협박을 섞은 말투로 대답했다.

"하아……. 그렇게 내 이야기가 듣고 싶은 거라면 얼마든지 들려줄 수 있어. 근데 너, 어떤 의도로 내게 묻는 거야?"

나래에 대한 의심은 좀처럼 사라지지 않았다.

"그냥 단순한 호기심이랄까?"

내가 워낙 나래에 대해 아는 것이 없었기 때문에 이게 진정한 나래의 성격인지 파악이 되지 않았다.

"내 이야기는 6살적으로 돌아가니까 꽉 붙들어."

나래가 숨죽여 웃었다.

"……. 누나는 내가 음악가가 되는 것에 찬성하지만 부모님 양측이 다 반대해. 그래서 어떻게 해야 할지 모르겠어."

결국 다 말해 버렸다. 왜 그런지 모르겠지만 나래랑 있으니 모든 것을 털어놓고 싶어졌다.

"그렇구나. 나보다 더 심하네. 나는 삼촌이지만 너는 부모님께서 직접 반대하시니……."

나래는 잠시 무언가를 생각하던 눈치이더니 이내 눈을 감고 고개를 쳐지게 내버려 두었다.

"잠깐, 생각에 빠지지 말고 먼저 이 '방'의 비밀을 알려줘! 그러고서……."

나래는 듣고 있지 않았다. 그 대신 입을 달싹달싹 움직였다.

"내일 점심시……, 간? 또 오란 얘기야? 그때는 알려줄 거지? 대답 좀 해!"

나래는 완전히 생각 속에 풍덩 했는지 꿈쩍도 하지 않았다. 비로소 나래가 다시 예전 나래 같았다. 깨워볼까 생각도 했지만 그냥 내버려두었다. 그리고 점심시간이 끝나기 3분 전, 나는 음악실을 나왔다. 그것도 생각 속에 빠져 있던 나래는 까맣게 잊고 말이다.

우리 반에 와서 수학 책을 꺼내고 칠판 쪽을 바라보니 그제야 나래가 떠올랐다. 으윽, 문도 잠그고 나왔는데 혹시 거기서 울고 있는 건 아냐? 음악실에 창문도 없던데. 큰일 났다 싶어 교실 문을 열고 복도로 나왔다.

"까르르르……."

복도 옆쪽에는 여학생 여러 명이 깔깔대면서 웃고 있었다. 내가 지나가자 여자애들이 일제히 나를 쳐다봤다. 나는 눈길도 주지 않은 채 부담스러운 시선들을 요리조리 빠져나갔다. 조금씩 멀어지자 여자애들도 시선들을 거두기 시작했다. 이런 상황에서는 처음부터 끝까지 무표정인 것이 좋다.

타탁, 타다닥-.

나래에 대한 생각을 하면 할수록 내 발걸음도 빨라졌다. 별별 생각을 다 한 것 같았다. 계단에 다다랐다. 4층, 3층. 내려가는데 종이 쳤다. 어떡해야 할지 몰라 그 자리에 얼음처럼 서 있는데 발소리가 들려왔다.

"너, 내가 있는데 문을 잠그고 그냥 가?"

나래가 계단 밑에서 걸어왔다. 소름 끼쳤다. 어떻게 문을 열고 나온 거지? 나래가 꼭 귀신같았다.

"아, 아니. 그게 말이지……."

"휴, 말을 말자. 보나마나 잊어버렸겠지."

"근데 어떻게 문을 열고……."

나래도 내 말을 끊었다. 지금까지 내 말을 도중에 끊은 사람은 딱 4명이다. 누나, 퓨마 쌤, 아버지, 그리고 나래.

"나중에 하자. 종쳤지 않아?"

나래는 내 질문들을 모두 기묘하게 피했다.

"좋아. 그러면 가면서 얘기해. 그건 언제?"

"빨리 가야지. 수업 시작하겠네."

"야, 가려면 같이 가!"

나래는 나를 휙 지나치고 계단을 올라갔다. 혼자 교실에 들어갔다가 선생님께 또 무슨 꾸지람을 들을지 모르기 때문에 나는 나래를 급히 따라갔다.

"그럼 빨리 오시던가."

나래는 더욱 더 빠르게 올라갔다.

드르-.

"너희는 또 어디 갔다가 이제야 오나?"

수학 선생님께서 잘 깎아놓은 나뭇가지를 들고 서 계셨다. 역시 수학 선생님은 모든 수업 방식이 구식이다. 설마 했더니 저 지휘봉까지 구식이다. 그리고 모든 애들도 우리를 쳐다보았다.

"죄송합니다. 선생님. 그러나 저희에게는 피치 못할 사정이 있었습니다."

나래는 선생님의 방식에 맞추어 옛날 말투로 얘기했다. 애들은 모두 나래의 말솜씨에 놀란 것 같았다. 선생님은 눈썹을 치켜 올렸다.

"그럼 그 피치 못할 사정이 무엇인지 들어 보기나 할까?"

수학 선생님께서는 지휘봉을 조금 내려놓으셨다. 나래의 이야기를 듣고 싶어 하시는 것 같았다.

"제가 종 치기 1분 전에 넘어졌는데요. 그때 해찬이가 있어서 같이 보건실을 다녀왔습니다. 수업에 늦은 것은 대단히 죄송합니다."

"그럼 얼른 와서 앉아라. 그래도 수업에 늦었으니 벌은 받아야지. 수업 끝나고 둘 다 내게 반성문 1장씩만 내게 받아가도록. 자, 우리가 어디까지 했더라?"

다행히 별다른 꾸지람 없이 잘 넘어갔다.

"너, 내게 빚졌다."

나래가 귓가에 속삭이고는 자기 자리로 들어갔다. 나도 그 뒤를 따라 내 자리로 갔다.

"나래랑 둘이 뭐 했냐?"

지호가 물어왔다.

"바, 방금 선생님께 말씀드렸지 않아?"

나는 놀라서 되물었다. 설마, 지호도 음악실의 정체를 알고 있는 건 아니겠지?

"에이, 그건 핑계고."

"……?"

지호는 손사래를 치며 스윽, 웃어 보였다. 정말 모르는 척을 하려고 꽤 애먹었다.

"딱 보니까 나래가 넘어진 것 같지는 않단 말이지. 아무리 살짝 넘어 졌어도 조금은 절뚝거려야 하는 게 정상 아닌가? 안 그래?"

"어휴, 그래. 나래가 넘어진 건 아니야."

지호는 '궁금증이 풀리지 않았으니까 어서 다 불어' 라는 식이었다. 내 머리에서는 지호에게 핑계를 댈 만한 이야깃거리를 찾느라 매우 분 주했다.

"레디, 액션."

"에?"

지호가 영어로 중얼거렸다. 나는 어쩌라는 건지 몰라 또 되물었다.

"아이, 참. 영어 안 배웠냐? 원래 영화 시작할 때 '레디, 액션!' 하잖 아. 똑같아. 이야기를 시작하니까 분위기 좀 내어보려고 한 거라고, 이 사람아!"

"아, 근데 내가 이야기해 준다고는 안 한 것 같은데?"

지호는 한심한 표정으로 쯧쯧 거렸다. 다시 공격했다.

"나래가 넘어진 게 아니면 뭔데?"

"그, 그건 말이지. 나래가 넘어졌다는 건 수학 선생님한테 핑계 댄 게 맞고, 원래는 종이 쳤는데 나는 4층에 있었고 나래는 3층에 있었어. 근데 나래가 올라오면서 나랑 마주친 거고, 우리는 같이 교실로 들어왔다. 이거야."

"이것도 핑계지?"

도대체 지호는 믿는 구석이 없다.

"아냐. 핑계 아니야."

"이번 한 번만은 믿어 줄게."

"그, 그래라……."

지호는 영 내키지 않는 얼굴이었다.

수학 시간에는 내가 보기에 쓸데없기만 한 원기둥의 겉넓이를 배웠다. 수학이 세상에서 제일 싫은 나는 수학 선생님들이 신기하다. 어떻게 그 재미없는 수학을 가르치는 교사가 됐을까? 왠지 존경스러워진다.

종이 치자마자 나는 음악실로 또 달려갔다. 그러나 음악실 문은 조금 열려 있었다. 나는 조심스럽게 목을 앞으로 빼고 방 안을 살펴보았다.

스으윽-.

이상한 낌새는 없어 보였다. 나는 눈을 더 크게 떴다. 불이 꺼져 있었기 때문에 잘 보이지 않았다. 그냥 들어가서 불을 켰다.

파앗-.

방 안에는 아무도 없었고 피아노 위에 자그마한 종잇조각 두 개 만이 올려져 있었다.

'해찬아, 피아노 잘 쓰고 있니? 혹시 도움이 될까 해서 남겨둔다.

-C.S. 쌤-'

"풋⋯⋯."

웃음이 나왔다. 어차피 누가 남겼는지 모두 알 텐데 굳이 C.S. 쌤이라고 이니셜을 남길 필요가 있었을까?

미소를 지으며 두 번째 종잇조각을 폈다. 두 번째 종잇조각은 포스터였다.

16년 1월 1일 10:00 ~ 16:30
○○예술회관 연주경연대회

참가 자격 모든 서양 악기 독주(단, 리코더, 기타 종류는 안 됨)
작은 오케스트라 구성(예: 피아노, 호른, 바이올린, 첼로)

참가 신청 12월 22일까지 홈페이지 또는 방문 신청
(단, 만 14세 미만은 보호자 동의가 필요함)

시   상 대상 – 상금 50만 원   준대상 – 상금 30만 원
최우수상 – 상금 10만 원   우수상 – 상금 5만 원
참가상 – 학용품 세트 한 개

대회를 하기 전, 오디션 또는 신청서 심사를 통해
30%를 뽑아 경연대회를 진행할 예정입니다.

이렇게 쓰여 있었다. 난 왜 한 번도 경연대회에 나갈 생각을 못했던 걸까? 스스로가 한심해졌다. 절대 돌아가지 않는 이 두뇌를 좀 바꾸고 싶다. 그러나 경연대회에 나가려면 내 앞길을 막아서는 큰 바위 하나를 치워야 한다.

"야, 또 여기 와 있었냐?"

나래의 힘찬 목소리가 방 안을 진동했다.

"그래. 근데 이것 좀 봐라. 좀 전에 퓨마 선생님이 내게 남긴 거야."

나는 이 쪽지를 나래에게도 보여줘야겠다고 생각했다. 나래는 쪽지와 포스터를 빠르게 읽고 말했다.

"우와! 왜 선생님께서는 내게는 말해 주지 않으신 거지? 너무 하셨네."

"그래도 우리 둘 다 알게 됐잖아?"

"그건 그러네. 그럼 우리 한 번 나가 볼래?"

나는 나래의 기분을 북돋아주려 노력했다. 나래는 금방이라도 신청서를 쓰러 컴퓨터실로 달려갈 것 같아 보였다.

"그러고 싶긴 한데, 나는 부모님 동의를 받을 수가 없잖아. 부모님께서 아예 허락하지 않고 계신데 경연대회에 찬성하실까?"

내가 보기엔 이번 경연대회는 포기하고 한 해 동안 부모님을 잘 설득해서 내년에 기회를 노려야 할 것 같았다.

"이해찬. 너 보호자가 무슨 뜻인지 몰라? 너희 누나는 좋아한다며, 그럼 누나에게 동의 받아!"

"그렇게 하면 되는구나!"

"뭣들 하는 거야?"

우린 둘 다 얼어붙었다.

"왜, 무서웠냐?"

이번 목소리의 주인공은 2학년인 태현 선배였다.

"억, 선배. 안녕하세요."

"나래야, 쟤는 조각상이니?"

보자마자 인사부터 하는 나래와 달리 나는 움직일 수 없었다. 태현 선배가 얼굴을 찌푸리며 말했다.

"아, 아뇨. 여기에 다른 사람이 들어올 수 있다는 것을 아직도 잘 이해하지 못해서 놀란 것뿐이에요. 그렇지, 해찬아?"

"네, 죄송합니다. 제가 이런 상황이 좀 낯설어……, 서요."

나래는 급히 내게 고개를 돌리며 동시에 살짝 끄덕였다. 나래와 태현 선배의 분위기에 맞게 한 마디 해주었다.

"그래. 그럼 됐고, 넌 신참인가? 처음 보는 얼굴이네. 물론 학교에서는 몇 번 마주친 것 같지만 말이지."

음악실에서 내가 만난 사람들은 약간 이상했다. 이 음악실도 학교인데 왜 음악실 밖을 학교라고 하고, 음악실을 방이라고 하는 거지?

"저기, 신……, 참? 그게 무슨 뜻이죠?"

"태, 태현 선배. 아직 해찬이는 여기 어, 그러니까 이곳에 대한 전반적인 것을 몰라요. 그냥 넘어가 주세요."

"알았다."

태현 선배는 내게 알게 모르게 눈치를 주더니 다시 나래 쪽으로 고개를 돌렸다.

"어쨌든, 왜 그렇게 소리를 지르고 있던 거지?"

"아, 이 종이 조각 때문이에요. 선배."

태현 선배가 나와 나래를 번갈아 쳐다보며 물었다. 나래는 잠깐의 망설임도 없이 포스터를 태현 선배에게 건넸다.

"음, 재미있게 생겼는데?"

태현 선배도 포스터에 관심을 보였다.

"치, 선배는 음악 전공 아니면서."

나래가 또 이상한 말을 했다. 애초에 여기 오는 사람들은 모두 음악에 관련된 꿈을 가지고 있는 사람 아니었나?

"그래, 그렇긴 하지. 하지만 나도 미술 경연대회 나가는 걸?"

"잠깐만요, 여기 음악실 아닌가요? 근데 왜 미술 전공인 태현 선배가 여기 온 거죠?"

"크큭, 너 정말 아무것도 모르는구나?"

"도대체 뭘 모른다는 거죠?"

나도 처음 이 음악실에 들어오면서부터 이상한 낌새를 느꼈다. 일단 나는 한 번도 보지 못한 곳이었고, 아는 사람도 극소수이다. 선생님들은 아무도 모른다. 오직 퓨마 쌤만 알고 있는 이 음악실의 정체가 무엇인지 궁금했지만 나는 일단 주어진 것부터 흡족해 했던 것이다.

"음, 그래도 알려줘야겠죠?"

"그래, 언젠간 알려줘야 하는 거겠지. 근데 왜 찬석 선생님께서 직접 알려주시지 않는 거지?"

"그건 모르겠네요. 저흰 직접 알려주시지 않았나요?"

나래가 태현 선배와 눈짓 교환을 했다. 태현 선배는 손에 잡혀 있던 연필을 이리저리 굴렸다. 나래는 내게 눈길을 주더니 다시 태현 선배 쪽으로 몸을 돌렸다. 나는 기분이 약간 불쾌해졌다. 꼭 내가 우두커니 서 있는 곳에서 이런 뒷담화를 나눠야 하는 건가?

"좋아. 너도 알 권리는 있으니까 알려줄게."

태현 선배가 할 수 없다는 듯이 한숨을 쉬며 말했다. 기분이 점점 이 상해졌지만 궁금했기 때문에 가만히 있었다.

"이 방은 원래 휑하게 아무것도 없는 방이었어. 바닥, 벽, 천장 모두 회색 빛깔이 도는 금속이었고. 아무도 찾아주지를 않았어. 심지어 선생 님들마저 가보지 않았지. 이 복도는 항상 '폐쇄'라고 적혀 있었거든. 3 년 전, 찬석 선생님께서 이 학교에 배정되셨어. 찬석 선생님께서는 폐 쇄 구역을 보시자마자 주위의 선생님들께 물어 봤어. 여기는 왜 폐쇄되 어 있냐고."

"그래서요?"

"선생님들 중 그 이유를 아는 사람은 아무도 없었어. 찬석 선생님께 서는 이상하게 생각하셔서 들어가 보았고, 이 방을 발견한 거야. 찬석 선생님께선 이 방을 보고 바로 악기와 미술 도구, 체육 활동 기구들을 구입하셨어. 그렇게 해서 이 방이 탄생하게 된 거야."

"그럼, 미술 도구는 어디에 있는 거죠?"

나는 물었다. 여기에 왔던 한 달 동안 나만 이 사실을 몰랐던 게 슬슬 짜증이 나기 시작했다.

"너 한 번도 뒤쪽에 있는 도구함을 뒤져보지 않았구나? 지금 가서 열어봐."

뒤를 보니 정말로 큰 붙박이장이 하나 있었다. 나는 악기에 빠져서 다른 곳은 볼 생각도 하지 않았던 것이다.

덜컥-.

많이 열고 닫았는지 문이 헐거웠다. 장롱 한 쪽에는 미술 도구가, 다른 쪽에는 운동 기구가 잔뜩 들어 있었다.

"우와!"

"근데 이 장롱의 끝은 어디죠?"

"아, 눈치 챘구나. 이 장롱은 복도 끝까지 연결되어 있단다. 들어갔다 나올 수도 있지. 그래서 모든 물건들이 여기 안에 숨겨질 수 있는 거란다."

"그럼 나래 너는 아까 점심시간에 어떻게 나온 거야? 설마⋯⋯."

태현 선배는 할 말 다했다는 듯이 옆에 있던 의자에 털썩 앉았다. 나는 이제 나래가 어디로 나왔는지 대충 짐작할 수 있었다. 그리고 나래는 고개를 끄덕였다.

"그래, 나는 장롱을 통해서 나왔어. 아까 태현 선배가 장롱이 복도 끝까지 연결되어 있다고 했잖아. 그곳에도 문이 하나 있어. [창고]라고 쓰여 있는 문."

나래는 자기가 말해 놓고서 자지러지게 웃었다. 더 물으려 해도 대답해 주지 않을 것 같아 태현 선배에게 물었다.

"그럼 그 문은 어디에 있죠?"

"여기가 2층이지?"

"그러면, 아마 과학실 옆에 있을 거야."

"아!"

"왜?"

이번에는 나래가 대답했다.

"근데 이 복도랑 과학실·컴퓨터실 복도랑 비슷하지 않아요? 나만 그렇게 느꼈나?"

"그건 말이지……. 장롱을 통하면 과학실 옆의 문에 도달한다고 했잖아, 복도 모양이 같을 뿐이야. 같은 모양의 복도가 양 옆으로 위치해 있는 거지."

"그렇구나."

나는 짧게 대답했다.

"이젠 궁금한 거 없는 거지?"

태현 선배가 무표정으로 물었고 나는 고개를 끄덕였다.

"그럼 이제 이 포스터에 대해서 논의 좀 하자."

나래는 경연대회 포스터를 집어왔다.

"그럼 나는 그림 그린다?"

태현 선배는 장롱 쪽으로 걸어갔다. 나만 할 일이 없어진 거다.

"야, 이해찬. 그래서 나갈 거야, 말 거야?"

나래는 다시 날카롭고 또랑또랑한 목소리를 가진 소녀로 바뀌었다.

"물론 나가야……, 지."

저번에 내가 유혹이 이성보다 강해질 때가 있다고 말했던가? 그 순간이 한 번 더 찾아왔다. 유혹이라는 낯선 기운은 순식간에 나를 제압해 버리고 이성은 그 기운에 눌려 숨죽였다. 이러면 또 부모님께 혼날 텐데, 난 정말 어떡해야 하는 걸까? 이런 생각도 잠시, 이성은 티끌만 해져서 제 힘을 발휘하지 못하게 되었다. 승자는 유혹. 나를 마음대로 움직이게 만든다. 지금도 그렇다. 난 지금 충분히 고려해 보지 않은 상태에서 무턱대고 결단을 지었다. 이제 결과는……, 모르겠다.

"그러면 우리, 음악을 하는 애들을 모으자. 5명 어때?"

나래의 말이 천사의 말처럼 들려온다. 그러나 이 천사의 속삭임을 믿어도 되는지는 알 수가 없다.

"너무 적지 않아? 간단한 오케스트라더라도 7명 정도는 있어야 할 맛이 나지."

태현 선배도 나래의 말을 받았다. 머릿속에서는 계속 나를 말렸지만 이젠 어찌할 도리가 없었다.

"마, 맞아. 5명은 너무 적어."

나래는 태현 선배와 내 말에 조금 시무룩해졌다. 태현 선배는 좀 멋쩍은 듯 머리를 긁적였다. 난 일부러 나래의 눈을 피했다.

"치. 알았다, 알았어. 그럼 7명. 더 이상은 안 돼."

나래는 팔짱을 끼고 딱 잘라 말했다. 나래의 심상찮은 분위기에 태현 선배와 나는 찍 소리 하나 낼 수 없었다.

"그, 그러지 뭐. 근데 왜 꼭 7명 이하여야 하는 거야? 무슨 이유라도 있어?"

나는 그 답을 알고 있었는지도 모른다. 그러나 왠지 물어보고 싶은 질문이었다.

"아이, 진짜. 이해찬, 너도 내가 왜 그러는지 알잖아. 여기 이 방을 알고 있는 사람 중에서 그것도 음악 전공인 사람이 얼마나 될 것 같은데?"

나래는 한심하다는 표정이었고, 나는 대충 사람 수를 가늠해보았다.

"음, 그래도 10명은……."

나래가 말을 또 잘랐다. 제발 사람들이 내 말을 자르지 않았으면 하는 바람이다.

"여어얼며어엉??? 우리 학교 전교 학생 수가 1200명이야. 거기다가 이 방을 알고 있는 학생은 점점 늘고 있기는 하지만 많아 봤자 30명. 그리고 30명 중에서 음악 전공이 8명도 안 될 거야. 이 방을 알고 있는 학생들은 미술 전공이 아주 많거든. 어떻게 생각해, 이해찬?"

나는 입을 열 수가 없었다. 어쩔 수 없다. 나래가 나보다 여기 사정을 잘 알고 있는 건 사실이니까.

"흥, 그러면 태현 선배는 어떻게 생각해요? 제 말이 맞지 않나요? 그렇죠?"

나래는 태현 선배 쪽으로 몇 걸음 발을 옮겼다. 태현 선배는 불똥이 튄 곳이 자신이라는 사실을 알고 무척 당황하는 표정이었다.

"아, 그게 말이지. 뭐, 나래 말이 맞겠지."

태현 선배는 나와 나래의 표정을 번갈아 쳐다보고 눈치를 보며 입을 열고 우물쭈물 대답했다. 그래도 나래는 성에 차지 않는 모양이었다.

"태현 선배도 확신을 가지고 얘기해요. 아무리 저희가 그럴 사이는 아니어도 자기 의견은 분명히 해줘요."

나래의 말에 태현 선배와 나, 둘 다 눈만 깜박였다.

"빨리요."

나래가 재촉했다.

"그, 그게……."

태현 선배가 뜸을 들이는 동안 나는 재빨리 시계를 확인했다. 3시 19분. 태현 선배가 조금만 더 시간을 끌어주면 이 어색한 공간에 서 있는 나는 자유다.

"태현 선배도 약간 답답하네요. 몰랐어요."

나래에게서 어떻게 그런 용기가 나오는지 나로서는 알 수 없었다. 그저 이 쉬는 시간이 처음으로 빨리 갔으면 했다.

"으음……."

태현 선배는 나래의 질문에 대한 대답을 생각하기보단 이 곤란한 상황을 어떻게 빠져나가야 하는지에 대해서 생각하는 것 같았다.

"우리가 둘 다 그렇게 쳐다보고 있으니까 불편해요? 자리 약간 비켜줘요?"

나래의 기센 말투에 태현 선배는 두 손을 살짝 들었다.

"으이그, 나래 너에겐 두 손 두 발 다 든다. 너는 도대체 당해낼 수가 없다."

나래가 다시 반박하려는 순간,

띠리리링-.

"조, 종 났다. 가야지."

나는 나래가 눈치 채지 못할 정도로 태현 선배에게 끄덕여 보였다. 내 눈빛을 읽은 태현 선배도 다음 시간이 영어라서 빨리 가야 한다는 핑계를 대고 나와 같이 문을 열고 나왔다.

"하아! 이제 좀 살 것 같다. 하여튼 간에 나래만 만나면 가시밭길이라니까?"

"쟤, 매일 그래요?"

"아니, 매일은 아냐."

그러나 태현 선배는 확신할 수 없다는 표정이었다.

"……."

"나 먼저 갈게. 볼 수 있으면 좀 있다가 봐."

태현 선배는 뒤에서 나래의 살기가 느껴졌는지 헐레벌떡 뛰어서 갔다.

"아, 네에……."

내가 대답할 겨를도 없이 태현 선배는 사라졌다.

우리는 말없이 교실까지 걸었다. 그리고 학교가 끝날 때까지 단 한 마디도 나누지 않았다. 그렇게 하루가 지나고 또 며칠이 지나버렸다. 이젠 더 이상 참을 수가 없어 내가 먼저 말을 걸어버렸다.

"야, 우리 팀 언제 정할 거야?"

"으응, 정해야지."

나래는 시큰둥해 보였다. 별 관심 없어 보이는 나래의 모습에 괜스레 화가 났다.

"나보단 네가 더 잘 아니까 네가 인원 모아야 할 거 아니야. 안 그래?"

"나도 안다고."

"그럼 언제……."

나래는 내 말은 듣지도 않고 고개를 푹 수그렸다.

"제발, 나도 방에 오는 음악 전공 학생 명단을 찬석 선생님에게 받은 게 어제란 말이야. 얼마나 힘들었는지 알아? 선생님께서 아예 싫다고 대놓고 말씀하시다가 연주회 해야 한다고 난리 쳤더니 그제야 주셨단 말이야!"

"알았어. 그럼 그 명단 어디 있어?"

나래는 아무 말 없이 가방을 뒤적이다가 구겨진 종잇조각을 꺼내서 나한테 던졌다. 물론 명단은 종이였기 때문에 나한테 닿지도 않고 떨어졌다. 난 사르르 떨어지는 종잇조각을 낚아채며

"오늘 기분 안 좋은 일이라도 있어?"

물었다.

"아……, 니야. 해찬이 넌 그 명단 갖다가 반 돌면서 물어 보기나 해."

"알았어."

난 내 자리로 다시 돌아갔고, 나래는 내게 눈길조차 주지 않았다. 종이 쳤고 수업은 시작됐다.

"헉, 헉……."

그렇게 난 쉬는 시간 5번 동안 명단에 있는 모든 반을 돌아다녔다. 아직도 학교 지리가 미숙했던 탓인지 시간이 더 오래 걸렸다.

"혹시 경연 대회 참가할 마음 있어(요)?"

이 말만 몇 번을 했는지 모른다. 명단에 적힌 학생은 나래와 나 빼고 9명이었다. 생각보다 많다는 것에 난 놀랐다. 전체 11명이라니. 그래서 난 더 빨리 뛰었다. 대답은 분명히 세 개로 나뉠 텐데(한다, 안 한다, 잘 모

르겠다.) 표현이 제각각이라서 한 번 더 놀랐다.

"우리가 정말 오케스트라를 해? 난 할래!"

"응, 할게."

"좋아!"

"난 안 될 것 같은데?"

"괜찮은데?"

"연습 언제야?"

"오디션 볼 거야?"

"오케스트라라면 좋아!"

"시간이 안 돼. 미안."

된다는 것처럼 말한 사람이 7명이었다. 나래와 나까지 합하면 9명. 나래가 허락할지 의문이었다. 그렇게 하루가 훌쩍 지나갔다. 그리고 나래에게 명단을 건네받은 이후 그 날은 교실에서도, 운동장에서도, 특별실들에서도. 심지어 '방' 에서도 나래를 찾아볼 수 없었다.

다음 날 아침, 나래는 빈 종이에 무언가를 열심히 적고 있었다.

"나래야, 뭐 쓰고 있는 거야?"

종이를 잠깐 들여다보았지만 그냥 별 다르지 않은 낙서 같아 보였다.

'5~7, 피아노, 첼로, 바이올린, 플루트, 트럼펫, 호른, 오보에? 우리 오케스트라 생각하고 있었나?

나래는 나를 힐끗 쳐다보더니 종이를 구겨서 책상 속에 집어넣었다.

"에? 왜 그래, 그냥 우리 오케스트라 아니었어?"

나래는 한숨을 푹 쉬더니 말했다.

"됐다, 됐어. 좀 있다가 방에서 말해줄게. 그리고 명단은 어떻게 됐어?"

"7명은 된다는 투였고, 2명은 안 된대. 근데 오디션 봐야 될 듯."

나는 나래가 인원수가 많다고 또 뭐라 할까 봐 덧붙였지만 웬일로 나래는 그냥 끄덕이기만 했다.

"일단 방에서 음악 전공하는 사람은 모두 실력자들이야. 알지? 그러니까 전공도 물어보고 겹치는 악기만 오디션 보면 돼. 무슨 말인지 알아?"

"아, 알았어. 그럼 난 또 돌아야겠네."

나는 나래가 자기가 한다고 할 줄 알았다. 워낙 그쪽으로는 오지랖이 넓은 애니까.

"그러네."

하지만 나래는 한 마디 툭 던지고 다시 종이를 꺼내서 낙서를 시작했다.

"으응……."

요즘 나래가 변했다는 생각이 들었다. 나는 명단을 집어 들고 교실을 나갔다.

"그래서 부피는 이렇게 되는 거야. 알겠지?"

하아, 또 수학시간이다. 제발 끝났으면 좋겠건만, 시계 바늘은 내 맘대로 움직이지 않는다. 딴 생각을 하면 시간이 좀 가려나 모르겠다.

오케스트라에 참여하겠다는 사람의 전공은 바이올린, 첼로, 기타, 플루트, 오보에, 비올라, 클라리넷이 있었다. 다행히 겹치지는 않았지만 나래가 바이올린이니까 바이올린 전공인 서연 선배는……, 자동 탈락

인가. 그렇다고 아무 말 없이 우리끼리만 오케스트라를 할 수도 없고. 또한 기타를 치는 우혁 선배도 오케스트라라는 장르에 맞지 않아서 안 된다. 머리가 아파온다. 이럴 때야말로 나래가 필요한데, 나래는 내게 말을 걸 시늉조차 하지 않는다. 그렇다고 내가 또 먼저 다가갈 수도 없고 참…….

툭-.

교과서를 베개 삼아서 책상에 수그리고 있었던 내 머리에 뾰족한 물건이 하나 떨어졌다.

"아씨, 뭐……?"

의자 옆 바닥에는 종이비행기가 놓여 있었다. 아무래도 남자애들이 장난치려고 내게 날린 것 같았다. 그러나 종이비행기에는 나래의 이름이 쓰여 있었다.

"잉? 이게 뭐여?"

나는 종이비행기를 찬찬히 살펴보다가 펼쳤다.

'미안, 내가 너무 신경도 안 쓰고……. 혹시 전공 악기는 물어 봤어? 내가 곡 몇 개 뽑아왔거든. 같이 보자.'

피식-.

나도 모르게 웃음이 나왔다. 나래도 이럴 때만큼은 수줍어하는구나. 그래도 뭐, 관계 회복은 됐네, 아니 된 거겠지? 그렇게 믿는다.

따리리링-.

종이 치자마자 나랑 나래는 둘 다 벌떡 일어났다. 모두들 일제히 우리를 번갈아 쳐다보았다. 아이들과 선생님의 눈초리가 매섭기도 하고,

호기심에 차 있기도 했지만 이내 선생님께서

"이상. 인사."라고 한 후 1초 뒤, 우리는 교실에서 사라졌기에 아이들이 질문을 퍼부을 수 없었다. 다시 교실로 돌아갔을 때 아이들이 또 어떤 눈빛으로 우리를 대할지 궁금해졌다.

덜컹-.

음악실의 문은 나래가 갖고 있던 열쇠로 손쉽게 열렸다. 우린 안으로 들어갔다.

"오늘은 아무도 없네."

"응."

"……."

할 말이 없었다. 요즘 대화를 하지 않았더니 무슨 말을 해야 할지 감이 잡히지 않았다.

"그게 말이지. 내가 요새 의기소침해 보였던 것은 우리 삼촌 때문이야. 삼촌이 내가 음악경연대회를 나가게 된 것을 알아 버렸어. 그래서 나 엄청 혼났거든. 부모님께서 한마디 하셨지만 별로 효력을 발휘하지는 못해. 항상 우리 집안은 왠지 모르게 삼촌을 중심으로 돌아갔거든. 삼촌이 나보고 그런 짓만 계속하면 학교 못 다니게 한대. 나 어떻게 해야 할까?"

나래는 지그시 입술을 깨물었다. 나도 언젠간 이런 상황이 벌어질 것만 같아 조금 두려웠다.

"그, 글쎄. 일단 네가 말한 대로야. 싸워 봐야지. 끝까지. 아무도 네 말을 들어주지 않더라도, 진로는 자기가 결정하는 거라고 퓨마 쌤도 말씀하셨던 거 기억나지?"

나래는 약간 고개를 끄덕여 보였다.

"하지만 이번에는 상황이 달라. 하, 학교를 못 다니게 하면 어떡해. 몰래 음악을 하는 것도 끝이야."

나래는 잔뜩 겁을 먹었는지 얼굴이 새하얘졌다.

"야, 송나래. 중학교까지는 의무교육이라고요, 아가씨. 뭘 그리 겁먹고 난리야. 삼촌이 학교 못 다니게 막으면 고소하면 돼."

나는 웃으라고 한 소리였지만 나래는 더 초조해져 갔다.

"진짜 왜 그래?"

나래는 고개를 저었다.

"부모님께서도 삼촌에게 말씀하셨어. 중학교는 의무교육이라고. 그랬더니 삼촌이 홈스쿨링 한데. 우리 삼촌 생각보다 끈질겨."

나는 입을 벌리고 멍청하게 서 있을 수밖에 없었다. 무슨 삼촌의 권력이 그렇게나 세. 거기다가 나래가 홈스쿨링을 한다고? 그게 말이 되는 소리이기나 하나? 어이가 없었다.

"아, 난 이제 몰라."

나래는 한숨만 푹푹 쉬어 댔다.

"미안, 그런 줄도 모르고."

"아니야. 할 얘기 하나 더 있어."

나래는 말 끊지 말라는 투로 팔짱을 꼈다. 나도 태현 선배 꼴 날까 봐 가만히 있었다.

"그, 내가 네게 명단 준 날 있잖아. 6교시랑 7교시 때 나 못 봤지?"

난 내가 궁금했던 게 또 하나 밝혀질 거라는 것을 예상할 수 있었다.

"그 날, 나 상담 받았어. 학교 We-class에서. 진정은 좀 되더라. 우리 학교 상담 선생님 좋아. 우리 삼촌과 달리 말을 끝까지 들어주시고, 대답도 친절하게 해 주셔."

나래는 고해성사를 하는 것 같았다. 그냥 지금 성당에 가서 똑같이 말해도 아무도 모를 것이다. 나는 나래가 말을 이을 수 있도록 아무 말 하지 않았다.

"상담 선생님이 그러는데, 한 번 삼촌에게 전화를 해보겠다는 거야. 내가 오늘까지 알려드린다고 했거든. 멋모르고 전화했다가 또 나만 어떻게 될 수도 있잖아."

"나래야. 전화 드리는 게 나을 것 같아. 그리고 상담 선생님께는 네가 상담하러 찾아온 게 아니라 반 전체가 다 하는 거라고 얘기해달라고 해. 그러면 삼촌도 별 말씀 못 하실 거야."

나래는 끄덕였다. 사실 이 학교에서 진로 문제로 '아주' 큰 갈등을 겪고 있는 집은 우리 집 밖에 없을 것 같았다. 거의 대부분 성적 문제로 갈등한다면 갈등하지, 진로 문제로 갈등하는 집은 별로 없다. 그런데 이 방에 온 뒤로 나래부터 시작해서 그런 집이 많은 것을 알게 된 다음부터는 마음이 조금 편안해졌다. 기댈 수 있는 사람이 생긴 기분이랄까. 이렇게 고민 상담을 하는 것도 좋은 것 같다. 다 털어 놓고 나면 가뿐해진다. 꼭꼭 숨겨놓았던 불편한 마음도 없어지는 생각이 든다. 왠지 해결할 수 있을 것만 같은 희망도 생겨난다. 희망이 계속 남아 있게.

내 명언이 될 것 같다.

3
실천 속에서, 논쟁 속에서 솟아나는

나래는 큰 맘먹고 상담 선생님에게 찾아갔다. 상담 선생님께서는 나래의 제안을 흔쾌히 수락했고 나래의 삼촌께 바로 전화를 거셨다. 나래는 상담 선생님께서 전화를 거시는 것을 보고 바로 상담실을 나왔다.

"집에 가는 게 걱정이야."

나래는 수업 시간마다 먼 하늘을 보고 있었다. 아니면 어렴풋이 보이는 자기 집의 실루엣을 보고 있었는지도 모른다.

3교시 쉬는 시간, 우리는 명단에 있던 반을 돌아다니며(어쩔 수 없이 바이올린 전공 서연 선배와 기타 전공 우혁 선배는 빠지게 되었다. 다행히도 선배들은 우리를 이해해 주었다.) 점심 시간에 방으로 모이라고 전했다. 모든 선배들과 친구들은 원래 있던 선약마저 깨 버리며 알았다고 말했다. 그것도 무척 즐거운 표정으로 말이다.

"야, 이해찬. 너 무슨 신이라도 깃들었냐? 아님, 악마?"

내 짝꿍은 쉴 새 없이 나를 놀려댄다. 아직도 나랑 나래 둘이서 수학 시간이 끝나자마자 벌떡 일어난 것을 아직까지 수상쩍게 여기는 것 같다.

"뭐래, 신이 깃든 건 너겠지."

난 지호에게 톡 쏘아붙였다. 지호 녀석은 언제쯤이면 내 사생활에서 신경을 끌까?

"왜 나래랑 다녀? 너, 설마……."

지호가 생각하는 게 내가 떠올리고 있는 거랑 다르기를 바랐다.

"설마, 너, 나래 좋……, 끄아악!"

한 글자 듣자마자 그냥 때려버렸다. 또 선생님께 혼나겠다 싶었는데 지호는 히죽히죽 웃고 있었다.

"너, 왜 그래?"

나는 영 의심스러웠다. 원래도 장난을 잘 치는 녀석인데 이것도 훼이크는 아니겠지.

"야, 나래 왔다."

지호는 고개를 쳐들며 놀랐다. 나도 모르게 문 쪽을 바라봤다. 그런데 문 쪽은커녕 나래의 자리 부근에는 아무도 없었다.

"아, 바보. 진짜 맞나 봐!"

다시 뒤를 돌아보니 지호는 깔깔대며 웃고 있었다. 얘는 정말 매를 번다니까.

"너, 오늘 죽고 싶은 게 틀림없다."

"으악, 살려줘."

"싫어."

나는 지호에게 다가갔고 지호는 움찔하며 뒤로 가다가 벽에 찧었다. 그 뒤로 지호에게서 아무 소리도 들리지 않았다. 흡족했다. 당분간은 놀림감이 되지 않겠지.

"이게 무슨 소란이냐?"

담임 선생님께서 들어오시더니 곧바로 호통을 치셨다. 하필 1교시가 담임 과목이라니. 우리 반에서 들리던 고함은 순식간에 그쳤다. 우린 자리에 앉았다. 아까 없었던 나래는 자리에서 책가방을 정리하고 있었다.

1교시는 정말 흐지부지하게 지나가 버렸다. 나는 나래가 선정한 몇 개의 곡을 검토해 보았다. 베토벤의 곡 하나와 모차르트의 곡 하나, 마지막으로 헨델의 곡이 하나 있었다.

나래는 나보고 하나만 골라보라고 했는데 나는 도대체 어떤 방식으로 곡을 고르라는 건지 알 수 없었다. 곡을 고르는 기준도 없고, 참. 답답하다.

"해찬아, 곡 혹시 골랐어?"

쉬는 시간이 되자마자 나래가 내 쪽으로 달려왔다. 지호는 우리 쪽을 흘깃 쳐다보더니 이내 교실을 나갔다.

"아니, 어떻게 골라. 기준도 없잖아."

"그냥 네가 마음에 드는 곡 선정하면 돼."

나는 그래도 감이 잘 오지 않았다. 마음에 드는 곡은 됐다 치고, 일단 이 음악들은 우리 오케스트라에 있는 악기랑 맞기는 한 걸까?

"아, 나래야. 이 곡들 다……."

나래는 내가 무슨 말을 할지 예상했다는 듯이 고개를 끄덕였다.

"응. 우리가 사용할 악기랑 맞아."

나래가 언제 이런 걸 다 찾아보았는지 의문이 생겼다.

"알았어. 그럼 난 베토벤 곡 할래."

"그래. 우리 빨리 방에 가자."

우리는 아무 말 없이 자리를 박차고 일어나서 방으로 달려갔다. 방은 열려 있었고 그 안에 여러 명이 모여 있었다.

"어, 와 있었네요."

나래는 와서 인사부터 했다. 그 뒤를 따라서 나도 고개를 약간 숙여 인사했다.

"그, 오케스트라를 한다고 했던 두 명. 맞지?"

3학년 전교권에 든다는 연아 선배가 미소 지으며 물었다.

"네에. 저희 맞아요."

쭈뼛대고 있는 나래를 보고 나는 얼른 대답해 버렸다. 쭉 둘러보니 방에는 연아 선배와 수영 선배, 재권 선배, 가람이, 성현이가 있었다.

"아직 안 온 사람이 어, 없네?"

나래는 놀란 표정이었다.

"그러게. 딱 7명이야."

"혹시 곡 골라 놓은 거 있어?"

오보에를 전공하는 3학년 재권 선배가 말했다.

"네, 있어요. 한 번 골라 보실래요? 3곡이에요."

아까 전까지 부들부들 떨고 있던 나래는 어디로 가고 다시 활기찬 모습의 나래가 나타났다. 나래도 양면의 모습이 있구나.

"오, 괜찮은 곡만 가져왔네."

"진짜? 해찬이랑 나래가 간만에 좋은 일 한다."

가람이와 성현이도 와서 곡들을 구경했다.

그렇게 우리 7인방의 오케스트라는 시작되었다.

지이-. 지이잉-.

나래와 수영 선배가 바이올린과 첼로를 켜고 있었다. 현악기를 연습하는 시간이라서 우리는 잠자코 듣기만 했다.

띠리-. 띠리링-.

손을 오물거리면서 뜸을 들이던 성현이와 가람이도 비올라와 클라리넷을 연주하기 시작했다. 다른 현악기들과 클라리넷의 화음이 이루어지니 더 듣기 좋았다.

지- 잉-.

연주가 끝나자 우린 모두 박수를 쳤다. 연습한 지 별로 되지 않았는데도 실력들이 대단했다.

"근데, 우리 팀명 같은 거 있어야 하지 않아?"

연아 선배가 뜬금없이 말했다. 우리가 처음 모인 지 벌써 3일이나 흘렀다. 곡은 골랐지만 아직 전체적인 것은 정하지 않았다.

"그러네요. 정해야겠어요."

내가 말하며 잠깐 7명 모두를 불러 모았다.

"너무 뻔한 것은 재미없으니까 우리 학교 이름이나 우리 모두의 이름의 조합 같은 건 하지 말아요."

지금까지 아무 말 없던 성현이가 말했다.

"그래. 그러면 이왕 하는 거 음악에 관련된 것으로 하는 게 좋을 것 같은데, 어때?"

수영 선배도 거들었다.

"좋아요."

나랑 나래, 가람이는 모두 한 목소리로 대답했다. 항상 학교에 노트북과 무선 랜을 갖고 다니는 연아 선배가 노트북을 가져오면서 말했다.

"내가 음악 기호나 나타냄 말을 찾아볼게."

"응, 같이 보자."

"모두 같이 찾아봐요! 저 음악 사전 있어요."

연아 선배는 역시 모범생답게 노트북을 켰고, 성현이는 음악 사전을 펼쳤다. 음악 사전이라는 것이 있는 줄은 처음 알았다. 시간 날 때 하나 사 두어야겠다.

cantabile(칸타빌레 : 노래하듯이), amabile(아마빌레 : 사랑스럽게), maestoso(마에스토소 : 장엄하게), giocoso(지오코소 : 즐겁게), sempre(셈프레 : 항상), molto(몰토 : 매우), dolce(돌체 : 부드럽게), piacevole(피아체볼레 : 유쾌하게), risoluto(리졸루토 : 단호하게) 등 많은 나타냄 말이 나왔다. 사실 우리 팀은 아직 콘셉트를 잡아두지 않아 팀명을 정하기도 어려운 상태였다.

"으윽……."

"어쩌지?"

"모르겠다."

우리는 팀명에서 난관에 부딪히고 말았다. 좀 괜찮다 싶은 이름이 나오면 뜻이 별로였고, 뜻은 정말 좋은데 이름은 영 아닌 것들도 있었다. 결론은 뜻과 이름, 둘 다 마음에 드는 게 없었단 거다. 내일까지 생각해 오기로 하고 헤어졌지만 그래도 고민이었다. 사실 나타냄 말이라는 게 이탈리아어라서 우리가 좋다고 생각할 수 있는 이름이 있을 리가 없다. 차라리 우리끼리 나타냄 말을 하나 만들고 말지.

반짝-.

내 노트북의 홈 버튼이 반짝였다. 난 무턱대고 노트북을 켰다. 뭐라도 찾았으면 하는 바람이었다.

"좀 켜져라! 무슨 노트북이 이따……."

화를 내려는 순간, 노트북이 알았다면서 켜졌다. 인터넷을 켰다. 솔직히 웹툰 사이트에 들어가고 싶었다. 그러나 참고 참으며 인터넷 음악 용어 사전을 찾아보았다. 나타냄 말은 수도 없이 많이 나왔다. 사이트마다 조금씩 다르기도 했고, 기본적으로 대중화되어 사람들이 많이 알고 있는 '칸타빌레'나 '마에스토소'는 모든 사이트에서 자세한 설명까지 덧붙여져 있었다. 난 그중 알파벳 순서대로 100여 개 정도가 나열되어 있는 블로그를 하나 발견했다. M 정도까지 봤나 싶었는데

삐, 삐, 삐, 삑-.

누군가가 우리 집 현관문을 열고 들어왔다. 이 시간에 집에 올 사람은 누나 밖에 없다.

"누나, 왔어?"

역시 신발장에 신발을 넣고 있던 사람은 누나였다. 누나는 살짝 고개

를 끄덕였다.

"아, 나 말할 거 있어."

"무슨 얘긴데?"

오늘은 꼭 오케스트라에 대해 말해야겠다고 생각했다. 누나의 눈썹이 치켜 올라갔다.

"방에 들어가서 얘기해."

나는 얼른 방으로 들어갔다. 누나는 뭐가 들었는지 모를 아주 큰 가방을 거실에 내려놓더니 나를 따라왔다. 오케이. 작전 no. 1, 누나가 방으로 오게 하는 것 성공. 누나는 방문을 살포시 닫고 나를 쳐다봤다.

"그게, 그……."

막상 말하려니 입이 잘 떨어지지 않았다. 나는 누나의 눈치부터 살폈다.

"뭐, 그냥 얘기해. 안 되는 거면 못 들은 척이라도 해줄 테니까."

누나는 어깨를 으쓱거렸다. 안 되겠다. 일단 말하고 나서 보기로 결정했다.

"나, 있잖아. 나, 오케스트라하기로 했어!"

"픔, 겨우 그거 말하려고 그렇게 뜸을 들였던 거야?"

주먹을 꽉 쥐고 내 머릿속에서 맴돌던 한마디를 내뱉었다. 그러나 누난 잠깐 놀라더니 웃었다. 누나는 아직 내 상황을 모르니 그리 쉽게 말할 수 있었던 거다.

"아니, 이제 시작이야. 그냥 학교 동아리에서 하는 오케스트라가 아니라 경연대회를 나가는 거란 말이야. 보호자 동의가 필요한데……."

누나의 대답을 예측할 수 없어 난 말끝을 흐렸다. 누나는 고민 중이라는 표정이었다.

"음, 그래서 나 보고 해달라는 거지?"

"음. 그런 거지. 아마도, 그렇겠지."

누나의 목소리 톤과 빠르기가 달라졌다. 훨씬 날카로워지고 빨라진 것을 한 눈에(실은 한 귀에이지만) 알 수 있었다. 나는 누나의 표정을 재빨리 살피면서 시간을 체크했다.

"모르겠어. 일단 부모님께는 비밀인 거지?"

누나는 이해가 빠르다. 나는 고개를 주억거렸다. 누나나 내 입, 또는 우리 팀의 입에서 비밀이 새나가지 않기를 바랄 뿐이다.

누나가 나가고 나서 나는 내 지갑 속에서 열쇠를 꺼냈다. 세 번째 서랍이 다시 열리고 일기장이 내 손에 안긴 순간, 나는 결심을 하나 했다. 이 일기장에 올해의 기록을 남겨 보아야겠다.

저녁 식사 때는 우리 가족 모두 아무 말이 없었다. 아버지께서도 별로 기분이 좋지 않아 보였다. 아까 이후 자러 들어갈 때까지 누나와 다른 말을 섞을 시간이 없었다.

"이해찬! 하아, 하……."

어떤 여자 애가 학교 가는 내 어깨를 잡으며 소리쳤다. 솔직히 안 봐도 누군지는 뻔했다. 나래 말고 누가 있겠나.

"나……, 래가 아니야? 가람이지?"

"응, 나 가람이야. 한가람."

"근데 왜 부른 거야?"

"아니, 알아보니까 우리 집이 네 옆 동인 거 있지? 그래서 그냥 같이 가자고."

"으, 그거 때문에 기차 화통 삶아 먹은 목소리로 나를 부른 거냐? 일 없다."

내 예상과는 달리 내 앞에서 헉헉거리며 얼굴이 붉어진 애는 가람이 었다. 나는 혼자 성큼성큼 걸어갔다. 하지만 한 편으로는 신기했다. 초 등학교 6학년 때 같은 반이었는데도 옆 동이었는지 뒷 동이었는지 전혀 알지 못했다. 그럴 만큼 조용한 애였기도 했다. 여자애들 사이에서도 별로 존재감이 없었던 애였다.

"야, 같이 가! 말할 거 있어!"

가람이는 종종걸음을 치며 내 뒤를 쫓아왔다. 지호가 보면 양다리 걸 친다고 또 놀려 대겠군. 이젠 보지 않아도 눈에 선하다.

"아주 중요한 거 아니면 방에서 얘기해."

"주, 중요한 거야. 아마도."

"뭔데."

사실 별로 흥미 없었다. 그리고 나한테만 얘기해줄 듯이 바라보는 가 람이도 이상했다.

"어, 어. 그게 우리 팀명 얘기거든?"

"팀명 아이디어는 좀 있다가 모였을 때 말해."

"아니, 말할 거야. 아니마토 어때?"

"그게 무슨 뜻인데?"

"활기차게, 생기 있게!"

처음 들어보는 말이었다. 그건 또 어디서 따온 말일까. 가람이는 활짝 웃으며 대답했다. 가만히 서 있다가 흠칫 놀랐다. 얼핏 내 손목시계를 보았기 때문이다.

"활기차든 생기 있든 간에, 우리 늦게 생겼다. 가자."

"지금 몇 시인……, 꺅!"

나는 무조건 가람이를 잡아끌었다. 지금 하던 짓거리를 계속 하든 말든, 일단 정문은 지나고서 해야겠다는 생각이 들었다.

"너, 왜!"

가람이는 내가 지 팔을 잡고 뛰는 동안 계속 소리를 질러댔다. 나도 왜 이 애를 데리고 뛰고 있었는지 알 수가 없었다. 그냥 두고 가면 알아서 따라왔을 것을……. 나도 오지랖이 참…….

결국 학교 정문을 간신히 통과했다. 가람이는 정문을 지나치자마자 내 손을 뿌리쳤다. 바라던 바였다.

"갑자기 뛰면 어떡해. 옷 구겨졌잖아."

가람이가 옷매무새에 그렇게나 신경을 쓰던 애였나? 어쨌든 가람이는 열심히, 아주 열심히 옷깃을 정리했다.

"쟤, 왔다. 이해찬."

"그러네."

"쟤, 뭐 한다고?"

"오케스트라."

역시나 우리 반은 또 시끌벅적했다. 무슨 장터에 온 것도 아닌데 그것보다 더 시끄러운 것 같았다. 나래 쪽을 힐끔 쳐다보고 자리에 앉았다. 나래는 또 앉아서 뭔가를 쓰고 있었다.

"오, 나래바라기 왔다."

지호가 속삭였다. 역시 한 번 때려주는 것으로 처방은 안 되나 보다. 내가 짝꿍 운이 없는 거지 뭐. 그러나 지금은 때릴 기분이 아니었다.

"그만 해."

"너, 오늘 왜 그럼?"

"알 바 아님."

"야, 오늘 너 심하다. 아무리 기분이 그래도 그렇지, 짝꿍을 안 받아주면 되냐?"

"된다."

지호의 말장난을 받아주면서도 나는 계속 심각한 표정을 유지했고, 지호는 안색이 점점 바뀌더니 풀이 죽어서 그만 고개를 돌렸다. 나는 아까 생각하던 것을 다시 떠올렸다. 가람이가 말한 팀명. 어찌 보면 우리의 지금 상황과 잘 맞는다. 이야기가 있는 사람들만 올 수 있는 방에서 만들어진 오케스트라. 거기서 우리는 무슨 일이 있더라도 활기차게, 생기 있게 일을 해내가야 한다. 어떤 어려움이 닥치더라도 말이다. 그게 쉽지만은 않다. 하지만 끝까지 버티고 싸우면 언젠가 결과가 좋기 마련이다. 가람이의 작명 센스. 봐줄 만하다.

"무슨 생각하냐?"

지호가 다시 기운을 차렸는지 내게 질문을 또 한다. 하긴, 내가 좀 멍하게 있긴 했다.

"아냐."

수업이 시작되었고 4교시 동안 영어, 한문, 과학, 사회를 했다. 내가 보기엔 다들 쓸데없는 과목들이다. 아, 영어는 필요할 수도 있겠네. 글로벌 시대라고도 하니까.

점심 시간이 되자, 이번 달 1등으로 먹는 우리 반은 몇 초 안 돼서 텅텅 비어버렸다. 결국 나와 나래만 남았다.

"저기, 나래야. 점심 먹으러 가야지?"

나는 멋쩍어서 슬쩍 말했다. 나래는 그제야 일어섰다. 나래는 조금 졸려 보였다.

"빨리 먹고 연습 가야지."

"응……."

"아, 그리고 보니까 너희 삼촌 어떻게 됐어?"

나래의 기분은 좋지 않아 보였다.

"말도 마. 삼촌 혼자 화가 잔뜩 났는데 내게는 소리도 못 지르고 단단히 벼르고 있어. 내 기분의 이유도 그거고."

"일단은 해결?"

"아마?"

다행이다. 해결되지 않았다면 앞으로 오케스트라 일이 막막했을 텐데. 나래 삼촌이 1월까지만 그러고 있었으면 좋겠다.

"그리고 나래야. 나 누나가 생각해 본다는데?"

"으, 어떡해."

"왜? 그래도 꽤 긍정적이었다고?"

"휴, 너 같은 단순쟁이들은 몰라."

"아, 왜에?"

"여자들이 잘 모르겠다고 하는 거에는 많은 뜻이 숨어 있어. 될 것처럼 그러다가 막판에 안 된다고 할 수도 있어."

"으윽."

나도 한두 번 당해본 게 아니라서 쉽게 이해할 수 있었다. 누나가 알았다고 하고선 안 해준 것도 여러 번이다. 믿고 보면 안 되는 거였나.

"그래도 괜찮을 거야. 네가 음악 하는 것에 대해 관심이 있거나 응원해 줄 마음이 있으면 해주게 되어 있거든."

나래는 싱긋 웃어보였다. 배배 꼬였던 내 마음이 한 순간에 풀리는 것 같았다. 나도 마주보며 약간 웃었다.

점심으로는 우리 학교의 별미인 함박스테이크가 나와 큰 인기를 끌었다. 줄이 하도 길어서 우리는 아직 안 먹었다면서 인파(?)를 뚫고 배식대에 줄을 섰다.

"너희도 지금 먹니?"

가람이가 갑자기 나타나서 식판을 꺼내들었다. 우리는 '응.' 하고 대답하고 수저를 골랐다. 그런데 우리가 급식을 다 받고 나서 자리를 찾을 때 가람이가 우리를 졸졸 따라왔다.

"뭐야. 너 혼자 먹어?"

나래는 가람이를 한심하다는 듯이 쳐다보았다. 가람이는 어깨를 으쓱하고선 "저기 자리 있다!"라고 외치고 자기가 가리킨 곳으로 걸어 갔다.

"다른 데는 없나?"

나래는 어떻게든 가람이와 같이 먹고 싶지 않은 모양이었지만 급식실은 나래의 소원을 들어주지 않았다.

"어쩔 수 없겠는데? 다른 데는 모두 차 있어."

"뭐?"

"그, 그렇다고."

나래는 잔뜩 짜증나 있는 표정을 지으며 가람이가 앉아 있는 쪽으로 갔다.

그리고 나도 그 뒤를 따라갔다. 도대체 나래는 왜 가람이를 싫어하는 걸까?

"왔네? 다른 데는 자리가 없었나 봐?"

가람이는 비꼬는 말투로 나래에게 툭 내뱉더니

"해찬아, 앉아!"

내게는 지가 지은 팀명처럼 활기찬 말투로 나를 반겼다. 나는 가람이와 나래를 번갈아 쳐다보았다.

"어, 그게."

"그냥 앉아."

나래의 허락이 떨어지자 나는 가람이 맞은편에 앉았다. 나래는 내 옆에 앉았다.

"있잖아, 내가 팀명 하나 지었는데……."

나는 가람이에게 얼른 눈치를 줬다. 그러자 가람이는 눈을 내리깔고 먹는 데만 집중했다.

정말 불편한 점심식사였다. 내 옆에서는 가람이를 피하려 그랬는지 연습을 가야해서 그랬는지 하여간 허겁지겁 먹느라 난리였고 내 앞에서는 다 먹고 나를 쳐다보는 시선 때문에 부담스러웠다. 다시는 애네 둘이랑 셋이서 식사를 하면 안 되겠다는 생각이 강하게 들었다.

내가 다 먹자마자 나래는 나를 잡아끌었고, 나는

"그럼, 연습실에서 봐!"

라고 가람이에게 말하며 끌려갔다.

"자, 하나, 둘, 셋……!"

우리 1학년보다 밥을 먼저 먹는 2, 3학년 선배들은 먼저 와 있었다. 이번에는 첼로와 플루트, 오보에의 화음을 들을 수 있었다.

잠시 뒤, 나래의 바이올린이 더해졌고 나도 참을 수 없어 피아노로 달려갔다.

피아노, 플루트, 오보에가 있어서 그런지 더 장엄하면서도 고요한 소리가 났다. 우리 악보에 걸맞은 악기들이다.

덜컥-.

"우왕!!"

가람이가 방문을 벌컥 열고 들어왔다. 가람이도 참을 수 없었는지 클라리넷 옆 의자에 앉았고 곧이어 클라리넷의 매끄러운 소리가 들렸다.

몇 분 뒤, 성현이도 합류해서 완전한 오케스트라가 되었다. 성현이의 악기는 비올라여서 합류해도 별 다른 소리의 차이는 없었으나 소리의 크기가 사람 수의 완벽을 증명해 주었다.

다라− 란−.

무언가 부족한 연주였지만 그래도 이 정도가 어디인가. 우린 모두 한자리에 모여 하이파이브를 했다.

"일단 이 곡이 우리가 모두 알고 있던 곡이라서 그런가? 연습 효과는 빠르네. 근데 조금 부족한 느낌이 들지 않았어?"

"네, 저도 느꼈어요."

음악의 부드러움과 거셈을 잘 캐치하는 재권 선배가 물었다. 나도 그렇게 생각하고 있던지라 대답했다.

"무엇이 문제지? 한 악기의 문제는 아닌 것 같아."

"맞아."

잠깐 모두 깊은 생각에 빠져들었다. 조금 뒤, 연아 선배가 침묵을 깨고 입을 열었다.

"그래. 알겠어. 우리 현악기 소리가 너무 크니까 오보에, 플루트, 피아노의 소리가 안 들리는 거야. 그러다 보니 현악기의 소리만 들리는 거구."

"제 생각은 좀 달라요. 먼저 현악기의 소리가 너무 큰 건 맞는데요, 비올라와 바이올린의 음이 같으니까 화음이 이루어지지 않는 것 같아요."

연아 선배와 성현이 둘 다 맞는 말이었다. 결국 우린 현악기들의 소

리를 조금 줄이고, 비올라의 음을 한 옥타브 높이기로 했다. 다시 연습에 들어가려던 찰나,

"잠깐만요. 팀명도 정해야죠."

가람이가 나섰다. 악기에 손을 뻗던 연아 선배와 재권 선배, 물을 마시려던 수영 선배도 가람이의 말을 듣고 제자리로 돌아왔다.

"그러네. 지금 정하자."

"나 괜찮은 거 몇 개 알아왔어."

"뭔데요?"

재권 선배의 힘찬 말에 모두들 넋을 잃고 쳐다보았다. 재권 선배가 어떤 이름을 가져왔을지 궁금했다.

"총 4개 생각해왔는데. 어, 왜 그래!"

재권 선배가 4개나 찾아왔다는 말에 놀라 성현이가 그만 자빠졌다. 우린 웃으면서 성현이를 일으켜 주었다.

"하나도 생각하기 힘든데 어떻게 4개나 찾아오신 거예요?"

"에이, 그냥 괜찮은 나타냄 말 베껴온 건데 뭘."

"그래도 그렇죠."

"그래서 그 4개가 뭐예요?"

"음, 그러니까. 브릴란테, 벨로체, 콘아모어, 에스프레시보야."

"좋아 보이네요. 뜻은요?"

우리는 신이 나서 자꾸 물어댔다. 재권 선배는 머리를 긁적대면서 말을 이었다.

"브릴란테는 화려하게, 벨로체는 빠르고 경쾌하게, 콘아모어는 애정

을 가지고, 에스프레시보는 표정을 풍부하게."

"여기서 문제는 뜻이 별로라는 거네요."

나래가 콕 짚어서 얘기하자 분위기는 금세 가라앉았다. 연아 선배는 재권 선배의 성격을 잘 알고 있는지 나래를 보며 고개를 저었다. 재권 선배는 충격을 받은 표정이었다.

"그, 그렇지? 나도 그렇게 좋은 거라고 생각……, 안 했어."

모두들 조용해졌다. 나래는 입술을 깨물었다. 뭐라고 말을 꺼낼 수 없는 이 상황에

"미안해요. 제 성격이 그래서. 좀 직설적이거든요. 상처 받았다면 사과할게요."

재권 선배와 나래 중 먼저 입을 연 것은 나래였다. 꾸밈없이 솔직한 사과에 재권 선배의 기분은 조금 풀어진 것 같았다.

"그래요. 나래가 가끔……, 어. 그럴 때가 있어요."

나도 한 마디 거들어주자 다시 모두 일제히 재권 선배를 쳐다보았다. 재권 선배는 6쌍의 눈동자가 부담스러웠는지

"아, 아냐. 괜찮아. 나도 가끔 내 성격에 짜증이 나는 걸. 맨날 별 것도 아닌 일에 기분이 다운돼서."

"다 된 거죠?"

"응."

"그래."

다행히 별 사단 없이 끝났지만 계속 연습을 하다보면 이런 일이 또 생길 수도 있다는 생각이 들었다.

"그럼 저희끼리 하나만 약속해요. 앞으로 3주 동안 무슨 사건이 벌어질지 몰라요. 그러니까 또 이런 문제가 발생하면 자신이 얼마나 힘들고 어려워도 팀을 위해 먼저 사과하고 용서하기로요."

"응, 그래."

"좋아."

"그리고 먼저 사과해 준 사람에게 고맙다고 하기!"

"사과하면 꼭 받아주기."

"그러자."

"이런 약속도 하나쯤은 있어야겠지."

"알았어. 참 분위기 좋은데, 우리 팀명은 어쩔 거야?"

연아 선배가 예리한 지적을 하자, 우리 6명은 다시 몸을 움츠렸다. 이때 가람이가 나섰다.

"저도 의견 하나 내도 될까요?"

"그럼."

"물론이지."

선배들이 따뜻하게 맞아주자 가람이는 매서운 눈빛으로 자신을 쳐다보는 나래를 무시한 채 자신의 의견을 당당하게 발표했다.

"전 아니마토가 좋은 것 같았어요."

"그래? 무슨 뜻이야?"

"활기차게, 생기 있게라는 뜻이에요. 제가 이 팀명을 지은 건 이유도 있어요."

"들어보자. 관심을 가지게 하는 걸?"

"그게 말이죠, 저희. 이 방에 있는 일원들은 모두 음악을 하고 싶은데 어떤 사정이 있어서 하는 게 힘든 상태이잖아요. 하지만 저희는 자신의 목표를 위해 끝까지 노력하고 또 싸워야 해요. 그러기 위해선 아무리 힘들고 어려워도 밝게 웃으며 활기차고 생기 있게 나아가야 하니까요."

꼭 연설 같았던 가람의 말은 길게 이어졌다. 그리고 연설이 끝나자 연아 선배와 수영 선배는 박수를 쳤다.

"괜찮다. 우리의 모티브와도 맞는 것 같아."

"훌륭한 걸?"

"나보다 낫다. 네 것으로 해."

재권 선배도 가람의 말을 주의 깊게 듣더니 자신이 생각해온 것보다 훨씬 낫다며 칭찬했다.

문제는 나래였다. 나래는 아니꼬운 표정으로

"뭐, 네 수준에서는 괜찮다."

라고 하며 방을 나갔다.

"잠깐만, 나래야! 제가 데려올게요."

나는 헐레벌떡 일어나서 열려 있는 문을 통과했다. 나래는 바로 문밖에서 못마땅한 듯 서 있었다.

"너 가람이 싫어하는 이유가 뭐야?"

"짜증나."

"왜?"

"4학년 때 같은 반이었는데 마음에 안 들어."

"그렇다고 싫어하면 되냐. 그리고 싫어하더라도 남의 말은 잘 들어야지. 또 가람이가 정말 이상한 얘기한 것도 아니고. 충분히 공감할 수 있는 내용이잖아."

"그건……."

"들어와. 상대방이 싫더라도 상대방의 의견까지 싫어하면 안 돼. 가람이에게는……."

"아니, 내가 말할게."

한 번 충고해 주면 옳다고 생각되는 것은 금세 받아들이는 성격인 나래였기에 우리 팀은 나래를 쉽게 용서해 주고 더 발전해나갈 수 있었다.

우리에게 3주는 짧으면서도 길었다. 팀과 함께 했기에 힘이 저절로 났고, 뒤에서 우리를 받쳐주는 선생님이 계셨기에 안심이 되었다. 드디어 내일이 연주회 날이 되었다. 요즘 계속 그래왔듯이 오늘도 저녁 6시까지 연습을 하고 집에 돌아왔다.

집에서 연습을 하는 것은 무리였다. 피아노를 하도 치고 왔더니 손이 욱신거렸다. 밥을 먹고 잠깐 침대에 누웠다가 벌떡 일어났다. 주위에 아무도 없어서 다행이다. 누나라도 있었다면 화들짝 놀라서 정신이 이상해진 줄 알 것 같았다.

"일기장이나 봐야겠다."

혼잣말을 중얼거린 나는 잠가 놓았던 서랍을 열었다. 아직도 거기에는 색 바랜 일기장 하나가 놓여 있었다.

「12월 5일」

피아노 연습과 더불어 나래에게 바이올린을 좀 배워보았다. 근데 생각보다 쉬웠다. 오케스트라가 끝나면 방에서 바이올린을 배워야겠다. 누나는 아직 생각 중인 것 같다. 뭐, 부모님께 들통 나지 않은 것만으로도 다행이다.

「12월 10일」

오케스트라를 하느라 시험 기간도 잊어버렸다. 큰일 났다. 다른 시험은 그다지 필요 없지만 음악 시험은 절대 안 된다. 다행히도 내일이 음악 시험인지라 지금부터라도 공부하면 된다. 아마 될 거다. 될 거라고 믿는다.

「12월 13일」

시험 결과가 나왔다. 일단 행복하다. 음악 점수만큼은 100점이다. 그거면 됐다. 부모님께 혼났긴 했지만 그래도 기쁜 건 사실이다. 솔직히 공부한 것도 없다.

「12월 16일」

누나가 드디어 허락했다. 나는 바로 동의서를 빼다가 누나의 마음이 바뀌기 전에 얼른 사인하라고 했다. 누나는 웃으며 해주었다. 나래에게 자랑해야지.

「12월 20일」

나래는 내 말을 듣고 기뻐했고, 우리 팀은 신청서를 작성해서 오늘 수영 선배가 갖다 냈다. 양식이 복잡해서 선생님들께 여쭈어보며 완성한 신청서이다.

팀명(뜻 포함)	Animato – 활기차게, 생기 있게
신청자(나이 포함)	이연아(16), 도재권(16), 이수영(15), 김성현(14), 한가람(14), 송나래(14), 이해찬(14)
신청일	12월 20일
악기(이름 순서)	플루트, 오보에, 첼로, 비올라, 클라리넷, 바이올린, 피아노
곡 명	베토벤의 〈황제〉
비축 악기 연주자 (최대 5명)	호른, 파곳, 트럼펫, 팀파니, 콘트라베이스

뭐, 이 정도에다가 동의서 몇 개와 추천서 두 개, 신청 동기 등을 쓴 것 같다. 연주회는 새해맞이 경연대회라서 '특별히' 신청자 수가 많으면 30%만 신청서를 보고 뽑는다고 했다. 뽑히지 않으면 어쩌지 라는 불안감이 가득하다.

「12월 26일」

크리스마스라서 합격 여부를 알 수 없었다. 오늘 수영 선배에게 메시지가 도착했다.

'합격되셨습니다. 1월 1일 경연대회 때 뵙겠습니다.'

우리 팀은 너무 기뻐서 날아가는 것 같았다. 이제 연습만 하면 될 것 같았다.

「12월 28일」

경연대회 본부에서 한 번 더 연락이 왔다.

'요청하신 악기 연주자 5명(호른, 파곳, 팀파니, 트럼펫, 콘트라베이스)은 섭외되었습니다. 감사합니다.'

어쩐지……. 처음 신청서에서 필요한 악기가 더 있냐고 물어볼 때부터 그럴 것 같았다.

끝마무리가 악기별로 잘 맞지 않았다. 그래서 마지막 몇 초만 수십 번을 연습했다. 계속 같은 부분만 듣다 보니 귀가 멍멍해졌다. 나만 그런게 아니었는지 모두들 지쳤다. 그래도 연습하다 보니 끝부분의 마무리가 잘 되어갔다.

내가 쓴 일기인데도 다시 보니 새로웠다. 그것도 몇 년 전 것도 아니고 고작 며칠 전에 쓴 건데 말이다. 일기장을 덮고 나서 언뜻 시계를 보니 벌써 10시가 한참 넘어 있었다. 나는 까먹지 않고 일기장을 서랍에 집어넣고 잠갔다. 그리고 얼마나 졸렸던지 그대로 엎어져서 자 버렸다.

4
떨림과 함께, 웃음과 함께

"일어나!"

"너, 정말 안 일어날래?"

사라락-.

"으……."

"경연대회. 안 가?"

부드러운 목소리가 내 귀에 속삭였다. 나는 그게 나래의 목소리인 줄
알았다.

"가야……, 지."

조금씩 정신이 들기 시작했다. 어젯밤에도 결국 꿈은 꾸지 못했다.
사실 꿈을 꿀 여력도 없었다.

"누나?"

"일어나."

"어머니……."

"주무셔. 내가 약속 있어서 나갔다고 해 줄게."

"응."

부스스-.

나는 아직 졸렸지만 오늘 있을 경연대회를 생각하니 잠이 번쩍 깨었다.

일어나서 양치를 하는데 달그락거리는 소리가 들렸다.

"뭐해?"

"쉿."

누나는 부엌에서 열심히 당근을 썰고 있었다. 얼핏 보기엔 비빔밥을 하는 것처럼 보였다. 나는 누나 쪽으로 다가갔다. 누나 주변에는 당근만 있었던 게 아니었다. 둘러보니 모두 볶음밥에 들어갈 재료들이었다.

"이게 다 뭐야?"

"너희 주려고."

"정말?"

"재방송은 안 해."

나는 누나가 신기했다. 평소 같으면 해달라고 난리법석을 피워도 꿈쩍도 하지 않을 누나인데. 무슨 일 있나? 나는 더 캐물으려다 또 안 해준다고 할까 봐 다시 내 방으로 들어와 마저 이를 닦고 옷을 입었다.

다시 나와 보니 어질러져 있었던 부엌이 말끔히 치워져 있었고, 식탁에는 파란색 도시락 통 3개가 놓여 있었다. 도시락 통을 열어보니 모두 때깔 좋고 맛있어 보이는 볶음밥에 계란 프라이가 하나씩 올려져 있었다.

"우와. 누나가 이렇게 요리를 잘했어? 항상……."

"아니. 됐거든? 힘들어."

"에이."

내가 밥을 먹는 것에 대해선 모처럼 얻은 기회였는데 누나는 간단히 내팽개쳐 버렸다. 더 조를까 하다가 그냥 말았다. 누나도 화가 나면 문제가 생기기 때문이다.

"빨리 먹어."

누나는 내 앞의 상에다가 국밥을 한 그릇 얹어놓았다. 어머니 같으면 절대로 해 주시지 않을 국밥이다.

국밥을 두 그릇씩이나 먹고 다시 이를 닦으며 시계를 확인해 보니 아직 9시였다. 하여간 누나는 왜 이렇게 일찍 깨우는 건지. 피아노 연습을 하고 싶었지만 행여나 어머니께서 일어나신다면 모든 게 물거품이 되므로 나는 피아노 앞에서 부들부들 떨리는 손을 무시했다. 몇 분 지났을까? 나는 머리를 탁 쳤다. 내가 그새 또 까먹었다. 그 놈의 방음벽.

따라— 라란—.

방문을 닫고 피아노 뚜껑을 열었다. 하얀 건반과 검은 건반의 조화가 왜 이리 매력적인지 모르겠다. 피아노를 만든 사람은 정말 천재라는 생각이 들었다.

베토벤의 〈황제〉라는 곡이 총 38분 정도 걸리는 곡이었으므로 한 번 연습할 수 있었다. 9시 40분이 되자 다시 방 밖으로 나갔다.

"누나?"

"이제 가야 되지?"

"응."

"알았어. 잘 다녀와."

누나는 싱긋 웃어주면서 나를 엘리베이터까지 배웅해 주었다. 도시락 통에다가 악보 가방까지 들었더니 꽤 무거웠다. 핸드폰을 꺼내 나래에게 전화를 걸었다.

"여, 여보세요?"

"나래야, 나 해찬인데 어디야?"

"나, 밖에."

"그니까 밖에 어디."

"버스 정류장."

"알았어."

모두 모여서 가는 것이 아니라 각자 따로따로 가기로 했기 때문에 난 그저께부터 열심히 버스 노선을 찾아보았다.

탁, 탁, 타–.

빠른 걸음으로 버스 정류장에 도착했더니 정류장에는 연아 선배와 나래가 대화를 주고받고 있었다. 나는 이러다가 버스가 올 수도 있겠다 싶어 그들 쪽으로 뛰어갔다.

"해찬이 왔네."

"그러게요."

"나, 왔어. 선배도 오셨네요."

"응."

버스 정류장에서는 오밀조밀한 대화가 오갔다. 버스가 오는 소리가 들리자 모두 안내판을 쳐다보았다.

"739번 버스가 진입 중입니다."

"타야겠네."

"저 솔직히 말해서 몇 번 버스 타야 하는지 몰랐어요."

나래가 말하자 우리는 웃으면서 버스에 탔다. 마침 딱 의자 3개가 남아 있어서 우린 다 같이 의자에 앉았다.

"참, 몇 시부터 경연대회 시작이더라?"

연아 선배가 핸드폰을 꺼내며 우리에게 물었다. 갑자기 물어보니까 생각이 나지 않는지 나래는 무언가를 꺼냈다.

"어제 부모님이랑 같이 갔다 왔는데요. 10시부터 시작이고요, 저희 차례는 6번째예요. 총 7팀을 뽑았나 봐요."

꼼꼼하게 직접 예술회관에 가서 자료조사를 한 나래를 보며 놀랐다. 아무래도 난 팀에서 배울 게 참 많은 것 같다.

"이번 정류장은 ○○예술회관입니다."

"내려요."

"다른 애들은 다 왔을라나 모르겠다."

버스의 급정거는 우리의 머리를 지끈거리게 만들었다. 급정거로 인한 승객들의 짜증이 버스 안 이곳저곳에서 들려왔다. 우리도 한 마디씩 해주고 싶었지만 빨리 내려야 했기 때문에 얘기할 수 없었다.

10분 정도 기다렸나 싶었는데 7명 모두가 모였다. 저마다 악기를 하나씩 들고 있었다. 피아노를 들고 올 수 없는 난 예술회관에 있는 피아노를 써야 했다.

"지금부터 20분 뒤, 경연대회가 시작될 예정입니다. 관객 여러분은 자리에 앉아주시고, 참가하는 분들은 무대 뒤쪽으로 모여주시기 바랍니다. 감사합니다."

마침 공지사항이 스피커에서 들려오는 터에 우리는 '벌써?' 하면서 공연장 뒤쪽으로 다가갔다.

"참가번호 몇 번이세요?"

"6번이요."

"악기는 여기다가 두시고요, 저기 들어가셔서 분장하고 옷 갈아 입어 주세요. 악기별로 옷이 다르니까 주의해 주시고요. 사이즈 없으면 제게 말씀해 주세요."

좀 큰 예술회관이다 싶었더니 악기별로 입어야 하는 옷도 다르다. 문을 열고 들어가자 한 쪽에는 옷들이 걸려 있었고, 다른 쪽에는 탈의실과 미용 팀이 모여 있었다. 우린 눈짓 한 번으로 대화를 끝내고 다들 많은 옷들에 놀라며 사이즈를 골랐다.

다 입고 분장까지 끝내자 시작 시간이 다 되었다. 아니나 다를까, 우리가 있던 방의 스피커가 울리기 시작했다.

"지금부터 신년맞이 청소년 음악 경연대회를 시작하겠습니다."

"와아아아!"

사람들의 환호성이 들리자 우리는 저마다 긴장하여 눈빛이 달라졌다. 나는 무대에 서보는 게 이번이 처음이었기 때문에 더욱 떨릴 수밖에 없었다.

긴장되고 떨려서 참가번호 1번부터 5번까지의 연주는 듣지도 못했다. 우리가 간신히 들은 건,

"다음은 참가번호 6번, 베토벤의 〈황제〉입니다."

짝짝짝-.

우린 다시 눈빛을 교환했다. 그리고 크게 심호흡을 한 뒤 무대 앞으로 같이 나갔다.

우리를 쳐다보는 수백 쌍의 눈동자들이 이리저리 움직이고 있었다. 어차피 우릴 보러 온 사람도 없었을 테지만, 우린 아주 열심히 아는 사람을 찾았다. 당연히 아무도 없었다.

우리는 가볍게 목례를 하고 자기 자리에 가서 앉았다. 조금 뒤, 예술 회관에서 지원해 준 호른, 트럼펫 등 5개의 악기와 연주자가 무대에 올랐다. 박수 소리는 더욱 커졌다.

따라- 따리란-.

내가 먼저 선두를 이끌어야 했던 탓에 떨리던 손을 잠시 잡고 있다가 연주를 시작했다.

그 뒤, 우리가 어떻게 연주를 마쳤는지는 제대로 기억나지 않는다. 그러나 이것 하나만은 확실했다. 연주를 하다가 얼핏 관람석 쪽을 보았는데 어머니와 아버지 비슷한 사람들을 보았다.

짝짝짝-.

연주를 마치자 박수가 꽤 커졌다. 심지어 기립박수를 치는 사람들도 있었다. 아마 1번에서 5번 참가 번호 때도 그랬을 거다.

"감사합니다!"

우린 부끄러워하며 함께 인사했다. 여기서 아는 사람이 있었다면 더 불편했을 것 같았다. 다행히도 우리 모두 '방'의 사람들이라 올 사람이 없었다.

"들어가 주시면 됩니다."

스텝 하나가 와서 우리에게 속삭였다. 잠시 멍하게 있던 터라 우리는 재빨리 악기를 들고 무대 뒤쪽으로 빠졌다. 그리고 난 무대 뒤에서 놀랄 수밖에 없었다. 나를 쳐다보고 있는 사람들은 우리 가족이었다. 그러면 내가 지나치면서 부모님 비슷하다고 생각한 사람이 정말 우리 부모님이었나 보다. 큰일 났다.

"나, 어떡해?"

"에이, 그래도 연주 잘했는 걸."

"그러고서 해결됐다고 내일 웃으면서 오지 마라."

우리 팀 멤버들은 별 신경을 쓰지 않는 것 같았다. 그러나 나는 엄청 신경 쓰였다. 오늘부로 음악 인생이 끝나면 어떡하지. 걱정부터 앞서갔다.

"어, 어떻게 오신 거예요?"

멤버들은 슬쩍 자리를 피해 주었다. 솔직히 안 그래도 되는데. 아니, 피하지 않는 게 나을 수도 있다. 나는 쭈뼛대며 그냥 서 있다가 무슨 말이라도 해야 할 것 같아 가장 궁금했던 걸 물었다.

"어떻게 왔기는. 네 누나가 너 나간 다음에 얘기해 주더라. 그래서 무슨 일인가 한 번 와봤다."

"으……."

그냥 도망가야 하나, 아니면 부모님 말씀부터 들어야 하나. 순간, 시계를 보고 있던 누나가 미웠다. 처음부터 이러려고 허락해 준 거였나.

"옷 갈아입고 와."

아버지께서 무미건조한 말투로 말하셨다. 나는 찍 소리 하나 못하고 탈의실로 도망치듯이 들어갔다. 캄캄한 어둠이 나를 막아섰다. 불을 켜야 하는데 불을 켤 수 없었다. 그러기엔 내 희망은 저 멀리 달아나 버렸다.

옷을 갈아입고 나오니 우리 팀 멤버들과 내 가족이 아주 열심히 대화를 나누고 있었다. 갑자기 웃음이 터져 나오는 게 이상했다. 분명 서로 의견도 안 맞고 생각도 달라 공통된 취미 같은 게 없을 텐데. 왜 그러는 거지?

"이해찬, 이리 와."

"네."

어머니께서 나를 부르셨다. 어머니의 입에서 무슨 말이 나올지 몰라 나는 일부러 천천히 걸어갔다.

"왜, 얘기 안 했니?"

"당연히 안 된다고……."

"해찬아, 나는……."

어머니께서 말을 이으려는 찰나, 안내 방송이 울려 퍼졌다. 내게는 희소식이었다.

"안내 방송을 하겠습니다. 지금부터 시상식이 있을 예정입니다. 관람

객들과 참여자 여러분들께서는 자리에 앉아주시기 바라겠습니다. 감사합니다."

"저기, 여기 있으면 안 됩니다. 참가자 분들과 가족 분이신 것 같은데, 관람석으로 가 주세요."

"아, 네."

어디서 들어온 건지 모르는 스텝과 함께 우리는 무대 뒤에서 나갔다. 관람석은 거의 다 차 있었다. 다행히도 맨 끝에 한 줄이 남아 있었기에 우린 모두 앉을 수 있었다. 부모님께서는 다른 쪽에 자리를 맡아 놓으셨다면서 자리를 피했다. 나는 그 때까지 고개를 숙이고 있었다.

"시상식을 시작하겠습니다. 시상은 우수상부터 할 예정입니다. 참가상은 학교로 배송될 예정입니다. 먼저 우수상입니다."

연주할 때보단 덜 떨렸지만 그래도 긴장되는 것은 마찬가지였다. 왠지 모를 이 불안감이 우리 7명을 휩싸고 지나갔다. 우수상도 못 받으면 어쩌지? 하는 마음이 우리에게 텔레파시 통하듯 스쳐갔다.

"우수상은 참가 번호 2번이었던 WE ARE ONE팀입니다. WE ARE ONE팀은 모차르트의 교향곡을 연주했습니다."

시상식은 생각보다 간단하게 이루어졌다. 소개말을 듣고 자기 팀이 불리면 같이 나가서 대표가 상을 받고, 멤버 모두 악수 한 번씩을 하고 돌아오는 것이었다.

"최우수상은 참가 번호 7번이었던……."

우리는 앞에 참가 번호만 듣고 말았다. 듣기 귀찮았는지 아님 우리가 상을 받지 못할까 봐 보기 싫었는지 연아 선배와 수영 선배, 성현이는 아예 핸드폰에 얼굴을 파묻었다. 나와 나래, 가람이, 재권 선배만 열심히 시상식을 보고 있었다.

"준 대상은 참가 번호 3번……."

"야, 우리 못 받았나보다."

한 번 무대를 쳐다보고 다시 핸드폰에 열중하고 있던 수영 선배가 힘없이 말했다.

"설마, 그래도."

"그럼 마지막으로 대상 시상이 있겠습니다."

"휴……."

우리는 거의 자포자기한 상태였다. 나는 앞이 보이지 않았다. 아니 정말 앞이 보이지 않았다는 게 아니라 앞으로 내가 갈 길이 보이지 않았다는 것이다. 상이라도 받았어야 부모님께서 인정할 가능성이 높아질 텐데. 상도 못 받았으니.

"대상은 참가 번호 6번이었던……."

"뭐라?"

"잘못 들었겠지."

"말도 안 돼."

우린 깜짝 놀랐다. 연아 선배는 들고 있던 휴대폰을 떨어뜨렸다. 재권 선배는 우리가 5번이랑 헷갈린 거라고 했다. 그럴지도 모른다. 가끔 1이랑 2를 헷갈리듯이 아마,

"ANIMATO팀이 받겠습니다."

우리는 저마다 벌떡 일어났다.

"설마 우리 팀이랑 이름이 같을 리는 없을 테고, 그럼 우리가 정말 대상인 거야?"

"뭐야."

"음, ANIMATO팀?"

"나가자."

"으응."

우리는 박수 소리에 힘입어 무대로 나갔다. 무대의 빛깔은 아까와 달랐다. 연주할 때의 무대 색깔이 회색이었다면 지금은 밝은 분홍빛을 띠고 있었다.

"누가 받을 거야?"

"수영 선배가 받아요."

"아냐. 연아 선배가 받아야죠."

막상 나가보니 누가 받을 지도 문제였다. 신청서를 갖다 내준 수영 선배가 추천되었지만 수영 선배는 최고참이 받아야 한다면서 연아 선배가 받으라고 했다.

"팀 대표 나오실래요."

우린 잠시 머뭇거리다가 저 뒤 관람석까지 들리도록 힘차게 대답했다.

"저흰 팀 대표가 없어요. 우리 모두가 주인공이니까요!"

결국 상은 얼떨결에 맨 앞에 서 있던 나래가 받았다. 우리의 말에 스텝들과 시상식 진행자도 놀란 듯했다.

돌아오던 도중 우리 앞으로 꽃다발이 하나 떨어졌다. 들어보니 누나가 던진 거였다.

'잘했어. 부모님도 기뻐하던 걸?'

"하하……."

웃어야 하는 건지, 막막해야 하는 건지 알 수 없었다.

우린 너무 기뻤던 탓에 버스 안에서도 시끄러웠다. 기사 아저씨께 두
세 번이나 경고를 받으면서도 소란은 잦을 줄 몰랐다. 부모님께서는 차
를 타고 먼저 집에 가 있겠다고 했다.

"믿을 수가 없어!"

"말이 되는 소리야? 채점 잘못한 건 아니겠지?"

"에이, 일단 기분은 좋잖아."

"그건 그래요."

.

.

.

"그러고 보니 연아 선배랑 재권 선배는 고등학교 가네요."

"난 부모님의 반대를 무릅쓰고 예고 합격했어."

3학년이었던 연아 선배와 재권 선배를 떠나보내야 한다는 게 너무 아
쉬웠다. 플루트와 오보에 전공은 좀처럼 찾아볼 수 없을 텐데 말이다.
많이 친해졌다고 생각했는데 가니까 아쉽다.

"다들 잘 있어. 나중에 방에 찾아올 테니까, 알았지?"

"네에……."

버스에서 내리는 도중, 나래가 말했다.

"모두 해피 뉴 이어! 새해 복 많이 받아요!"

에필로그

아침 바람이 무척 상쾌하다. 학교 가는 게 이제는 즐겁다. 항상 혼자 다녔는데 이제는 둘이서 다닌다. 나래가 있으니 어떤 일을 해도 행복하다. 딱히 나래가 있어서 행복하기보다는 동반자, 내 이야기를 잘 들어주는 친구 한 명이 있다는 것만으로도 행복한 것이다.

"오케스트라 납셨네."

"이번에 또 대상 하나 받았다는데?"

우리가 교실에 도착하면 온통 우리 얘기로 북적북적하다. 경연대회도 벌써 3번이나 치렀고, 우린 3번 모두 대상을 받아 학교의 화젯거리가 되었다.

"자, 오늘은 예술에 대한 진로 쪽으로 방향을 틀어보자. 예술 쪽에는 어떤 장래희망이 있지? 아주 자알 알고 있는 해찬이와 나래가 이야기해 보자."

"아, 쌤!"

"왜, 불만 있냐?"

퓨마 쌤은 아직도 진로 수업을 하고 있다. 정말 진로 쌤이 맞기는 한가보다. 그리고 우리의 악기 연주를 도와주셨다는 얘기 덕분에 별명이 바뀌었다. 이젠 찬석 선생님은 뮤즈 쌤이라고 불린다. 음악의 신. 걸맞은 이름인 것 같다.

퓨마 쌤이 말하기를 자기는 경연대회에 참석했다고 한다. 부모님도 오셨고 해서 그냥 얼굴을 비추지 않은 거라면서 점잖은 것처럼 행동한다. 믿을 수 없어 증거라도 있냐고 따졌더니 동영상을 보내주셨다.

부모님께 혼날 줄 알았다. 그렇게 약속도 어기고 내 마음대로 행동했는데도 생각보다 별 말씀 안 하셨다. 다음날, 어머니께서 부르시기에 가 봤더니 부모님께서 나를 칭찬해 주셨다.

"잘했다. 대상까지 받고."

"자랑스럽구나."

나는 이제 된통 혼날 줄 알았다. 그런데 예상과 달리 부모님께서는 이렇게 말씀하셨다.

"해찬아, 그렇게 음악이 하고 싶니?"

"네."

"그럼, 해라."

"네?!"

나는 뭐라 해야 할지 몰라 눈만 깜박였다. 지금 내 귀가 어떻게 된 게 아닐까 싶었다.

"하고 싶으면 해. 말리지 않을 거야. 네가 경연대회를 위해 준비한 모습을 다 알았다. 우리가 너무 심했던 것 같구나. 진로는 네가 결정하는 거니 알아서 해라."

"그게 정말이에요?"

"그럼."

난 하늘로 날아갈 것 같았다. 아니, 벌써 날아갔을지도 모른다. 기분을 주체할 수 없어 내 방으로 달려갔다.

따라라- 라라라란-.

피아노가 내 기쁨을 표현하고 있었다. 역시 내 마음을 가장 잘 표현할 수 있는 건 악기뿐이다.

그 뒤, 내가 악기 연주를 진로로 하는 것을 허락받은 걸 알게 된 누나. 누나도 과감하게 법학과를 그만두고 예술대학으로 갔다. 누나의 전공은 바이올린. 결국 우리 집은 악기를 하는 집안이 되어 버렸다.

누나와 내가 같이 연주를 할 땐 부모님께서 오셔서 연주를 지켜보신다. 아버지께서는 기타를 한 번 배워보아야겠다고 하면서 기타 강습을 신청하셨다. 부모님께서 허락하시니 이젠 별 상관할 게 없다. 부모님께서 없었을 때보다 뒤가 더 든든해진 느낌이다.

나래는 삼촌과 싸워 이겼다. 삼촌은 이제 나래가 하는 음악에 신경 쓰지 못한다고 한다. 나래와 나, 우리 누나 모두 자기가 원하던 바를 이룬 것이다.

이 모든 것을 이루어지게끔 아주 가까운 곳에서 우리를 이끌어준 희망. 희망보다 조금 먼 곳에서 우리를 지켜보셨던 선생님. 그리고 나는 느낄 수 없었지만 아주 먼 곳에서 응원해 주셨던 부모님. 너무 감사하고 또 고맙다.

달려간다. 우리는 또다시 달린다. 어디를 향해서 가냐고 누군가 물으면 우린 이렇게 대답할 거다.

"당연히 꿈을 향해서 가는 거죠. 희망과 파트너가 되어서 달려요. 가다가 길이 엇갈리고 지치고 넘어져서 아파할지 몰라도 계속 가면 언젠간 꿈에 도달해 있을 거예요."

인생은 짧고 예술은 길다는 말이 있었나? 누군지는 몰라도 그 말을 한 사람은 다시 한 번 생각해 보아야 할 거다. 나는 '인생은 길고 예술은 영원하다.' 로 고칠 거다. 그렇다. 인생은 어디선가 끝이 나겠지만 예술이란 건 수백 년, 아니 수만 년이 지나도 사라지지 않을 것이다.

세상은 하염없이 넓고 그 세상에서 나라는 존재를 알리는 것은 힘이 들 수밖에 없다. 난 나를 알리는 방법 중 음악을 선택했다. 다른 사람들은 또 무엇을 선택했을지 모르지만 나는 내가 선택한 방법에 충실할 거다.

난 그게 진로라고 생각한다.

　벌써 바람이 세차지고 햇빛이 들어가 숨어버리는 겨울이 되었다. 첫눈이 올 때만 해도 가을과 별다를 게 없다고 생각한 것이 엊그제 같은데 이제는 춥다면서 저절로 손발이 움츠러든다.

　아무 대가도 바라지 않고 순수하게 내 마음을 표현했던 글. 출판도 그냥 친구들과 돌려보는 일을 공식화하는 것뿐이지, 별다를 게 없다고 생각했다. 그런데, 그게 아니었다. 이런저런 경험을 하다 보니 책 출판이라는 게 얼마나 힘든 일인지, 새삼 느낄 수 있었다.

　드넓은 세상에서 자신을 알릴 수 있는 방법은 무궁무진하다. 그러나 그 방법으로 성공해서 정말 자신을 알리고, 후세에 이름을 남기는 사람은 매우 적다. 꼭 주인공과 같은 처지에 있지 않다고 해도 내 또래 친구들의 마음으로서 쉽게 공감할 수 있을 거라 믿는 이 책이 누군가와 갈등을 겪고 있는 청소년에게, 또 자신을 알리고 싶어하는 청소년에게 조금이나마 도움이 되었으면 하는 바람으로 이 글을 썼다.

　마지막으로, 초등학교 때부터 꿈꿔왔던 책 출판을 가능하게 해 준 중학교 온새미로 도서부, 그리고 도서부 선생님께 감사하다는 말을 전하면서 끝을 맺으려 한다.

　모두 감사합니다!

2016년 1월

김민주

가시나무의 여인
[楚嬉]

김지민

1

"야. 일어나."

시현의 몸이 갑자기 타의로 흔들리더니, 곧이어 시현의 의식이 제자리를 되찾고 제일 처음으로 한 생각은 '아 정말. 한참 잘 자고 있었는데……, 하필 깨워도 이때 깨우는 게 뭐람. 또 저 사람이 무슨 말을 하길래 깨우는 거야.' 였다.

"일어나라고. 이시현."

"일어났다. 이미."

시현은 막 잠에서 깨서 부스스한 얼굴로 수민이에게 귀찮듯이 대답했다.

"또 무슨 일이기에 깨웠어……. 한참 잘 자고 있었는데."

"우리 내일 현장체험학습 가잖아. 그래서 쌤이 그거에 관해 공지하고 계시니까 깨웠지."

"니가 저 사람 할 말 다 끝난 다음에 중요한 것만 말해 주면 안 되는 거였냐."

"귀찮거든. 게다가 지금 들을 때 듣지 두 번 일하는 거 싫어서 그래."

수민이는 말처럼 귀찮은 표정으로 대답을 하고 다시 저 사람이 말하는 것에 집중했다. 평소에는 잘만 말해 주더만……. 왜 이러는 거지. 어쨌든 시현은 깬 김에 무슨 말을 하나 집중해서 들었다.

"내일 창덕궁으로 현장체험학습을 가는 거 다 알고 있지?"

한마디만 말씀하셨는데도 아이들의 반응은 대단했다. '무슨 중 2가 창덕궁으로 소풍을 가요'라는 김종현의 말을 시작으로, 심지어 반장도 한마디 거들었다. 솔직히 나는 궁궐로 소풍을 가는 것을 좋게 생각한다.

"조용히 하고 다들. 일단 내 말 좀 들어봐."

그래도 여전히 시끄러웠다.

"5초 내로 조용히 안 하면 내일까지 빽빽이 10장 써오는 거다."

5초 내는 무슨……. 이 말이 나온 후 3초 만에 조용해졌다. 빽빽이를 저 사람보다 두려워하는 모습이라니……. 교권이 추락하긴 했나 보다.

"흠흠. 일단 옷차림은 단정하게 하고 오도록 하고, 준비물은 음료수와 약간의 간식을 가져오면 된다."

여전히 교실 안은 조용했다. 이 상황이 신기할 정도로 조용했다. '이제는 애들이 포기를 했나보다.'라고 생각했을 때쯤 김종현이 갑자기 손을 들어 말했다.

"저희 몇 시에 끝나요?"

애들도 다 저 사람에게 시선을 집중했다. 역시나 애들에게 중요한 것은 현장체험학습 장소가 아니라 끝나는 시간이었나…….

"우리가 왜 현장체험학습 장소를 창덕궁으로 정했을 것 같냐?"

잠시 시간을 두고, 애들의 시선이 다 자신에게 온 것을 확인하고는,

"오후 2시쯤에 끝난다."

현장체험학습 장소를 말했을 때와는 다른 반응이 아니라 함성이 귀가

아프도록 들려왔다. 그중에는 역시 우리 선생님이라고 하며 엄지를 치켜드는 애들도 몇몇 보였다. 말이 다 끝난 것 같다. 그렇다면 당연히!

"야, 이시현 또 자냐."

수민이의 목소리가 또다시 나를 깨웠다.

"내가 자겠다는 데 무슨 상관이야. 어차피 지금 쉬는 시간인데."

수민이는 어이없다는 듯이 나를 쳐다보고는 다시 말을 시작했다.

"지금 종례시간인데 집 가서서 침대에서 편히 주무시죠?"

벌떡 일어나서 챙길 것도 없는 책가방을 챙겼다. 이럴 땐 고맙다니까. 참……. 미워할 수 없는 애야. 투덜투덜 대면서 챙길 건 다 챙겨주는 데 어떻게 미워하냐고…….

"자, 종례 끝! 반장 인사."

"바르게 살겠습니다-."

나는 누구보다 빠르게 인사를 하고 바로 집으로 가 수민이의 말처럼 침대에서 편히 잠들었다.

감았던 눈을 다시 떠보니 금요일의 아침이 시작되었다. 느긋하게 가방을 챙기고 학교로 갔다. 학교에 가서 주변을 둘러보니 일찍 온 편도 아니고 늦게 온 편도 아니고 적당히 온 것 같았다. 수민이를 만나서 가장 반가운 표정으로 인사를 했더니.

"반장한테 가서 출석 체크해."

반장이 애들이 다 모였는지 확인을 하고 선생님과 애들은 버스에 올라탔다. 처음부터 버스를 타라고 했으면 더 좋은 방법이었을 텐데……. 저 사람의 머리에는 뭐가 들어 있는지 모르겠다. 날씨도 춥고 또 출석 체크도 버스 안에서 하면 더 쉬울 것이 아닌가.

버스에 올라타자마자 저 사람은 말을 시작했다. 아, 아니다. 애들이 올라타자마자 노래를 부르는데 애들이 노래를 부르는 타이밍과 저 사람이 막 입을 뗀 타이밍이 일치했던 것이다. 난 수민이에게 역시나 항상 하던 것처럼 눈을 감으면서 말했다.

"도착하면 깨워. 그동안 자고 있을 거니까."
메아리가 없어서 감았던 눈을 슬며시 뜨고 수민이를 봤더니, 얼마나 음악을 크게 틀어놓은 건지, 귀를 이어폰으로 틀어막고 게임을 하고 있었다. 그런 수민이를 툭툭 치면서 다시 말을 반복했다. 대답 전에 들려온 말은…….
"에이. 정말…… 아. 죽었잖아!"
게임에서 죽었단 얘기다. 설마 진짜로 죽은 사람이 대답을 할 리가…….
"왜. 뭔 일인데."
내가 말하기 전에 이어폰을 안 뺀 건지. 다시 또 묻고 있다. 아, 정말……. 잘 시간 줄어들게.
"도착하면 깨워줘. 그동안 자고 있을 거니까."
수민이의 신경질적인 목소리 때문에 한 글자를 더 붙여서 말했다. 이제 드디어 눈을 붙일 수 있게 되었다.

 자기 전에 한수민에 대해 잠깐 동안 생각해 봤는데 참 특이한 애다. 성격이 좋다고 할 수도 없고 그렇지만 항상 깨워달라는 내 부탁을 잊지 않고 깨워주는 걸 보면 나쁘다고도 할 수 없다. 뭐지? 츤데레인가? 또한 나랑 친구라고도 할 수 없다. 그렇지만 또 툴툴대면서 내 옆에 앉는 걸 보면 친구가 아니라고도 할 수 없다. 이래 봬도 한수민은 나랑 중학교 생활 2년 동안 같은 반이었다. 물론 1학년 때도 지금이랑 상황이 다르진 않았다. 수민이는 지금과 똑같이 툴툴대면서 내 옆자리에 앉았고, 덕분에 난 친구가 있다는 이유로 왕따는 당하지 않았다. 친구는 별 의미가 없다고 생각했었는데, 별 의미가 없지 않다. 은근히 위축된다. 하물며 체육시간에 짝 지어서 체력 측정을 한다고 해도 다 둘씩 친구끼리 짝지어서 서로가 체력 측정을 할 수 있게 도와주는 데 일단 혼자니까 맨 끝자리에 선다. 한수민을 너무 많이 생각했나 보다.

 "자, 내리자."
 젠장. 눈만 감고 있었지. 결국 잠은 한숨도 못 잤잖아? 웬만한 남자보다 목소리가 얇은 저 사람의 목소리가 나를 신경질 나게 만들었다. 그러다보니 내 부탁대로 나를 깨운 수민이는 영문도 모른 채 화가 난 목소리를 듣고 말았다. 그런데 생각해 보니 결국 내 의지대로 수민이를 생각하다가 잠 못 든 것이 아닌가? 나도 참 이상한 애다. 그런 생각을 하면서 수민이에게 바로 사과를 했다. 다행히도 사과를 받아주었다.

음……. 이런 걸 보면 성격이 좋은 건가? 아, 아니다. 생각해 보니 성격이 좋고 뭐고 굳이 생각할 필요는 없는 것 같다.

저 사람의 말에 따라 버스에서 내렸다. 버스에서 내리고 조금을 더 걸어서 창덕궁에 도착했다. 창덕궁에 오자마자 해설사 분이 설명을 시작했다. 우리뿐만 아니라 다른 학교 학생들까지 창덕궁을 온 건지 사람이 굉장히 많았다.

"자, 창덕궁은 조선이 건국되고 나서 태종 5년, 1405년에 조선의 법궁인 경복궁을 제외한 별도의 궁궐 즉, 이궁으로 건설되었어요. 그리고 임진왜란이 일어난 해? 자, 몇 년? 몇 년인지 아는 사람 손! 맞추면 상품이 준비되어 있어요."

임진왜란이 일어난 해는 1592년으로 학교 역사 쌤이 일(1)오(5)구(9)있(2)을 때가 아니다라고 외우라고 하셨었지. 알기야 하지만 상품에는 별 관심이 없고, 손을 들기도 귀찮았다. 잠시 동안 애들이 머뭇머뭇할 때 반장이 손을 벌떡 들어서 "네, 1592년입니다."라고 대답했다. 애들이 머뭇머뭇할 때 '잠시 동안 나라도 손을 들걸 그랬나?' 라는 생각이 들었지만 얼마 지나지 않아 반장이 손을 들면서 그런 생각은 말끔히 사라졌다. 반장이 문제를 맞히고 창덕궁 기념품점에서 파는 노트 두 권을 받고 나서 해설사 분은 다시 설명을 시작했다.

"자, 1592년의 임진왜란으로 뭐 경복궁이던, 창덕궁이던 조선의 모든 궁궐이 소실되어 잠시 동안 월산대군의 후손의 저택을 임시로 예비 궁궐로 사용한 궁궐이 바로……!"

김종현이 창덕궁이라고 외쳤지만 나는 속으로 비웃었다. 반장도 나랑 생각이 같았지만 선택한 방법은 달랐다. 나는 속으로 비웃는 것을 선택했지만 반장은 김종현처럼 덕수궁을 외치는 걸 선택했다. 해설사 분은 아주 기분 좋게 반장에게 웃으며 칭찬을 하며 엄지를 척 올리고는 다시 설명을 시작했다.

"예비 궁궐로 사용한 궁궐은 덕수궁이고요. 자, 계속해서 설명하겠어요. 덕수궁을 예비 궁궐로 사용할 동안 불타버린 창덕궁을 수리했는데요. 광해군 2년, 1610년에 창덕궁을 수리하는 것을 완료해서 경복궁 대신 조선의 법궁으로 사용되었답니다. 조선 제 2의 법궁에서는 그동안……."

해설사 분의 계속된 설명을 듣자니 너무나 지루했다. 다 아는 내용을 저렇게 설명할 필요가 없는 거 같은데. 아, 나만 다 아는 내용인가 보다. 하기야……. 애들은 하루 동안 7교시 전체를 듣지만, 난 역사시간만 듣다보니 오히려 역사만 선택해서 집중하는 셈이 된 것이다. 역시 선택과 집중의 효과란……. 대단한 거구나.

이 지루한 설명에서 내가 선택할 수 있는 방법은 여기서 도망치는 거다. 계속 설명을 듣자니 지루해서 졸려 죽을 거 같고, 도망치는 것이 더 스릴 넘칠 거 같기도 하다. 오늘따라 창덕궁에 온 사람들이 많으니 오랫동안 도망친 것을 들키지 않을 수 있다는 생각에 나는 가슴이 두근두근거렸다. 두근거리는 가슴을 안고서 서서히 뛰어가기 시작했다.

저 지루한 설명에서 빠져나왔다는 것이 첫째로, 다른 애들은 나와 같은 상황이 아니라는 것에서의 희열이 둘째로, 또한 창덕궁을 제대로 구경할 수 있다는 것이 셋째로, 나를 날아갈 듯 한 기쁨에 젖게 만들었다. 그 기쁨에 젖다보니 천천히 뛰던 것이 어느덧 전속력으로 뛰고 있었다. 여기가 어디인가 하고 보니……. 창덕궁 안에 있는 궐내 각사였다. 원래 조선시대의 관청은 궁궐 밖에 있는 것이 원칙이지만 궐내 각사는 왕의 일과 밀접한 관련을 가진 곳이라 궁궐 안에 있었다. 궐내 각사와 궁궐을 이어주는 내각을 지나서 규장각 안으로 들어갔다. 그런데, 기분이 이상하다. 귀신에 홀린 듯한 기분이랄까? 기분은 멍하지만 은근히 좋다. 처음 느껴보는 기분이다. 그렇지만 왠지 익숙하다 할까? 어쨌든 그런 기분은 스릴감에 젖은 상태로 단정 지어 놓고 규장각 내부를 구경하기 시작했다.

규장각 안에는 한 권의 책도 없이 비어 있지만, 어……?

"뭐지, 저 책?"

누가 보고 나서 다시 덮지 않은 듯, 책 하나가 책상 위에 올려 있었다. 나는 규장각에 들어온 것처럼 또 뭐에 홀린 듯한 기분이 느껴졌다. 정신을 차리고 이 책이 왜 여기 있을까에 대한 의문을 해결하려 했다. 의문을 해결하는 데는 역시 혼잣말이 제일이지!

"일단, 이 책이 왜 여기 있을까?"

책상 주위를 빙빙 돌면서 나는 혼잣말을 했다.

"정조 때는 문체반정으로 이런 소설체의 글은 패관문학으로 취급해서 읽을 수도 없었는데……, 보는 사람들이 있었으면 궐 내에서는 예문관 관원들이 읽었겠지만……. 그런데 이 책이 있으려면 오히려 규장각 검서관들이 머물렀던 이 옆의 검서청에 있었을 텐데? 왕이 금지한 걸 읽는 사람들이 용감하게 규장각에 이런 걸 놓고 다닐 리도 없을테고?"

누가 보면 같이 대화를 하는 사람이 있는 줄 알겠지만, 규장각 안에는 나 혼자였다. 아니 굳이 찾자면, 규장각 검서관들의 영혼이 여기 있다고 할 수 있지만 뭐……. 그 영혼들이 대화를 하는 건 아니니깐 말이다. 나는 계속 말을 시작했다.

"그러면 정조 때가 아니라 한 몇 시간 전에 누가 여기 들어와서 있던 것이라면?"

그렇게 가설을 세워 본 나는 머지않아 다른 의문점을 찾았다.

"도대체 누가? 왜? 왜 이런 짓을?"

이번에는 이 말을 끝으로 한숨을 한 번 쉬고는,

"그냥, 그런 거 생각하지 말고. 일단 한 번 보자."

책상에서 의자를 꺼내어 앉아 책을 펼쳤다. 그런 와중에 책을 펼쳐보지 않는 경우의 수를 생각하고 있었다.

"전생이란, 지금 이 책을 보고 있는 당신과 혹은 당신이 보고 있는 그 책을 쓴 필자가 태어나기 이전, 즉 이번 생애의 이전을 전생이라고 한다. 불교의 삼생 중에 가장 첫째에 속하는……."

"시현아. 왜 여기 있어."

오랜만에 듣는 선생님의 목소리였다. 목소리가 얇으신 선생님은 규장각 안에서까지 잠든 나를 깨웠다. 잠에서 깨서 정신이 몽롱해지는 것도 선생님의 목소리를 들으니 정신이 똑바로 차려졌다. 그리고 감았던 눈을 재빠르게 뜨고 일어났다. 분명 의자 위에 앉아 있었는데 잠에서 깨고 보니 규장각의 서가 밑에 쭈그려 앉아 자고 있었다. 나는 영문을 몰랐다. 그런 의문을 가진 채 선생님 옆을 봤다. 첫째로는 어둑어둑해진 것이고, 둘째로는 지루한 설명들을 계속하던 해설사 분이 옆에 있었다. 선생님은 다행히 찾았다는 눈빛으로 날 바라봐 주었지만 해설사 분은 그다지 날 달가워하지 않았다. 그 눈빛을 전혀 이해 못 하는 것은 아니다. 자신의 설명을 다 듣고 오후 2시쯤에 집에 갈 애가 오후 6시 반에 규장각에서 졸고 있었다니……. 내가 생각해도 참 좋게만은 봐줄 수 없는 애였다.

"시현아, 이제 그만 나가자."

"네. 심려 끼쳐 드려서 죄송해요."

나는 선생님을 따라 내각을 지나 궐내 각사를 빠져나왔다. 해설사 분은 앞장서서 걸으셨다. 해설사 분과 가까워지자, 해설사 분의 꿍시렁꿍시렁대는 목소리가 들렸다. 점점 나에게 해설사 분의 이미지가 안 좋아질 찰나에,

"어휴, 멀다. 도대체 얼마나 멀리 온 거야?"

"하하……. 어쩌다보니 그렇게 됐네요."

"애들은 다 미리 보냈으니까 시현이도 이만 집에 가면 되겠다. 너 찾는다고 2학년 모든 담임 선생님들도 여태까지 남아 계셨어."

"자, 도착했습니다."

해설사 분의 말을 듣고서 선생님은 창덕궁의 정문인 돈화문에 도착했음을 알았다. 하지만 그 전에, 나는 이미 나를 쳐다보는 2학년 선생님 중에서 가장 무서운 4반 담임 선생님의 눈초리를 느꼈기 때문에, 정문에 도착한 것을 알았다. 여러 선생님들의 핀잔 또는 걱정 담긴 잔소리를 듣고 나는 담임 선생님의 차를 타고 집으로 갔다.

"시현이 왔어?"

"어."

"뭔 일이 있었기에. 너희 담임 선생님께서 나한테 전화를 하셨네? 엄마 바빠서 못 받았는데 시현이 뭔 일 있었어?"

오, 신이시여 감사합니다. 엄마께서 전화를 못 받았다니 앞으로는 착하게 살게요.

"아냐. 별 일 없었어. 엄마 나 저녁 좀 차려줘."

"그러고 보니 저녁 먹을 시간 다 됐네. 씻고 와. 저녁 차려줄게."

슬며시 방으로 들어간 나는 기쁜 마음을 참지 못하고 방에서 날뛰었다. 특히 침대에서. 그런데, 이런……. 너무 기뻐서 그런가. 그만 발을 책상에 부딪치고 말았다. 책상에 발을 부딪치고 나니 기쁜 마음은 사라지고 평소와 같이 편안했다. 옷을 갈아입고 나서 부엌으로 가서 저녁을 먹었다. 그리고 숙제가 있는지 없는지 확인하려고 책가방을 들었는데, 순간 '평소에도 안하는 숙제를 왜 지금 펼치지' 라는 생각을 하고 다시 들었던 책가방을 내려놓았다. 화장실로 가서 이를 닦고 세수하고는 얌전히 침대에 누웠다. 시계를 보니 8시였다. 한 10시 정도는 된 줄 알고 침대에 누웠지만 두 시간이나 전이라니……. 나는 다시 침대에서 일어난 다음 거실로 가서 TV를 두 시간 동안 봤다. 별 재미있는 것도 안하지만 그렇다고 해서 재미가 없는 것은 아니었다. 시간이 흘러서 10시가 된 것을 발견하고 다시 방으로 들어가서 침대에 누웠다. 오늘은 참 이상한 하루였다.

　눈을 떠보니 즐거운 주말, 토요일의 아침이 밝았다.

　"흐아아. 잘 잤다."

　기지개를 펴고 방 밖으로 나왔다. 그런데 밖으로 나와보니,

　"어, 일어났어? 시현아, 밖에 나와서 우유 좀 사와."

　"뭐, 일어나자마자 우유 사오라고 시켜."

　"맞고 갈래? 그냥 갈래?"

　당연히 그냥이지.

　"그냥. 돈 줘. 갔다 올게!"

　집 앞에 있는 슈퍼를 갔다 오려고 했으나 하필 집 앞의 슈퍼가 딸 결혼식이라 쉬는 바람에 멀리 있는 편의점에서 우유를 사게 되었다. '왜 하필 오늘이 딸 결혼식이냐고…….' 라는 생각을 하면서 다시 집으로 오는 길에,

　"아!"

나도 키가 작은 편은 아닌데……. 165가 작은 건 아니잖아? 그런데 웬 낯선 남자 분과 어깨가 부딪힌 것도 아니고 내 머리와 그 남자 분의 어깨가 부딪혔다. 도대체 키가 얼마나 큰 거야.

"죄송합니다."

욕이 안 나오면 다행인데, 그 남자 분의 입에서 나온 말은…….

"찾았다."

"네?"

뭔 소리야. 이 사람은. '뭐 내가 자기 첫사랑이랑 닮았다느니 그런 말 하는 거 아니겠지?' 라는 생각을 하며 그나마 예의 있어보이게 '네?' 라고 대답했다.

"균아, 어서 이리로 와 봐!"

"무슨 소리세요?"

나는 도무지 알아들을 수 없는 소리를 하는 이 사람을 어떻게 대해야 할지 몰랐다. 균이라고 불린 사람은 재빨리 나와 남자 분이 있는 곳으로 왔고, 오자마자 내 오른손을 잡으면서 '누이!' 라는 말을 꺼냈다. 이거 뭐 왼손에 우유를 들지 않았으면 왼손까지 잡을 것 같은 상황이다. 참 이상한 일이다. 누가 봐도 내가 더 나이가 적을 텐데……. 누이라니? 뭐야, 이 사람들?

"야. 허균. 아무것도 모르는 애한테 보자마자 누이라고 하면 어떡하라고."

"아, 미안. 자, 시현아. 우리 소개를 할게. 나는 일단 허균이라고 하고, 애는 홍길동이라고."

"뭐라고요? 아니, 일단 저를 아세요?"

내 말을 들은 후에 홍길동이라는 사람이 슬쩍 입꼬리를 올리면서 하는 말이,

"어제 규장각에서 읽은 책 있지?"

뭐야, 어떻게 알지? 난 이 사람 처음 보는데? 그나저나 왜 동문서답인 건데.

"읽은 거 있잖아. 왜 갑자기 눈이 커지고 그래. 내가 거짓말하는 것처럼 보이게."

눈이 커졌었나? 나도 모르게? 지금 내가 이상한 건가? 머릿속에 계속 커지는 궁금증을 풀기 위해서는 대화를 이어가는 게 필요하다는 걸 깨닫고 대화를 계속 이어나갔다.

"어……. 어떻게 아세요?"

"볼 줄 알았으니까."

홍길동이라는 사람이 무심한 말투로 말했다.

"자, 이시현. 우리가 말하면 말할수록 넌 의문점만 더 많아질 거니까. 평소 성격대로 요점만 말해 줄게. 일단 우리는 네가 필요하고, 그 이유는 애의 누이를 찾기 위해서야."

말을 계속 이어갔다. 말하는 도중에는 턱으로 옆에 있는 허균을 가리켰다. 봐봐, 이렇게 직설적으로 말해 주면 좀 좋아? 아무튼 궁금증은 어느 정도 풀린 것 같다. 그런데 말이야, 왜인지는 모르겠는데, 모르는 사람들과 동행하고 싶다. 이상한 건 알겠는데 동행하고 싶다는 생각이 들

었다. 고전소설의 저자와 그 소설 속 인물이랑 이름이 같아서 그런가?

"알았어요. 제가 필요하다는 건 알겠는데."

허균은 '또 왜?' 라는 순수한 궁금증으로 나를 바라보았다. 왼손에 비닐봉지를 들은 채,

"저 이것만 집에다 두고 올게요."

허균은 그럴 필요 없다는 얼굴로 손사래를 쳤다.

"그럴 필요 없어."

"왜요? 이거 짐 될 텐데?"

"어차피 우리는 조선으로 시간여행을 갈 거야. 그러니까 집에 두고 온다는 건 별 의미 없는 짓이야. 조선으로 시간여행을 갔다 온 후에는 변함없이 지금 이 시간과 같은 토요일 오전 10시 23분일 거야."

"마음에 드네요, 그 사실. 그런데 말이에요. 우유는 시간여행할 때 계속 들고 다니기 싫은데, 뭐 어디에다 보관해 주시면 안 될까요."

"그래. 줘 봐. 보관해 줄게."

홍길동이 내게 손을 내밀고 나는 그 손 위에 비닐봉지를 줬다. 홍길동이 무슨 말을 중얼중얼거렸다. 그런데 갑자기 공중에 원이 그려지더니 그 원 안에는 마치 비눗방울에 무지개가 그려지는 것처럼 불투명한 게 가득했다. 그리고 그 안에다 우유가 담긴 비닐봉지를 넣었다. 아마 뭐 보관함 같은 곳인가 보다. 혹시나 말이야……. 이 사람 진짜 홍길동인가? 홍길동전 속에 나오는 도술에 능한 그 홍길동?

"자, 이제 시간여행을 시작해 볼까?"

홍길동이 나와 허균을 바라보면서 말했다. 홍길동 옆에는 원이 그려

지기 시작했다.

"허균, 손 줘. 시현이 너도 손 주고."

허균은 당연한 것처럼 손을 줬지만 난 아무 생각 없이 허균이 하는 것처럼 내 손을 홍길동에게 줬다.

"자, 가자!"

갑자기 홍길동이 손을 잡고는 원 안으로 뛰어들었다. 뛰어들기 전에 나랑 눈을 씨익 마주치더니······. 앞으로 벌어질 일에 당황하지 말라는 뜻이었나.

"뭐야. 저 사람들?"

"갑자기 사라져? 방금 전까지 여기 있었는데?"

"땅으로 꺼진 거 아냐?"

"에이······. 설마."

주변에 있는 사람들은 미처 다 생각하지 못한 셋이었다. 뭐 완벽한 홍길동이 생각을 못 했을 리는 없고 뭔가 믿는 구석이 있으니까 그렇게 원 속으로 사라진 거겠지.

2

"초희야."

평소처럼 일어나서 아버지와 어머니에게 문안인사를 올리고 난 후 책을 읽고 있던 초희는 아버지의 목소리에 고갤 들어 바로 대답을 했다.

"예. 아버지."

"잠시 들어가도 되겠느냐?"

"예. 들어오십시오."

초희는 읽고 있던 책을 덮으면서 한 쪽으로 밀어 났다. 뒤이어 일어나서 선유당 안으로 들어오신 아버지를 맞이했다. 아버지와 같이 들어오신 분은 처음 뵌 듯한 얼굴이었지만 초희를 인자하게 쳐다보셨다. 미소를 짓고 계셨고 그 모습은 우아하고 기품이 있어보였다. 초희는 그분이 누군지 궁금하여

"아버지. 저분은 누구십니까?"

"자, 초희야. 저분은 신사임당이라는 분이다. 앞으로 초희에게 시(詩)와 화(畵)를 가르쳐주실 분이란다."

초희는 아버지와 같이 들어오신 신사임당에게 인사를 올렸다.

"자, 초희야. 자리에 앉도록 하여라."

"예. 아버지."

초희는 대답을 하고는 방석 위에 사뿐히 앉았다. 신사임당은 초희를

여전히 인자하게 쳐다보셨다.

"과연 대감의 말대로 예의가 바른 아이군요. 이런 아이를 가르치게 되다니……. 제가 더 영광입니다."

"과분한 말씀이십니다. 제 딸을 잘 부탁드립니다."

신사임당과 아버지의 대화는 계속되었다. 초희에게 말을 건네신 분은 신사임당이었다.

"초희야, 너는 꿈이 무엇이냐?"

"송구하오나, 평생 동안 시를 쓰고 그림을 그리는 것입니다."

초희는 평소대로 당차게 대답을 했다.

"오호라. 다른 아이들에게 물어보면 다들 현모양처가 되는 것인데? 초희는 참으로 특이한 아이로구나."

"저는 제 남편을 위해 저를 희생하고 싶지 않습니다."

"오호. 당돌한 아이이기도 하고?"

신사임당은 초희를 있는 그대로 받아들여 주셨다. 오히려 초희의 입장을 지지해 주기도 했다. 자신의 운명은 자신이 결정하는 것이고, 또한 자신의 삶은 누구를 위해 사는 것이 아니라 자신을 위해 사는 것이라고 하셨다. 이 대화를 마지막으로 초희와 신사임당의 수업은 시작되었다.

"초희는 참으로 대단한 아이구나. 예의도 바르고 시(時)와 화(畵) 실력도 이리 출중하다니……. 조금만 더 배운다면 나를 능가하는 조선 최고의 여류 시인과 화가가 될 것 같구나."

"과분한 말씀이십니다. 제가 어떻게 스승님을……."

"참으로 뛰어난 제자를 두었구나, 나는."

첫 수업 때와 변함없이 스승님은 초희에게 우아하고 기품 있는 미소를 언제나 지어주셨다. 흐뭇하게 바라보시는 것도 처음과 같았다. 이런 스승님을 두어 얼마나 행복한지 모르겠다. 가끔은 스승님이 갑자기 내곁을 떠날지도 모른다는 생각에 불안할 때도 있고, 나에게 과분한 스승님이라는 생각도 항상 있다. 요즘은 계속 이 수업이 언젠가는 끝날 것이라는 사실에 우울하다.

"말씀만으로도 감사합니다. 헌데 스승님, 질문이 하나 있습니다."

"말해 보거라."

"첫 수업 때 하신 말씀을 기억하십니까?"

"기억 못 할 이유가 없지. 그때를 어떻게 잊겠느냐. 이렇게 뛰어난 제자를 처음 만난 날인데."

"허면 그때 스승님께서는 자신을 위한 삶을 살라고 그러셨는데, 어찌하여 스승님은 가족들을 위한 삶을 사셨습니까?"

"허허……. 그러게 말이다. 나는 자식을 위해서 한평생을 살았지, 나를 위해서는 살지 않은 것 같다. 정작 이 육신은, 이 영혼은 나를 위해 준비되어 있는데 말이다. 그래서 더더욱 너에게 자신을 위해 살라고 말한 것이기도 하다. 조선의 여인들은 자신의 삶이 아닌 자신의 남편을 위한 삶, 자식을 위한 삶을 살고 있다. 초희야, 너는 자신을 위한 삶을 살려무나."

"명심하겠습니다. 그런데 말입니다 스승님. 자식을 위한 삶을 사신 것에 대해서 후회는 없으십니까?"

"후회? 없다면 거짓말이지. 그러나 후회가 많지는 않구나. 모정(母情)이라는 것은 어쩔 수 없어. 나에게 꽂힌 화살 아홉 발보다 자식에게 꽂힌 화살 한 발이 더 가슴 아픈 것이 모정이라는 것이다. 내가 열 달 동안 품고 있던 것이 어느새 걸음마를 떼고 입신양명하여 나라의 녹을 받는 관리가 되었어. 그런 시간이 흐른 만큼 바뀌는 것도 많지만 전혀 바뀌지 않는 것이 모정이라는 것이다. 그러니 후회가 있어도 많지는 않구나. 내 아가가 나 대신 나라를 밝히고 있으니⋯⋯. 미안하구나. 초희야. 어쩌다보니 눈물이 흘렀구나. 이만 오늘 수업은 마치도록 하자."

"예, 스승님. 내일 뵙겠습니다."

초희는 수업을 마친 후 다시 책을 읽었다. 그러나 얼마 지나지 않아 그 평화는 깨지고 말았다. 균이 놀러왔기 때문이다.

"누이! 누이! 들어가도 돼요?"

"어. 균아. 들어 오거라."

"우와. 누이. 이것들은 다 뭐예요?"

"아. 균아. 내가 그린 그림들인데. 어때, 잘 그린 거 같니?"

"누가 그린 그림인데 당연히 잘 그렸죠. 나는 누이가 그림 그릴 때와 책 읽을 때와 시를 쓸 때가 제일 좋아요!"

"우와. 정말? 그 세 가지 모두 내가 다 제일 좋아하는 것들인데."

"나는 누이가 행복해 할 때가 제일 좋아요. 또 누이가 웃을 때가 제일 좋아요."

"고마워. 균아."

"응, 누이? 뭐가 고마워요?"

"그냥. 그냥 고마워."

균은 평소처럼 책을 읽었다. 어렸을 때는 책을 읽는 것을 별로 좋아하진 않았지만 누이를 따라 계속 책을 읽다보니 어느 순간 책이 좋아지고 말았다. 책을 읽으면서 또 이제는 출가외인인 누이 생각이 났다.

'누이는 아직까지 책을 좋아할까? 하기야 뭐 그런 습관이 어디 가겠어. 그나저나 요즘에는 도통 연락을 할 수가 없네? 덕구 아범에게 내 책을 빌려다주고 누이의 안부를 전해 들어야겠다.' 이런 생각을 하면서 덕구 아범을 부르려고 했으나,

"나으리, 덕구 아범입니다. 들어가도 되겠습니까?"

마침 덕구 아범이 왔다.

"들어오게."

평소와 다르게 덕구 아범의 표정은 어두웠다. 항상 웃고만 다니는 얼굴이라 오늘따라 더 표정이 어두워보여서 무슨 일이 있는지 안부를 물었더니, 도대체 무슨 일인지 쉽사리 대답을 못한다.

"자네가 그렇게 대답을 못한다면 내 말 먼저 하겠네. 자네가 내 책 중에 내가 골라주는 책을 가져다가 누이에게 주고 내 안부를 누이에게 전해 주고 내게는 누이의 안부를 전해 주면 되네."

"나, 나으리……. 그 부탁은 못 들어드리는 부탁입니다."

"어째서 말인가?"

"나으리의 누이가……. 돌아가셨습니다."

덕구 아범은 그 말과 함께 편지를 줬다. 그러고는 송정당 밖으로 나갔다. 편지를 꺼내는 순간에는 누이가 죽었다는 사실을 믿지 않았다. 덕구 아범이 거짓을 고할 사람이 아닌 것은 안다. 하지만 이것은 말을 전해준 사람을 의심하는 것이 아니라 그 사실 자체를 의심하는 것이다.

"어째서……. 어째서……. 내 누이가 죽었단 말이야!"

사람이 너무 충격이 크면 울음도 안 나온단 말이 딱 맞아 떨어지는 경우였다. 울음은커녕 더 이상 말도 나오지 않았다. 그리고 서서히 정신이 혼미해졌다.

다시 눈을 뜬 건 다음날 아침이었다.

"나으리. 위험할 뻔했습니다. 이렇게 갑자기 쓰러지시다니요."

"아……. 덕구 아범. 무슨 일이 일어났기에 이 소란인 것이냐."

"오랫동안 쓰러져 있었습니다. 덕구가 재빠르게 의원을 불러왔기에 망정이지 잘못하다가는 한동안 편찮으셨을 수도 있었습니다."

"차라리 죽었으면 좋았을 걸."

죽어서 누이의 곁으로 갔으면 좋았을 걸. 생전에 다 나누지 못한 우애를 죽어서라도 나눴으면 좋았을 걸. 균은 계속 이런 생각에 잠겨 있었다.

"그게 무슨 말씀이십니까, 나으리!"

"덕구 아범, 미안하지만 이만 나가줬으면 좋겠네."

"아, 알겠습니다. 옆에 있는 약은 꼭 챙겨 드셔야 합니다."

"알았네."

균은 다시 누우려 했지만 편지에 쓰인 누이의 유언을 생각하니 잠이 더 이상 오지를 않았다. 비틀거리는 몸을 이끌고 선유당으로 가서 누이가 쓴 시를 가져왔다.

"누이……. 많이 힘들었지요?"

균은 누이가 남긴 유언대로 누이가 쓴 시를 불태웠다. 평소에 숨 쉬는 것처럼 시를 쓰는 것을 좋아하는 사람이 혼인을 해서는 시댁 식구들의 핍박과 홀대 때문인지 시를 쓴 것이 많지 않았다. 시를 씀으로써, 그림을 그림으로써 행복을 얻던 사람인데……. 혼인 후에는 행복할 수 없었다. 자신이 원하는 것을 할 수가 없었다. 그런 생각들이 계속 들어서 누이에게 계속 미안해졌다.

"생전에 하고 싶은 것을 다 못하고 살았으니 죽어서라도 그 소원을 들어주어야지."

누이가 쓴 시를 다 태우다보니 점점 누이와 함께 하고 싶다는 생각이 들었다. 그래서 타고 있는 시들을 짓밟아서 불을 꺼트렸다.

'누이의 소원은 내가 이루어주기에는 힘든 소원이니 나는 나대로의 누이의 소원을 이뤄주어야겠다.' 라는 생각을 하며 남은 것들은 다 시집으로 낼 계획이었다.

아직 다 타지 않은 시를 꺼내고 그 시들을 다시 한 곳에 간추려두었다. 누이가 이 시를 쓰며 얼마나 슬프고도 기뻤을까. 상상이 되었다.

"나으리……?"

"아직 안 주무셨습니까?"

부인이 등을 들고 균의 근처로 왔다. 이런 모습을 보이기 싫어 균은 등을 돌렸다.

"아. 부인. 곧 잘 터이니 먼저 침소에 드시오."

"예. 나으리."

간추려두었던 시를 다시 보았다. 누이가 돌아오지 않는 남편을 생각하며 쓴 시인 규원(閨怨)은 언제 봐도 균을 울게 만들었다. 누이가 돌아오지 않는 남편을 그리면서 얼마나 많이 울었으며, 슬펐을지. 그 심정을 생각하면 언제나 눈에서 눈물이 흘렀다. 그렇게 누이의 시를 다시 보다보니,

"어?"

균은 갑자기 시를 넘기던 손을 멈출 수밖에 없었다. 이상한 점을 발견했기 때문이다.

"이것은 시가 아닌데? 이런 소설체는 누이가 쓰지 않는 문체이기도 하고?"

균은 문득 누이가 내게 남긴 것이라는 확신이 들었다. 또 왜 자신에게 자신이 남긴 모든 시를 태우라고 한지 알 듯했다.

"균이 보아라. 균이 네가 이 글을 보고 있을 때쯤이면 아마도 사람들은 내가 죽었다고 생각할 것이다. 균이 너도 아마 그 사실을 믿고 있겠지. 그러나 나는 죽지 않았다. 나를 위해 살라고 주어진 삶인데 내가 왜 죽겠느냐? 아직 하고 싶은 것도 많고 해야 할 것도 많은데. 여기서 내가 붓을 더

놀려 봤자 균이 너는 계속 궁금증만 많아 질 터이니 한 마디만 하겠다. 연경으로 오거라. 그리고 장대인을 찾으면 내가 있는 곳을 알려줄 것이다.”

갑자기 균은 다리의 힘이 풀리는 듯했다. 그러나 머지않아 누이가 살아있다는 안도감과 누이를 찾아야겠다는 의지가 비틀거렸던 내 몸을 다시 똑바로 세우게 하였다. 잠시 내 곁을 떠났던 정신이 다시 되돌아온 듯했다. 밖을 보니 벌써 아침이 밝아 있었다. 곧이어, 덕구 아범을 찾아서 나갈 채비를 하라고 했다.

“나으리. 드디어 정신을 차리셨습니까?”
오랜만에 보는 덕구 아범의 미소이다. 아마도 내가 비틀거리는 모습을 보다가 제정신을 차리는 모습을 보니 감격에 찬 모습인가보다. 어쨌든 그런 덕구 아범에게는 빙그레 웃어주고는,
“정신을 차려야 할 이유가 생겼거든. 덕구 아범, 어서 나갈 채비를 해주게.”
“예. 나으리.”
“아, 덕구 아범. 자네 아들에게 고맙다고 전해 주게.”
어젯밤에 의원을 불러다 준 덕구에게 고마워졌다. 일단은 바쁘니 말로 대신하고 나중에 엿이라도 몇 냥어치 사다주고, 책 몇 권도 사다주는 것으로 내 고마움을 갚으면 될 것 같았다.
“이유는 잘 모르겠습니다만, 알겠습니다.”

시간이 조금 흐른 후, 덕구 아범은 송정당 안으로 들어와서,

"나으리, 나갈 채비를 다 마쳤습니다."

덕구 아범은 가마가 아닌 말을 준비해 놓았는지 말의 말발굽 소리가 들려왔다.

"알았네. 지금 나가고 있네."

"그런데 어디로 가시는 것입니까?"

"내 벗을 만날 수 있는 곳으로. 이랴!"

무예는 조선에서는 으뜸이며, 지혜도 뛰어나고, 하물며 기골이 장대하고 키도 6척이 넘어서 조선의 모든 여인들이 흠모하는 내 벗. 단점이 딱 한 가지 있다. 바로 성격이 좀……. 특이하다는 것이다. 한 곳에 머무르지 못하고 항상 떠돌아다녀서 하나뿐인 벗인 나마저도 그가 있는 곳을 찾으려면 그를 찾는 게 아니라 그가 있는 곳으로 데려다주는 통로를 찾아야 한다. 그 통로는 바로 김 서방의 서책방 안에 있다. 다른 서책방처럼 시장에 있는 것이 아니라 한양 사대부가의 중심에 있었다. 사람이 많은 것을 좋아하지 않아 나는 사대부들이 사는 거리에서는 조금 떨어진 곳에 산다. 서책방에 가려면 말을 타고 가야 했다. 가다보니 시장을 잠시 지나치게 되었다. 누이가 좋아하는 호박엿을 발견하니 더더욱 누이가 보고 싶어졌다. '어서 벗을 만나 누이를 찾으러 가야 한다.'는 생각만이 머릿속을 지배했다.

"자……. 도착했다."

말을 빨리 달리게 한 탓에 균은 얼마 지나지 않아 김 서방의 서책방

에 도착할 수 있었다. 평소와는 다르게 사람이 별로 없었다. 다행이라고 생각하며 균은 김 서방을 불렀다.

"김 서방, 거기 있는가?"

사람이 별로 없어서 서책방 안에 균의 목소리가 울렸다. 얼마 지나지 않아 김 서방이 빠르게 균의 곁으로 왔다.

"예. 어르신. 오랜만에 뵙습니다. 찾는 서책이 있으십니까?"

"서책은 되었고, 내 벗을 만나려고 왔네."

김 서방과 균은 조용히 대화를 나누고는, 균은 김 서방이 안내하는 곳으로 따라갔다. 서책방 지하에 있는 이곳은 볼 때마다 정신이 혼미해지는 기분이다. 균은 걸음을 옮겨서 통로를 지나려고 할 때,

"어르신, 저희 도련님의 안부를 좀 전해 주실 수 있겠습니까?"

어쩌다가 이런 특이한 도련님을 만나서…… . 김 서방도 참…… . 운이 좋은 사람은 아닌 것 같다. 그래도 내 벗 옆에 이런 사람이 있는 것만으로도 굉장히 안심이 되는 것 같다.

"알았네. 이만 가보도록 하겠네."

이렇게 말하고는, 균은 통로를 지나서 벗이 있는 곳에 도착했다.

"여, 허균!"

"오랜만이네, 길동."

언제나 봐도 이 친구는 편안해 보였다. 오히려 전보다 더 느긋해 보이기도 했다. 그러나 성격은 여전히 특이했다.

"헌데, 자네가 나를 찾아온 것은 이유가 있어서 일 것인데, 내 도움이

필요한가?"

역시 말을 직설적으로 말하는 건 변함이 없구나. 돌려 말하는 것과는 거리가 먼 사람인 건 여전해. 하지만 그런 게 있어서 더 정감이 가는 친구이기도 하다. 솔직히 나도 돌려 말하는 건 머리 아프고 별 자신이 없는 일이니까.

"자네는 언제나 직설적이지. 그래서 더 좋기도 하고, 내가 자네를 찾아온 건……. 그래, 자네의 말처럼 자네의 도움이 필요하네."

길동은 내가 올 줄 알고 있었던 듯 미리 준비해 놓은 차를 내왔다. 길동은 차를 한 모금 마신 뒤에 계속 말을 이어갔다.

"무슨 일인데 그러나?"

"내 누이의 소식을 아나?"

"모른다고 할 수 없지. 죽었지 않았는가?"

"자네도 나랑 똑같군. 역시 내 누이가 나와 자네보다는 한 수 위인 것 같아."

역시 친구는 끼리끼리 사귀는 것이라니까. 수준이 도토리 키 재기 하는 것처럼 비슷했다.

"살아 있는가? 자네 누이?"

"맞네. 그러나 어디에 있는 지는 정확히 모르네."

"어디에 있는지를 알고, 그 곳으로 찾아가는 데에 내 도움이 필요하다는 말이지?"

"역시 자네야. 정확히 맞는 말이네. 그런데 그 전에 나랑 동행해 줄수 있겠나?"

"물론이지."

"일단 내일 연경으로 떠나세."

"알았네. 연경으로 떠나는 것은 누이가 연경으로 찾아오라는 것일 테지?"

"그렇네. 할 말은 다 끝난 듯하니 나는 이만 가보겠네."

"오랜만에 왔으니 여기서 조금 놀다가는 것이 어떤가?"

대화를 다 마치니 차를 다 마시고 난 후였다. 그러나 한시라도 빨리 누이를 보고 싶은 마음에 길동의 말을 거절한 후 다시 통로 밖으로 나왔다.

"어르신, 저희 도련님은 잘 계십니까?"

"그 친구가 잘 안 지낼 친구인가? 사지 멀쩡하게 잘 살아있다네. 오히려 전보다 혈색이 더 좋아진 거 같기도 하고 여유가 생긴 것 같네."

균은 김 서방의 걱정이 쓸데없는 것이라는 듯 길동의 안부를 잘 전해주고 다시 지하에서 서책방으로 올라갔다. 균을 뒤따라오는 김 서방은 조용히 '다행이다.' 라고 말했다.

다시 말을 재촉해서 송정당으로 가는 와중에 또 호박엿이 눈에 뜨였다. 그래서 이번에는 어렸을 때 누이와 같이 시장에 놀러갔을 때처럼 호박엿을 사서 입에 물었다. 여전히 단 호박엿은 누이와 나와의 추억을 되살리는 데 도움이 되었다. 균은 또 누이를 생각하다가,

'추억이라 하니까 왠지 누이가 죽은 거 같잖아. 뻔히 살아 있는 사람에게……. 이제는 그만 생각하고, 누이를 찾아가는 생각만 해야겠다.

그 전에 장대인이라는 사람은 누굴까?

균은 시장에서 다시 송정당으로 들어오고는, 오랫동안 책을 읽다가 잠에 들었다. 잠에 들기 전에 덕구 아범에게 먼 길을 떠날 것이니 채비를 단단히 해주라고 하는 것은 잊지 않았다.

"허균, 이만 일어나지?"

아침이구나. 연경으로 떠날 아침.

"알았네. 준비는 이미 다 덕구 아범이 했을 것이니 나는 몸만 가면 되네."

누이를 볼 생각을 하니 몸이 가뿐하였다. 자리에서 벌떡 일어나서 옷을 갈아입으려 했다. 그것을 눈치 챈 길동은 균이 말하기 전에 미리,

"밖으로 나가 기다리고 있을 테니 옷을 갈아입고 나오게."

눈치가 빨라서 좋다니까. 이 친구는.

"알았네. 좀 있다 봄세."

"잘 다녀오십시오. 나으리! 어디 다치시면 절대 안 됩니다!"

덕구 아범의 걱정 담긴 잔소리가 내가 연경으로 떠난다는 것을 알게 해줬다. 누이를 볼 수 있게 되어 매우 기쁜 마음으로 길을 떠난다.

"허균, 이만 가자. 자 손 줘!"

"그래, 가자."

말을 하며 손을 줬다. 그리고 길동이 그린 원 안으로 뛰어 들었다. 원 안으로 뛰어드는 도중에도 균은 또 누이 생각을 하다가, 덕구 아범의

당부를 다시 생각했으며, 길동은 새로운 여행을 하는 것 같은 기분에 덩달아 기분이 좋아진 듯 싶었다.

3

균과 길동은 원 안으로 뛰어든 지 얼마 지나지 않아 연경에 도착했다. 청나라 교역의 중심지답게 연경에는 항상 색목인들과 상인들이 가득했다.

"이거 원……. 이렇게 사람이 많으니……. 자칫 잘못하다가는 길을 잃겠는데?"

길동이 푸념하듯이 말했다. 균은 그런 길동에게 맞장구를 쳐주면서 말을 이어나갔다.

"길을 잃어도 자네와 같이 있으면 다시 길을 찾을 수 있지 않은가."

길동은 균의 말을 듣고는 입꼬리를 씨익 올리며, 은근히 기분 좋다는 것을 표현했다. 역시 칭찬은 좋은 것이야.

연경은 시장도 교역과 함께 발달한 탓에 흥정을 하기 위해 입씨름을 하는 모습을 보는 것은 쉬운 일이었다. 그 탓에 연경은 언제나 시끄러웠고, 조용한 법이 없었다. 색목인들도 청의 말을 배워서 교역을 했다. 시장이 항상 시끄러운 것은 청나라의 말도 한 몫 하였다. 균의 벗 중 하나가 청나라의 말을 배우라고 권유했지만, 균은 말 자체가 시끄러워서 도무지 배우고 싶은 마음이 나지 않아 포기를 했다.

원나라 때부터 눈에 색이 있어 색목인이라고 불렸던 색목인들은 항상 국제 정세에 능하기 때문에 어떤 민족과도 교역을 해도 늘 이득을 얻는 쪽은 색목인들이었다. 연경에는 색목인이 대행수가 되어 국제적으로 교역을 하는 단체들이 몇 있었다. 균이 이런 생각을 하는 동안 길동은,

"장대인이라는 분을 아십니까?"

길동은 지나가던 색목인 중 가장 좋은 옷을 입고 있어 보이는 한 명을 붙잡고는 난데없이 장대인이라는 분을 아시냐고 물어봤다. 균은 첫째로 그런 길동을 참 특이한 친구라는 생각을 하며 바라보았고, 둘째로 색목인을 통해 혹시나 장대인이라는 사람을 찾을 수 있다는 바람과 기대를 가지고 바라보았다. 색목인은 길동의 말을 듣고는, 자신을 무함마드라고 소개하면서 자신이 장대인이 있는 곳까지 데려다주겠다며 우리를 안내했다. 균은 멍하니 길동을 쳐다보았다. 벗을 잘 두었다는 생각도 들고, 참으로 대단한 친구라는 생각도 들었다. 그런 균의 시선을 느낀 길동은,

"왜? 나를 왜 그렇게 멍하니 바라보는 건가?"

"아무것도 아니네. 그저 연경까지 와서 한 번도 헤매지 않고 계속 일이 잘 풀리니 불안해서 그러는 것일세."

"불안하기는 무슨. 그럴 필요 없네. 오히려 자네 누이에게 더 빨리 갈 수 있으니 자네에게는 더 좋은 것이 아닌가?"

벗을 잘 둔 것일까? 길동은 오히려 균을 안심시키고 있었다. 그런 길

동의 태도에 균은 계속되었던 불안감을 떨칠 수 있었다. 무함마드를 따라 계속 연경을 걷다보니 색목인들과 청의 상인들이 가득한 곳을 지나서 고풍스러운 가옥 한 채가 있는 곳에 도착했다.

"도착했습니다."

무함마드는 우리를 그 가옥 앞으로 데려다준 다음, 갈 길을 갔다. 우리는, 아니 균은 말이 통하지 않으니 균을 대신해 길동이 무함마드에게 감사의 말을 전하고 좋은 하루가 되라는 말을 같이 했다. 이 가옥 안으로 들어가면 장대인을, 아니 더 나아가서 누이를 만날 수 있다는 기대감에 부풀어 균은 그만…….

"자네, 지금 제정신이 아닌 것 같네. 왜 이런 곳에서 넘어지고 그러나."

길동은 일으켜주지도 않고 먼저 잔소리를 했다. 물론 잔소리라 하기에는 길동의 평소 말투와 버릇이 나오는 것이지만 말이다.

"이렇게 정신을 못 차리면 자네 누이를 만나기 전에 자네가 먼저 황천길을 건널 것 같네만. 빨리 정신 차리게."

잔소리를 하는 김에 한 번 더하고 길동은 문턱에 걸려 넘어진 균을 일으켜 세웠다.

그 와중에도 '그나마 다행인 것은 가옥 안에 사람이 없었기에 망정이지…….'라는 체면 차릴 생각을 했다.

조금 더 가옥 안으로 들어가자, 한 어르신이 나오셨다. 이 가옥의 집사인 것 같았다. 시간이 흐르고 흘러 나이가 들어가면서 저절로 생긴 여유로움이 범접할 수 없는 분위기를 내뿜었다.

"무슨 일로 이곳을 찾아오셨소?"

어르신의 목소리는 낮고 울리는 목소리여서 더 범접할 수 없는 분위기를 느끼게 만들었다.

"장대인이라는 분을 만나러 왔습니다."

길동은 공손하게 대답을 했다. 오랜만에 보는 공손한 모습에 균은 잠시 놀랐다.

"나를 따라오시오."

어르신을 따라 가옥 안으로 깊숙이 들어가자 장대인이 안에 있는 듯한 방이 보였다.

"안으로 들어가면 계실 것이오."

어르신은 안내를 해주시고는 홀연히 사라지셨다. 길동이 균의 귀를 빌려 잠시 귓속말을 했다.

'연경에서 색목인이 대행수가 되어 국제적으로 교역을 하는 단체가 있다 하는데, 아마도 장대인이 대행수인 것 같다.'

길동과 균은 방으로 들어갔다. 의자에 앉아 있는 뒷모습만 보이는 데 장대인은 누가 왔다는 것을 눈치 챘는지, 가까이 와서 앉으라고 했다. 우리는 서서히 자리를 옮겨서 장대인의 가까이에 앉았다.

자리에 앉고 나서 누이의 행방을 묻기 위해 얼굴을 들어 장대인을 마주보는 데,

"어?"

우리는 눈이 커지는 동시에 누가 먼저랄 것도 없이 탄성을 질렀다. 장대인은 그 모습이 재밌는 듯이 웃음을 참지 못했다.

"그래, 자네들은 내가 장대인이라고 생각을 못했나 보지?"

길동이 아직까지도 놀라 있는 균을 대신해 말을 이어나갔다.

"예……. 전혀 생각을 하지 못했습니다. 그 누가 생각할 수 있었겠습니까? 연경에서 처음 만난 색목인에게 장대인이라는 분을 아시냐고 했는데, 그 색목인이 바로 장대인인 줄은……."

"역시 운명이라는 것은 존재하네. 이런 것을 보면. 헌데 허균 자네는 아직까지 놀라운가? 여전히 벌린 입을 다물지 못하고 있는데?"

장대인은 우리에게 차를 권했다. 우리는 차를 마시면서 대화를 나누었다. 누이가 죽은 것처럼 위장하고 연경으로 올 수 있도록 장대인께서 많이 도와주셨고, 누이는 지금 매우 잘 지내고 있다는 것이 대화의 주요 내용이었다. 균은 또 성급한 성격을 장대인에게 내비치고 말았다.

"장대인, 제 누이는 어디 있습니까?"

"과연……. 자네 누이의 말대로 자신의 누이와 관련된 일이라면 성급한 성격이 내비춰지는 사람이군. 하지만 그 전에, 자네가 해주어야 할 것이 있네. 물론 이것은 자네 누이가 자네에게 부탁한 일일세. 다만 그 일을 전해 주는 것은 내 몫일 뿐."

"그 부탁한 일, 무슨 일입니까?"

"삼생(三生)은 자신이 태어나기 전인 전생(前生), 자신이 현재 살고 있는 현생(現生), 그리고 자신이 죽은 뒤인 내생(來生)을 포함하는 것이지. 자네는 이런 삼생을 믿는가?"

갑자기 툭 던져진 장대인의 질문에 당황했다. 그러고는 갑자기 누이 얘기를 하다가 왜 그런 주제에 대해 질문을 하는지도 의문이었다. 그런 균의 생각을 읽었는지,

"자네는 내가 왜 이 얘기를 하는지 궁금한 것 같네. 하지만 그 의문을 해결하기 전에 먼저 내 질문에 대답하게."

"예, 저는 삼생이라는 것을 믿습니다."

"좋아, 그렇다면 이제 자네 누이의 부탁을 말하겠네. 자네 누이의 내생을 데려오게. 자네 누이가 자신이 전생이 된 그후의 내생을 보고 싶다고 하더군."

"그 내생은 어떻게 찾을 수 있습니까?"

길동은 또 새로운 모험이 시작됐다는 흥분된 마음을 가라앉힌 채 말했다. 균은 길동의 질문에 대답하는 장대인을 바라보았다.

"여기까지가 내가 아는 것이 전부일세. 자네 누이의 내생을 찾는 것은 자네의 몫이네."

길동과 균은 장대인의 집에서 나와서 초희의 내생을 찾는 것에 집중했다. 그러다가 날이 점점 어두워지자, 길동과 균은 장대인의 집 가까이에 하룻동안 머물 숙소를 잡고, 다시 초희의 내생을 찾는 것에 집중했다. 그러나 계속 두 가지의 의문점에 부딪혀 답을 찾지 못했다.

"도대체 누이의 내생은 어디 있단 말이야! 미래에 있을까? 미래에 있다면 또 어느 곳에 있을까? 누이와 같은 얼굴일까? 누이와 같은 성별일까?"

길동은 혼잣말하는 균을 한심하다는 듯이 쳐다봤다. 그런 길동의 눈빛을 느낀 균은 똑같이 그런 눈빛으로 대응했다. 물론 머릿속에는 '너도 나와 다른 상황이 아닐 텐데?' 라는 생각을 가지는 것은 빼놓지 않았다.

"허균, 나 갑자기 가보고 싶은 곳이 생겼네."

"갑자기 어디를? 게다가 이 상황에?"

균은 길동을 이상하게 쳐다보았다. 특이한 친구인 것은 알았지만 벗의 누이를 찾기 위해서 한시가 급한 상황인데 갑자기 가보고 싶은 곳이 생겼다니……. 균이 아무리 길동의 하나뿐인 벗이라도 지금 이 상황은 이해하기 힘든 상황이었다.

"자네가 같이 안 가겠다면 나 혼자 갔다 오겠네."

길동은 이렇게 말하고는 원을 그리고 그 안에 뛰어들었다. 균이 길동을 말리기도 전에 길동은 자신의 말만하고 자신이 가고 싶은 곳으로 갔다. 균은 이런 길동에게 너무 화가 나서 신경질이 섞인 혼잣말을 하다가 그만 잠에 들어버렸다.

"허균, 일어날 시간이네. 오늘은 연경 구경을 좀 하도록 하지."

균은 일어나자마자 길동에게 화를 냈다.

"도대체 자네는! 내가 누이를 만나는 게 싫은 건가? 자네에게 매우 실망했네."

"자네의 마음을 이해하기 때문에 이러는 것일세."

"무슨 말을 하는 것인가. 자네는 지금! 내 마음을 이해 못하고 있네. 내 마음을 이해하는 사람이 이럴 수는 없네."

"알겠네. 그렇다면 나 혼자 연경 구경을 하도록 하겠네. 자네는 이 방 구석에서 스스로 누이의 내생을 찾을 방법을 연구하도록 해. 그러나 분명 내일은 나에게 고맙다고 빌 것이네."

"그럴 일 없어. 그렇게 자신이 있다면 내일 두고 봄세. 누가 옳고 그른지는 가려낼 수 있을 것 같네."

균과 길동이 싸운 지 하루가 지나고 누가 옳고 그른지를 가리는 내일이 밝았다.

"자, 허균. 이제 누가 옳고 그른지를 가릴 때가 왔네. 일단 자신이 있는 내가 먼저 증명하겠네. 내가 맞다는 것을."

길동은 원을 그리고 그 안으로 허균과 같이 뛰어들었다.

"자, 도착했네. 조금만 있으면 자네는 내가 맞다는 것을 인정하게 될 것이네."

길동과 균은 잠자코 기다리고 있었다. 균은 겉으로는 길동이 틀리길 빌었지만 속으로는 길동이 맞기를 바랐다. 길동은 자신이 맞다는 것을 허균에게 증명하기 위해 아무 말 없이 기다리고 있었을 때쯤, 바로 잠에서 깬 듯한 모습을 하고, 왼손에는 어떤 봉지를 들고서 아직까지 졸린 지 눈을 비비며 걷는 여자애가 보였다. 길동은 그 여자애와 부딪혔다.

왜냐하면 이 아이가 자신의 말이 맞다는 것을 확실히 증명할 수 있기 때문이다. 여자애의 입에서는 놀람과 아픔의 표시로 소리가 나왔다. 여자애랑 눈이 마주친 후 길동의 입에서 나온 말은,

"찾았다."였다. 키는 초희 누님과 비슷하였다. 그러나 느낌은 아예 다른 사람 같았다. '초희 누님과 같은 얼굴이 이렇게 다른 느낌이 날 수 있구나.'를 생각하며 길동은 균을 불렀다. 균을 한 번 부르고, 다시 여자애에게 눈을 고정했다.

그러나 아무리 봐도 균이 오는 거 같지가 않아서 큰 목소리로 균을 다시 불렀다. '아, 이 여자애를 앞에다 세워두고 뭐하는 짓이지?' 라는 생각을 하고 여자애에게 다시 시선을 고정하자, 여자애는 무슨 소리냐고 길동에게 물었다. 무슨 소리긴 무슨 소리야. 널 한참 찾은 사람들이 낸 소리지. 균이는 오자마자 '누이!' 라고 말을 하며 아이의 오른손을 잡았다. 길동은 그런 허균이 답답해서 타박을 했다. 아이의 윗옷에 달린 명찰을 보니 이름은 이시현이었다. 명찰이 있는 걸 보니 학교 체육복인 것 같다.

길동의 타박을 받은 허균은 길동과 자신을 소개했다.

길동은 일단 궁금증은 나중에 차차 풀도록 하고, 시현에게 질문 하나를 던져서 자신의 말이 맞다는 것을 증명했다.

"어제 규장각에서 읽은 책 있지?"

역시나, 시현이의 눈이 커졌다. 그 커진 눈이 길동이 맞다는 사실을 증명해 주었다. 그리고 동시에 허균의 눈도 커졌다. 이제야 길동이 가고 싶어 하던 곳이 규장각이고, 길동이가 규장각에 왜 갔는지 알아챘다. 시현이에게 여기서 더 말해 봤자, 시현이의 궁금증만 더 커질 테니 아예 직설적으로 시현이에게 말해 주었다.

길동이는 시현이와 대화를 더 주고받은 뒤에 왼손에 든 봉지를 보관함에 두었다. 셋의 여행이 끝난 뒤에 다시 시현이에게 돌려주면 된다.

시현이의 손과 허균의 손을 잡고 길동은 다시 장대인에게로 갔다. 장대인도 초희와 너무 닮다 못해 똑같은 시현이를 보고 당황한 것처럼 보였다.

"장대인. 누이의 내생을 찾아왔습니다."

균은 그 급한 성미대로 장대인에게 바로 달려가서 외쳤다. 장대인도 이렇게 빨리 초희의 내생을 찾아올지 몰랐는지 당황한 눈치였다.

장대인은 시현을 잠시 동안 뚫어져라 쳐다보다가 균의 재촉하는 목소리에 누이가 있는 곳을 알려주는 쪽지를 주었다. 균은 드디어 누이를 볼 수 있다는 기쁜 마음으로 장대인이 주는 쪽지를 받았으나 곧이어 표정이 굳어지고 말았다. 그와 대비되게 장대인의 얼굴은 미소로 바뀌었다.

"장대인, 저에게 왜 그러십니까?"

"내가 뭘 어쨌다고 그러나. 난 그저 자네 누이의 부탁을 자네들이 들어주었으니 이제는 내 부탁을 들어달라는 것이야."

균이 망연자실하며 쪽지를 들자, 길동은 그 쪽지를 뺏어서 읽기 시작했다.

"무릉도원에 버금가는, 신선들이 놀음을 하던 곳에 자네의 누이는 있다네. 내가 자네 누이를 연경으로 올 수 있게 한 수고를 생각해서 이젠 내가 하는 부탁까지 들어주게."

길동이 읽는 것을 마치고 균과 같이 망연자실하여 고개를 들어 장대인을 보자, 장대인은 다시 미소를 지어보였다. 처음에 봤던 개구쟁이처럼 짓궂은 미소가 아니라 능구렁이처럼 능청맞은 미소였다. 그 상황을 벗어나게 해준 것은,

"도대체 어떻게 된 일이에요?"

시현이었다. 길동과 균은 상황에 대해 설명을 해 준 다음, 장대인이라는 사람이 왜 그렇게 시현이를 빤히 봤는지도 설명해 주었다. 다 듣고 난 시현은 조금 전의 길동과 균처럼 장대인을 바라보았다. 그리고는, 단 한 마디를 했다.

"너무하시네요."

그러나 그 한마디는 길동과 균이 했던 그 모든 말과 눈빛들의 효과를 능가했다. 장대인의 생각을 바꾸게 했기 때문이다. 그래도 뜻을 굽히지는 않고 장소를 알려주는 대신 한 가지 더 단서를 주었다.

"자네 누이의 이름과 관련된 곳이라네."

장대인의 단서 하나를 듣고 나서는 길동과 균이 머무르는 숙소로 장소를 옮겼다. 균은 지도를 펼쳐들고 연경 근처에 초와 희가 들어가는 곳을 찾았다. 그러나 그런 곳은 보이지를 않았다. 시현은 초희(楚姬)의 한자를 풀이했다. 초(楚)는 가시나무라고도 풀이할 수 있었다. 갑자기 가시나무라는 단어에 느낌이 확 온 시현은 균에게,

　"혹시 연경 주변에 가시나무로 유명한 곳이 있을까요?"

　"글쎄다? 한 번 찾아봐야 될 거 같은데. 그런데 갑자기 웬 가시나무?"

　"초희의 '초' 자가 풀이하자면 가시나무로 풀이할 수 있거든요. 그래서 그냥 뭔가 연경 주변에 가시나무로 유명한 곳이 있을 것 같아서……."

　"균아, 시현아. 다 이리로 와 봐."

　균과 시현이 대화를 나누고 있을 때 동안 가만히 지도를 들여다 본 길동은 둘을 불렀다.

　"시현이의 말이 맞았어. 연경 주변에 가시나무로 유명한 곳은 홍주라는 곳이야. 가시나무로도 유명하고 또한 무릉도원이라고 불릴 만큼 매우 경치가 좋은 곳이야."

　"자, 그렇다면 이제 홍주로 떠나야겠지?"

　셋은 서로 눈빛을 교환한 다음, 숨쉬는 것처럼 당연하다는 듯이 균과 시현은 길동에게 손을 내민 다음에 길동과 함께 원 안으로 뛰어들었다.

　균은 먼 길을 돌고 돌아서 결국 누이를 볼 수 있다는 생각에 기쁜 마

음으로 원 안에 뛰어들었고, 시현은 자신의 전생을 볼 수 있다는 생각에 묘해지는 마음을 감추질 못했다.

시간이 얼마 지나지 않아 셋은 홍주에 도착했다. 초희는 셋을 기다렸다는 듯이 차를 미리 준비해 놓았다. 초희는 따뜻한 눈빛으로 '여기까지 오느라 수고했다.' 라는 말을 건넸다. 균은 초희를 보자마자 보고 싶었다는 말을 하고 싶었으나 초희의 말이,

"균아. 네가 반가운 것은 알겠다만 일단 먼저 이 아이와 대화를 나누고 싶구나."

균을 멈추게 만들었다. 그리고 초희는 시현과 대화를 나누고 싶다면서 균과 길동을 물렸다.

"그래, 너의 이름은 무엇이냐?"

초희가 차를 따라주며 시현에게 물어보았다.

"성은 이 씨고, 이름은 시현이라 합니다."

"그래. 네가 내 내생이라지?"

"그렇습니다."

"내가 너를 부른 것은 부탁이 있어서 부른 것이다."

초희는 인자한 미소를 지으며 시현을 보면서 말했다. 시현은 얼굴은 '자신과 똑같으나 분위기가 전혀 다르다.' 라는 생각을 하면서 초희의 말에 집중했다.

"첫째는 하고 싶은 것을 하며 살아가라는 것이고, 둘째는 자신을 위

한 삶을 살아가라는 것이다."

"그 말을 하고 싶으셨습니까?"

"그렇다. 꼭 후회 없는 삶을 살거라, 시현아."

"명심하겠습니다."

초희의 진정성 있는 목소리가 시현의 지난날을 반성하게 만들었다. 무언가 하고자 하는 의지와 의욕이 없었던 과거가 매우 부끄러웠다. 아마도 초희가 이런 나를 성찰하게 만들기 위해 부른 것이었던 건지도 모르겠다. 규장각에서 무언가에 홀린 듯한 기분으로 들어간 것도 어쩌면 초희가 시현이를 부르는 것이었던 건지도 모르겠다.

"어……?"

갑자기 시현의 몸이 하늘 위로 떠올랐다. 그러고는 몸이 점점 하얘지다가 사라지고 있다. 아직 가면 안 되는데 초희에게 고맙다는 말도 못하고, 길동과 균에게도 할 말이 남아 있는데……, 시현이 중얼거렸다.

4

시현은 다시 우유봉지를 왼손에 들고 있던 2015년의 많은 토요일 중 하나인 날의 오전 10시 23분으로 돌아왔다.

"나한테 무슨 일이 있던 거지? 도무지 기억이 안 나네. 일단 우유를 들고 있는 것을 보면 엄마 심부름으로 우유를 사들고 집에 가는 길인 거 같은데……."

복잡해진 머릿속을 한마디로 정리하고 그 정리한 것을 입 밖으로 내뱉었다.

"아, 몰라. 뭔 일이 있었는지 하나도 모르겠고. 그냥 집에나 가야겠다."

"다녀왔습니다."

"어. 시현이 왔어? 오늘따라 늦게 왔네."

"아, 요 앞 슈퍼가 닫아서 편의점까지 갔다 왔어."

"아무튼 수고했어. 옷 갈아입고 나와서 밥 먹어. 아침 차려났으니까."

"알았어, 엄마."

균은 시현이 사라진 뒤, 선유당에서 누이와 함께 시간을 보내다가 누이가 이만 가라고 계속 재촉하는 바람에 길동과 함께 다시 조선으로 돌아왔다. 가끔 홍주에 있는 누이의 선유당으로 놀러가는 것으로 합의를

봤다.

시장에 나가 덕구의 수고에 대한 답례로, 호박엿 닷 냥어치와 서책 몇 권을 샀다. 호박엿을 닷 냥어치 사다보니 균도 덩달아 호박엿이 먹고 싶었는지 두 냥 어치를 더 사서 입에 물고 잠시 동안 시장 구경을 다녔다. 그리고 다시 송정당으로 와서 덕구 아범에게 덕구의 물건들을 건네주었다. '이만하면 만족하겠지'라는 생각을 하고 잠자리에 들었다.

그 시각, 규장각에서는 펼쳐진 책 한 권이 바람이 불어오는 탓에 책장이 계속 넘어가다가 마지막 쪽까지 넘어가고 말았다. 마지막 쪽에 써져 있는 말은 "전생과 현생이 마주치면 현생의 모든 기억들은 사라지고……. 새로운 삶이 시작되리……." 이와 같은 내용이었다.

작가 후기

'소설의 시작을 어떤 말로 해야 할까?' 라는 생각을 글 쓸 때 제일 처음 했고, 지금도 역시 '시작을 어떻게 해야 할까?' 라는 생각을 하고 있다. 하지만 내 고민을 말함으로서 아이러니하게도 고민은 해결되었고, 이제는 '이 작가의 후기를 어떻게 잘 전개하고 마무리 지을까' 라는 생각을 하고 있다.

계속 쓰다 보니 글을 쓸 때의 기억이 새록새록 떠오른다. 16GB를 저장할 수 있는 USB에 12.2GB를 저장했는데 저장되어 있던 것들이 하늘로 올라갔다. 그리고 그 하늘로 올라간 12.2GB에는 소설 원고도 포함되어 있었다. 결국 내가 썼던 36페이지는……. 다시 써야 했다. 사악한 USB의 장난으로 썼던 글을 다시 쓸 때는 울화가 치밀기도 했고, 오기로 새벽 3시까지 쓴 적도 있었다. 글을 쓸 때 가장 인상 깊은 기억이었다.

후배들과 같이 글을 쓰면서 따분했던 기억은 없었다. 다들 계속되는 글쓰기에 지쳐갈 때쯤에는 내가 장난 섞인 농담을 던지기도 했고, 후배들도 나에게 장난을 친 적도 있었다. 비록 글쓰는 작업이 힘들기는 했지만, 서로 언성을 높여가며 싸운 적은 없었다. 그 점은 후배들에게도 매우 고맙게 생각하고 또한 글쓰기가 잘 안될 때마다 격려와 좋은 아이디어를 내주신 이경화 사서 선생님께도 감사하다는 말을 작가의 후기를 빌어 전해드린다. 힘들지만 이제 얼마 남지 않은 중학교 생활에서 남기는 게 하나 있어서 다행이라는 생각이 든다.

2016년 1월 김지민

길을 따라 걷는 중

이지윤

1
혜정이

헉! 아침마다 늘 보는 풍경임에도 버스 안에 꽉꽉 가득 찬 사람들을 보자 벌써 숨이 턱턱 막혔다. 으아, 오늘도 저 사이에서 납작포가 되겠구나. 사람들 사이에 원치 않게 부대껴야만 간신히 한 자리를 차지하고 설 수 있었다. 등굣길, 출근길에 바쁜 사람들 사이에 끼려니 이래저래 괴롭지 않을 수가 없었다. 급정거와 급출발을 멈추지 않는 버스기사 아저씨가 야속하기만 했다.

"저기요! 저 잠시만 안으로 들어갈게요!"

초록 아파트 정류장에 버스가 서자 아니나 다를까, 희진이의 목소리가 들린다. 여전히 높고 째지는 목소리에 귀가 피곤하다. 서로 정한 것처럼 7시 55분의 211번 버스를 타면 늘 초록 아파트 정류장에서 희진이를 만난다. 이내 희진이가 사람들 사이에 힘겹게 껴 있는 나를 보더니 툭툭 치면서 아는 척을 했다.

"웬 납작포가 하나 서 있나 했네."

"지는."

어이가 없는 표정으로 희진이를 바라보았다. 자기도 사람들 사이에 눌려서는 억지로 웃는 표정 짓고 있으면서 누가 누굴 보고 뭐라는 건지. 등굣길 버스의 저주는 누구든지 피해갈 수 없었다.

슬쩍 자리를 피해보려 했지만 첩첩산중과도 같은 사람들 사이에 표정이 구겨졌다. 희진이는 장난스럽게 씩, 웃더니 아침부터 할 말이 뭐가 그리 많은지 속사포로 입을 열었다. 그다지 영양가가 있는 내용은 아니었다.

사람들이 시끄러운 말소리에 중간 중간 얼굴을 찌푸렸다. 같이 붙어 있는 내가 더 창피해 모르는 척 할까도 싶었지만 그래도 친구라고 시큰둥하게라도 대답하자 희진이가 말을 멈추더니 옆구리를 쿡, 찔렀다.

"싸웠지?"

"뭘."

"아침에 엄마랑 싸웠잖아, 그치?"

하여간 말 많은 만큼 아픈 곳도 잘 찌른다. 정말 오랫동안 친구로 지내서 그런 건지, 눈빛만 봐도 통한다는 말도 있으니까. 희진이는 오늘 아침 일을 본 것 마냥 다 알고 있다는 표정이다.

희진이 말이 맞았다. 사소한 것으로 아침부터 엄마와 대판 싸우고 나왔다. 핸드폰이니, 성적이니, 여느 때처럼 아픈 곳만 골라서 찌르고, 거기에 또 짜증나서 애꿎은 현관문을 쾅 닫으며 화풀이하고. 희진이가 다 알고 있다는 듯이 웃었다. 내가 평소에 엄마랑 얼마나 싸웠기에 표정만 보고도 다 아는 걸까.

"부럽다. 나도 엄마랑 싸워봤음 좋겠어."

희진이가 작게 중얼거린 말에 마음 한 구석이 뜨끔했다. 기분 나쁜 티를 너무 냈나? 괜스레 미안한 마음이 들어 희진이 눈치를 살피자 희진이도 아차, 하는 표정이다. 적어도 의도한 말은 아닌 것 같아서 다행이었다. 다른 아이들과의 대화였다면 불평불만 다 늘어놓으면서 엄마 욕이라도 했겠지만 희진이의 집 사정을 알기에 고개를 저었다.

희진이는 엄마가 없다. 정확히는 '친엄마'라고 해야 하겠지만. 아주머니는 희진이가 12살 될 무렵에 이혼하고 동시에 양육권도 포기하셔서 희진이는 아버지와 함께 지내고 있다. 아버지는 작년 즈음에 재혼하신 터라 놀러갈 때마다 맞아주시는 분은 새어머니이다.

재혼하신 새어머니가 못되게 구는 것도 아니었고, 오히려 잘 보살피시고 살갑게 대하시지만 희진이는 새엄마를 좋아하지 않았다. 그걸 알면서도 엄마 불만을 늘어놓을 수는 없는 노릇이었다.

"아야!"

이건 또 뭐야. 엄지발가락 끝에서 싸하게 몰려오는 아픔에 눈물이 핑 돌았다. 희진이가 갑자기 터져 나온 내 작은 비명에 놀랐는지 그제야 떠들던 입을 멈췄다. 희진이가 내 어깨를 붙잡으며 물었다.

"왜 그래?"

"발 밟혔어……."

아픔에 기어들어가는 목소리로 끝에 하이힐이라고 덧붙이자 희진이가 아픔에 공감하는 듯 이내 내 어깨를 토닥거렸다. 분명 발가락에 멍들 것이다. 억울한 마음에 밟은 사람을 찾으려 고개를 돌리자 바로 옆에 딱 봐도 내 발을 밟은 듯한 하이힐을 신고 있는 20대의 여자가 서 있었다. 확, 짜증이 나 째려보려고 했지만 나를 밟은 건 알고 있었는지 미안한 듯한 눈길을 보내는 여자에게 차마 눈을 부라리지 못하고 시선을 다시 돌리고 말았다.

"우와, 저 사람 각선미 좀 봐."

"갑자기 웬 각선미야, 아파 죽겠다니까."

희진이가 나를 따라 옆의 여자를 보다 이내 감탄을 터뜨렸다. 아니, 난 아파 죽겠는데 이 자식이. 하여간 엉뚱한 곳으로 새는 성격은 7년 동안 늘 한결같다. 방금 전까지만 해도 어깨를 토닥인 것도, 공감하던 내 아픔도 다 잊은 듯 내 어깨를 툭툭 치며 다시 입을 열었다. 짜증이 울컥 올라왔지만 어차피 내 말을 들을 희진이가 아닌 걸 알기에 짜증은 금방 한숨으로 변해 입 밖으로 터져 나왔다. 뭐, 하지만 다리는 정말 죽여주게 이쁘네…….

"각선미는 인정."

"그치? 그치?"

내심 부러운 마음이 들었다. 잘 꾸며 입고, 예쁘게 화장한 내 옆의 여자한테. 학교 교복은 누가 디자인 한 건지 왜 이런 거고, 화장품은 그렇다 쳐도 학생들은 머리가 짧아야 단정하다는 건 무슨 논리야.

반면 어른들은 전혀 간섭이란 게 없으니까. 화장을 하든, 무슨 옷을 입든, 머리가 길든 짧든, 밤늦게까지 밖에 있든 간섭하는 사람이 전혀 없다. 오히려 학생들을 간섭할 뿐이다. 그래서 짜증이 날 정도로 부럽고, 아이라고 칭하면서 우리를 구분해 놓은 것에 화가 났다.

어휴, 그렇다고 시간이 빨리 가는 것도 아니고, 고개를 좌우로 젓는데 희진이가 의미심장하게 웃으며 묻는다.

"부럽냐?"

"뭐가?"

"넌 뭐 표정으로 티를 다 내냐? 딱 봐도 예쁘네 어쩌네 부러워하는 거지 뭐. 게다가 너 맨날 빨리 클 거라느니, 빨리 학교 졸업해 어른 되고 싶다고 막 그러잖아."

아주 명탐정 납셨네요. 요즘 추리물에 흥미가 생긴 건지 아침부터 자꾸 민감한 곳만 건드리고 있다. 나한테 말하는 말투가 꼭 자기는 아닌 것처럼 말하는 것이 어이가 없다.

"그러는 너도 머리 자를 때는 나보다 더하면서. 이건 청소년 인권침해입니다! 교육청에 신고해야 돼! 하면서. 그치?"

"에이. 그건 예외지."

"예외는 무슨."

"어른 하니깐 생각난 건데 가끔 술에 취한 느낌이 궁금해."

"술?"

"술 먹고 막 취하고 그러잖아. 취하면 진짜 어떤 기분일까? 기억은 없어지고 속은 뒤집힌다는데, 난 안 먹어봤으니까."

술이라니, 너무 희진이다운 이유라 질린 표정으로 쳐다보자 희진이가 그 특유의 장난꾸러기 같은 표정을 짓는다. 그렇다고 나도 궁금하지 않은 건 아니다. TV나 웹툰 같은 곳에서 그런 모습을 보면 멋진 느낌이 든다. 물론 많이 순화시켜서 현실이랑은 전혀 다르다는 것쯤은 알지만. 우리 아빠만 해도 술을 먹고 난 후 신발장 문과 현관문을 착각하는 걸 보면……. 어찌 되었든 나만 이런 생각하는 게 아니라는 것에 안도감 같은 것이 든다.

"야, 우리 내려야 돼."

"으으, 드디어 탈출인가."

희진이와 이것저것 이야기 하다 보니 어느새 학교에 도착한 버스는 예외 없이 급정거를 하며 멈춰 섰다. 힘 줄 틈도 없이 몸이 쏠리는 걸 손잡이를 꽉 잡으며 겨우겨우 버텼다. 하차하는 문이 열리고, 튕겨 나오듯이 버스에서 내린 우리는 누가 먼저랄 것도 없이 숨을 크게 들이쉬었다. 겨울이라 시린 바람이었지만 덥고 답답한 버스 안에서 내리니 시린 바람도 상쾌했다. 희진이와 나란히 걸으며 학교 정문으로 향했다.

"그러고 보니, 오늘 머리 검사인데. 잘랐어?"

"자르긴 했는데, 걸릴 것 같은……."

동시에 서로를 향해 아차 하는 표정을 지었다. 어제 미용실에 가서 짧게 잘라달라고 했지만 언제나처럼 걸릴 것 같은 이 느낌. 희진이의 머리카락도 어제와는 달리 깡똥하게 자른 게 여간 짧은 것이 아니었지만 불안한지 자꾸 뒷머리를 매만지며 옷깃을 최대한 밑으로 끌어내렸다.

애써 웃어 보이며 통과할 거라는 긍정적인 생각을 하려 했지만, 왠지 뒤가 싸한 것을 희진이도 느낀 건지 우리 둘은 동시에 몸을 부르르, 떨었다. 제발, 신이시여.

"너 머리 자른 거 맞아?"

망했다. 속으로 통과되길 빌며 선생님의 눈치를 살살 살폈다. 제발 이번만큼은 그냥 넘어가길 바랐다. 미용실 아주머니도 여기서 더 자르면 그냥 밑머리를 밀어야 된다고 했는데 걸리다니.

통과하고 싶은 마음이 간절했지만 선생님은 기어코 내 번호에 체크

표시를 하고야 말았다. 나뿐만 아니라 걸린 애들이 수두룩했다. 희진이의 표정도 울상인 게 체크당한 것이 분명했다. 차라리 삭발을 해오라고 하지. 왜?

"걸린 애들은 내일까지 자르도록. 머리 자르는 것은 아직 너희들이 학생이니까 불만 가지지 말고."

선생님의 뻔한 대사에 차마 입 밖으로 소리를 내지 못하고 속으로 툴툴거렸다. 학생 머리카락은 머리카락도 아닌가 보다. 왜 억지로 머리를 자르게 하는 거야? 빨리 커서 머리 기르고 싶다. 빨리 중학교 졸업하고 머리도 기르고, 웨이브도 넣어보고, 짧아서 빗질 밖에 할 수 없는 머리 말고, 좀 더 만지작거리고 싶은 긴 머리가 가지고 싶다. 단정함과 단발은 분명 다른 말로 알고 있는데, 정말 이게 무슨 논리냐고.

"으으, 쌤이 더 잘라 오래. 너는?"

"어. 나도 체크됐어."

"뭔 놈의 학교는 머리카락에 한이 맺혔나, 진짜!"

희진이가 엉엉 우는 시늉을 내며 나한테 안긴다. 동병상련이니, 나도 그 마음 모르는 것이 아니기에 토닥거리자 희진이가 더욱더 서럽게 우는 시늉을 한다. 진짜 울고 싶다, 아까운 내 머리카락.

"빨리 학교 졸업하고 머리 기를래."

"나도. 지겹다, 요즘 머리 자르는 것도 비싼데."

희진이도 나와 같은 마음인지 나한테선 떨어지고는 한숨을 내쉰다. 머리 이야기, 교복 이야기……. 불만투성이뿐인 대화가 오갔다. 희진이나 나나 그 불만 속에 담긴 결론은 하나였다.

빨리 중학교, 고등학교를 졸업하고, 그렇게 해서 10대가 아닌 20대. 어른이 되고 싶은 것. 누군가가 쳐준 울타리에서 벗어나 자유를 만끽할 수 있는 그런 존재가 되는 것.

"엇, 종 났다! 이따 쉬는 시간에 봅세!"

"오냐. 얼른 자리로 가게나."

짧은 10분 동안의 희진이와의 대화가 끝나고 수업이 시작되었다. 지루한 수업시간을 미리 보여주듯 교과서를 펼치자 딱딱한 문장들이 눈에 보인다. 창가 자리라 교과서 대신 잘 보이는 하늘 풍경으로 눈을 돌렸다. 선생님이 들어오시고 형식적인 인사로서 고개만 한 번 꾸벅 숙인 다음 시선은 여전히 하늘이었다. 가끔 가다 노트 필기를 하고, 어쩌다 한 번씩 선생님 질문에 머뭇거리며 대답을 할 뿐이었다. 그게 내 수업시간이었다.

나는 나중에 어떤 사람이 되어 있을까. 수업을 멍하니 듣고 있노라면 꼭 드는 생각이었다. 어떻게 컸을까. 학교에서 실시하는 적성검사, 흥미검사를 해봐도 헷갈리고 성적도 중위권으로 애매한 점수다. 특별히 잘하는 것을 생각해 봐도 별로 없고, 무언가가 너무 좋아 집착하면서 매달린 적도 없었다.

어른이 되면 알 수 있지 않을까? 어른이 된다면, 하루라도 빨리 커서 나 혼자 살아갈 수 있는 사람이 된다면 알 수 있을 것 같기도 하다. 어른들은 각자 자신의 할 일을 찾아서 하고 있으니까. 나도 빨리 그렇게 되고 싶으니까. 그래서 어른들이 부럽다. 자기가 뭘 잘하는 지도, 뭘 좋아하는 지도 알고 있으니까. 적어도 제약이 많은 우리 아이들보다야 낫지 않을까, 하고 고개를 끄덕였다.

그렇게 시작된 생각의 꼬리는 이어지고 이어져, 수업시간 몇 번을 수 없이 보내도 그치지 않았다. 희진이는 생각을 방해할 정도로 귀찮게 말을 걸지 않았다. 일종의 배려였다. 이따금 그런 희진이가 여간 고마울 수가 없다.

"이따 수업 끝나고 집에 가면서 떡볶이 먹고 가자."

"콜."

희진이에게 승낙의 반응을 보냈다. 꽤 복잡한 생각이 엉켰지만, 뭐. 같이 떡볶이나 먹고 있으면 금방 잊어버리겠지. 이리저리 뒤엉킨 생각을 안고 이동수업을 준비했다. 이러니, 저러니, 귀찮은 것들도 태반이고 원치 않게 나름 철학적인 생각도 하지만 언제나 평범한 일상일 뿐.

종례가 끝나고 애들이 분주하게 가방에 짐을 챙겨 하나 둘씩 교실 밖을 나간다. 오예, 수업 끝. 지루하고 여러모로 복잡했던 수업이 끝나자 갑자기 온몸이 늘어져버려서 그대로 의자에 엎어졌다. 집까지 또 언제 가지. 요즘은 그냥 손가락 하나 까딱하는 것도 힘들다. 아니, 귀찮다. 희진이가 그런 나를 발끝으로 툭툭 차더니 말했다.

"가자, 떡볶이 먹으러."

기분이 날아갈 듯이 좋아졌다. 아까까지만 해도 나름 심오한 생각에 의도치 않게 심각한 분위기를 뿜고 있었는데, 먹을 거 하나에 순식간에 화사하게 웃음을 띠고 있는 나 자신을 보자니 어린애 같아 조금 부끄러워졌다. 희진이가 내 팔을 붙잡고 끌고 가는 바람에 그것도 잠시였지만 그래도 어린애 같은 건 싫다.

"이번 주에 시내 가자."

"언제? 토요일?"

"아니, 대충 시간되는 대로. 난 아무 때나 상관없거든."

"그럼 그냥 토요일에 가자."

희진이의 말에 고개를 끄덕였다. 시내 놀러 나갈 생각이 즐거운지 떡볶이를 입에 물고 우물우물 거리는 희진이의 표정이 마냥 좋아 보인다. 평소답지 않게 떡볶이를 자신이 사준다며 돈을 대신 내줬다. 뭐, 사준다는데 마다할 이유는 없지. 얻어먹어서 그런지 더 맛있었다.

엄마랑 하루라도 안 싸워봤음 좋겠다. 희진이가 엄마랑 싸우고 싶어 한다면 차라리 우리 엄마랑 바꾸는 게 낫겠다. 정말 아침마다 지긋지긋하다. 희진이와 같이 시내에 놀러가기로 한 날인데도 싸우고야 말다니. 이쯤 되니 나는 나대로 답답하고 엄마는 더욱더 엄마대로 답답하다. 아, 진짜 고등학교까지 빨리 졸업하고 집에서 나오고 싶을 정도다. 싸움 원인은 통금시간이었다.

"6시까지 들어와."

"뭐, 6시? 너무 이르잖아. 뭐 하며 놀라고."

"밖에 금방 어두워지는 거 몰라? 6시까지 무조건 들어와!"

또 애꿎은 현관문을 쾅, 닫고 나와 버렸다. 현관문 너머로 들리는 엄마의 화난 목소리에 일부러 귀를 막고 엘리베이터를 탔다. 거울에 비친 내 모습이 영락없이 대판 싸운 후의 모습이다. 또 이대로 가면 희진이가 한 소리 하겠네. 한숨이 나왔다.

우리 집과 희진이네 집 중간 즈음에 있는 버스 정류장에서 만난 희진이는 인사도 생략하고 보자마자 툭, 한 마디를 내뱉었다.

"또 싸웠어? 맨날 싸워서 와, 왜."

"응, 뭐……. 랄까, 싸운 건 어떻게 알았대."

"벌써 걸어오는 표정부터 뚱한 게 딱 봐도 엄마랑 싸웠던데."

하여간 귀신 같은 자식. 아무리 7년 지기 깊은 사이의 친구라고는 해도 이쯤 되니 소름이 돋을 지경이다. 가끔 무슨 독심술을 쓸지도 모른다는 생각이 들기도 한다. 초등학교 때 좋아하던 애를 어떻게 알아챘는지 한동안 날 도와줬던 것도, 엄마한테 혼나고 나온 날도 신들린 것처럼 알아채 전화로 날 불러 하룻밤 자신의 침대를 빌려준 것도 희진이었다. 우리가 친해서 그런 건지, 아니면 감이 좋은 건지. 정말 독심술이라도 쓰는 걸지도 몰라.

"그래, 뭣 때문에 싸우셨을까?"

"아니, 6시까지 들어오라는 거야! 토오옹그음시이가아안? 때려치워! 내가 좀 늦게까지 논다는데 왜 태클 거냐고!"

"그래서? 6시까지 들어갈 거야?"

"미쳤어? 6시까지 뭘 해?"

희진이가 고개를 끄덕이다 무엇을 말하려는 듯 입을 열었지만 이내 입을 꾹 다물었다. 하려다 멈춘 말이었지만 안 듣고도 희진이가 무슨 말을 할 지 알 것 같았다.

분명 분위기 낮추기 싫어서 다문 입이리라. 희진이가 지금 어떤 마음이 드는 지는, 날 부러워하는 마음은 잘 알고 있었다. 그래서 방금 엄마에 대한 불평을 늘어놓은 게 괜스레 미안해진다. 분위기가 상하지 않게 일부러 말하지 않는 희진이를 보면 한없이 어른스럽다는 생각이 든다. 나와는 다른 가정환경 때문일까. 그래서 난 희진이가 부럽다.

"부럽다."

"뭐가?"

"어른스러운 거."

"칭찬해도 뭐 안 나와."

"쳇."

희진이가 정색하면서 말했지만 이내 장난스러운 웃음을 터뜨렸다. 어쩌면 희진이는 어른스러우면서도 여린 마음을 장난기로 감추고 있는지도 모르겠다. 그렇게라도 웃지 않으면 가슴이 터져버릴 것 같을 테니까. 아버지 앞에서는 어른스럽고, 나에게는 장난스럽고, 혼자서는 마냥 여린 마음으로 아무것도 못하고. 빨리 어른이 되고 싶은 나와는 달리 어쩔 수 없이 빨리 어른이 되어야만 하는 희진이. 그런 희진이의 모습이 축 처진 것 같은 느낌이 든다.

"어, 버스 왔다."

"왔긴 왔는데……. 헐."

어느새 온 버스에 타려고 발을 뻗었지만 희진이와 나는 동시에 헉, 하고 막히는 당황스러움을 감추지 못했다. 입구에서부터 숲을 이루고 있는 사람들 때문이었다.

공기 반에 사람 반. 아니, 사람이 더 많나……?

저번 평일에 납작포가 되었던 기억이 새록새록 떠오른다. 언제나 그렇듯이 급행 버스는 늘 사람이 많다. 특히 주말은 더하다. 등굣길의 악몽이 재생되는 느낌이다.

시내로 달리는 45분 동안 희진이와 나란히 강제로 납작포가 되자, 혹시 버스 회사는 사람을 납작포로 만드는 쓸데없는 기술을 개발하고 있지 않을까 하는 실없는 생각도 났다. 나중에 희진이에게 말했더니 또 쓸데없이 진지함을 보이며 경찰에 신고하자고 수군거렸다. 하여간, 정말 엉뚱하기는 나도 못 따라가겠다.

"진짜 납작해진 다음 포로 나오는 거 아닐까 걱정했어."

"적어도 나오기라도 하지. 난 그냥 아예 저기 갇히는 줄 알았다니까. 역시 급행 말고 딴 거 탈 걸 그랬나."

"그럼, 갈아타야 되잖아."

"하긴, 그건 귀찮지?"

희진이와 이야기 하며 버스 정류장에서 벗어났다. 말은 투덜투덜 했어도 막상 시내에 오니 우리 둘 다 고삐풀린 망아지마냥 돌아다녔다. 지하상가에서 서로 머리핀을 골라주며 장난치고, 지나가다 길거리 음식도 하나 사먹고, 노래방도 가서 목이 쉬도록 마이크를 붙잡고 째지게 소리쳤다. 그때만큼은 정말 아무 생각도 없이, 즐겁게 놀아서 아무 이유 없는 웃음이 났다.

"그런 로망 있지 않아?"

"뭔데, 또?"

"막 대학생 같은 거 되고 나서, 예쁘게 차려입고, 예쁘게 화장하고 시내 나갔는데, 몇몇 사람들이 수군대며 주목해 주는 거?"

"길바닥에서 스트립쇼 하면 바로 주목인데. 지금이라도 할래?"

희진이가 낄낄대며 놀려댄다. 스트립쇼라니, 얘가 무슨 망발을 하는 거야. 내가 강제로 하게 만들어 주리? 심각한 표정을 지으며 희진이의 입을 막으니 푸푸, 입바람을 불어 고개를 빼냈다. 내 표정을 보더니 희진이도 나를 따라 나름 심각한 표정이랍시고 웃음기를 지우며 말했다. 여전히 장난스러움은 가시지 않은 채로.

"알겠어, 알겠어. 나도 인정. 그런 것도 나쁘지 않아. 누군가가 예쁘다는 시선 보내주면 진짜 기분 째질 것 같고. 막, 우월감 같은 거 느껴지고. 음, 학교 안에서 노려봐야 되나?"

"퍽이나. 교복부터가 이미 틀려먹었는데."

"아름다움은 옷에 갈구 받지 않아."

"그건 또 뭔 소리야. 못 생긴 얼굴이나 자각하시죠."

또 엉뚱한 곳으로 새며 아름다움이니 뭐니 종알거리는 희진이의 말을 끊고 억지로 맛있는 냄새가 풍기는 길거리 분식으로 끌고 가자 희진이가 하려던 말을 멈춰버리고 나보다 먼저 뛰어가 버린다. 하여간, 먹을 거는 밝혀가지고는 희진이가 닭꼬치 두 개를 집어 들고 나한테 소리친다.

"야, 빨리 와! 안 먹어?"

"가, 간다고!"

시내에서 논 후 그 다음 주 일요일이었다. 그 전날은 토요일이라는 이유로 자유를 갈구하며, 실상 한 건 방구석 폐인이 되어서 숨 쉰 것 밖에 없지만 그 날도 전날처럼 아마 오후 1시 반까지는 죽은 시체가 되어 잠들어 있었을 것이다. 찌르르, 귓가에 뒀던 휴대폰의 시끄러운 전화벨 소리만 아니었다면.

누구야, 하면서 눈은 감은 채로 꾸물꾸물 손가락을 움직여 전화를 받자 전화기 너머로 들리는 것은 정말로 익숙한 내 친구의 목소리였다. 잠결에 '희진이 목소리는 전화선을 타도 째지구나' 하는 쓸데없는 생각을 하며 '여보세요' 하고 웅얼거렸다.

[야, 언제 나올 거야?]

"으, 으응?"

[도서관 가야 되는데 언제 나올 거냐고!]

"갑자기 뭔 도서관?"

[오늘 도서관 같이 가기로 했잖아!]

"헐."

[……. 지금 일어났냐? 당장 튀어와!]

전화가 뚝, 끊겼다. 잠깐, 이거. 잠이 확 깨네? 순간 상황파악이 되지 않아 멍하니, 눈동자만 또록또록 굴리며 5분가량 천장을 바라보다 차근차근 이 상황을 파악하기 위해 애썼다.

'내일 모레 도서관 가는 거 안 잊었지?'

아. 도서관 가기로 했었구나. 그런데 지금이 몇 시지?

"미친!!"

벌떡 침대에서 일어나 바로 욕실로 돌진했다. 동생이 왜 벌써 일어났냐고 물으며 신기하단 표정으로 날 쳐다봤지만 그런 건 알 바 아니었고 그래, 오늘 약속이 있었다. 희진이와 도서관 가기로 했는데 바보같이 그걸 까먹고. 바보 같은 나! 분명 나가자마자 희진이한테 엄청 맞을 거야!

"누나, 어디 가? 어디 가는 거야?"

"으아아아! 말 시키지 마!!"

머리 감는 건 고사하고 얼굴에 물만 묻히고 바로 욕실에서 뛰쳐나왔다. 후다닥, 베란다에 걸려있는 옷을 빼와 주섬주섬 갈아입으며 칫솔에 치약을 묻혀 입에 넣었다. 희진이가 우리 집 앞까지 대략 15분인데. 아까 바보같이 상황파악 한답시고 5분 까먹은 바람에 시간도 얼마 없다.

세수도 제대로 못해서 기름진 얼굴에 로션을 바르자 엄마가 잘하는 짓이라며 비아냥거리고 지나간다. 지금 내가 엄마한테 저 말을 들어도 할 말이 없다. 잠이 문제야 잠이.

급하게 챙긴 휴대폰엔 배터리는 30퍼센트 정도 밖에 남아 있지 않았다. 예비 배터리도 못 챙겼다. 충전 좀 해둘 걸, 주말이라고 나갈 일 없다고 너무 방심하고 있었다. 가뜩이나 배터리 없는 휴대폰에 다시 한 번 전화벨이 울렸다.

[거의 다 와 가는데 준비 다했어?]

"지금 나가! 지금!"

[하여간 이 지지배야!]

"진짜 미안! 지금 나가니까 끊어!"

운동화도 구겨 신고 현관문을 열고 튕겨나오듯이 뛰쳐나왔다. 하필 엘리베이터는 이럴 때 안 오냐고! 발을 동동 구르며 엘리베이터의 문이 열리길 기다리는데, 열리는 문틈 사이로 주먹이 뻗혀 나온다. 간당간당하게 짧은 팔 덕분에 맞진 않았다. 정색한 채로 주먹을 뻗은 희진이가 엘리베이터에 무섭게 서 있다.

"미안!! 진짜로 미안!!"

"하여간, 잠 좀 작작 자! 진짜!"

엘리베이터에 타자 희진이가 여간 짜증난 게 아닌지 주먹으로 퍽퍽 때리기 시작한다. 내가 바보 같아서 지금 이 사단을 벌였으니 때린다고 뭐라 하지도 못하겠다. 어제 밤새지만 않았어도 9시엔 일어났을 텐데.

"내가 그 전날, 따로 전화 주냐고 하니까 알아서 한다며 거절하고, 그러면서 늦잠이나 자고 약속 있는 것도 까먹어? 그러면서 뭘 알아서 해, 뭘! 다음부턴 나랑 어디 갈 생각은 하지도 마! 아오, 진짜. 추워 죽겠는데 밖에서 동상 걸려 죽는 줄 알았다!"

도서관으로 가는 내내 희진이가 말을 멈추지 않는다. 반박할 수가 없어서 입을 꾹 다물고 듣기만 했다. 왠지 희진이의 말이 평소보다 더 많아진 것 같다. 한참을 씩씩거리다 이제 더 이상 할 말도 없는지 그제야 오늘 용건을 꺼낸다. 귀가 피곤하다. 정말 많이.

"빌릴 책이 있는데, 학교 도서관엔 없더라. 그래서 가려는데 혼자가면 심심해서 너 부른 거야. 너도 읽을 거 없어?"

"난 책 싫어."

"그러다 또 국어 수행평가 할 때 책 추천 해달라며 징징거릴 거면서. 그냥 지금 읽어봐, 미리."

도서관 입구로 들어가며 희진이가 빌릴 책 제목들을 말해준다. 같이 찾아달란 이야기였다. 거참, 희진이는 책을 읽을 것 같은 이미지도 아니고, 덜렁거리는 성격으로는 책이랑은 거리가 멀어 보이지만 막상 보면 아니었다. 오히려 집에 있는 문학책들이 헤질 정도로 읽는 모습을 보면 가끔 낯설기도…….

희진이와 떨어져서 책을 찾기 시작했다. 모파상의 목걸이라는 책이었나. 외국 문학책들이 있는 쪽을 돌아다니며 이곳저곳을 찾아보기 시작했다. 도서관에 와 본 적이 없는 만큼 책장 구조도 낯설어 금방 책을 찾아내지 못했다. 겨우 책을 발견하고 뽑기 위해 손을 들었다.

어라, 그런데 높다. 고개를 위로 쭉 들어서야 간신히 보일 만큼 높다. 160cm도 되지 않는 작은 키의 내가 손을 쭉 뻗는다고 해도 닿을까 말까이다. 왠지 키 작은 서러움이 밀려온다. 그마나 키가 조금 큰 편인 희진이를 부르기엔 키 작다고 놀려댈 것 같아 내 자존심이 허락하지 않는다. 아, 우유 많이 먹을 걸.

"저, 여기요."

한참 손을 뻗어보기도 하고 까치발을 들기도 하며 애썼지만 무용지물이라는 걸 깨닫고는 우울함에 희진이를 찾으러 가려던 참이었다. 뒤에서 누가 내 어깨를 톡톡 치더니 책 한 권을 내밀었다. 다름 아닌 방금까지 내가 못 꺼내서 끙끙대던 문학책이었다.

예상하지 못한 상황에 당황하면서도 책을 받들고는 고맙다고 인사했다. 별 거 아니라고 고개를 저은 사람을 보니 20대 중후반의 여성이다. 그 사람도 책을 빌리러 온 건지 책 여러 권을 들고 있었다. 궁금증에 흘깃 그 책을 쳐다보았다.

들려진 책들에 감탄이 나왔다. 주식이니, 경제니, 하는 내가 알아듣기 어려운 용어들이 제목에서부터 쓰여 있는 게 뭔가 신기하다. 역시 어른들은 다르구나. 문학책과는 비교하지 못할 만큼 어려워보였다. 왠지 멋있어 보인다.

나도 나중에 커서 저런 걸 들고 다니면 지금의 나처럼 속으로 멋있다고 생각할 사람이 있을까? 아니, 애초에 저런 걸 들고 다닐 여력이 될 수 있을까?

"희진아, 주식이나 경제 책도 봐?"

"뭐야, 그건. 그거 재미없어서 어떻게 봐? 어른들이나 보는 거잖아. 벌써부터 뭘 그런 걸 보냐? 나중에 다 커서 봐도 괜찮다구."

책을 찾은 건지 희진이가 내 쪽으로 와서는 내 손에 들린 문학책을 가져간다. 저런 책들을 읽는 것만 봐도 어른들은 보는 세계부터가 이미 우리보다 훨씬 커보였다. 우리가 보는 건 학교와 익숙한 등굣길과 학원길일 뿐인데, 역시 어른들은 다른 걸까?

나도 나중에 커서 저런 책을 읽으면 보는 세계도 넓어질 수 있을까? 고작 학교 숙제 때문에 읽는 소설책들이 아닌, 평소에 손도 못 대던 책을 읽어보면 더 빨리 클 수 있을까? 다른 분야의 책장으로 모습을 감추는 방금 전의 여자가 남기고 간 빈자리를 물끄러미 바라보다, 이내 내 팔을 잡아끄는 희진이에 시선을 거두고 도서관 카운터로 향했다.

"이거 대출이요."

"……."

도서관 카운터의 직원이 아무 말도 없이 무뚝뚝하게 책을 받아들고 대출 확인을 찍었다. 분위기가 무거워지며 희진이와 내가 서로의 눈치를 보는데, 직원은 끝까지 입을 열지 않고 대출이 끝난 책을 희진이에게 건넸다. 숨 막히는 침묵이다. 도서관의 제 3실을 나오며 희진이와 나는 동시에 막히는 숨을 한꺼번에 내뱉었다. 해방감이 굉장하게 느껴진다.

"와, 아무 말도 없어……."

"으으, 별로 저 사람 마음에 안 들어. 한 마디 할 법도 한데."

"그러게. 가뜩이나 조용한 분위기인데."

한숨을 후, 내쉬었다. 이래서 내가 도서관을 싫어해. 너무 조용해서 사람들이 있다는 느낌이 안 나잖아, 그래도 사람들 모여 있는 곳인데. 희진이 성격에 말 많은 거 어떻게 참고 저렇게 도서관에 다니는지 몰라. 고개를 저었다.

"그럼 책은 모두 빌린 거야?"

"응. 빨리 책 빌리고 놀려고 했는데! 네가 늦잠 자는 바람에! 전화를 내가 몇 번이나 했는지 알아?"

희진이가 내 멱살을 틀어잡더니 짤짤 흔든다. 으, 내가 미안하다니까 얘가 자꾸 그러네. 절대, 저얼대 난 고의로 그런 게 아냐. 미안하다고 아무리 외쳐 봐도 희진이는 들은 척도 하지 않는다. 솔직히 약속시간 때문에 억울한 건 나도 많은데. 이 지지배는 하나도 기억 안 나나보다.

"뭘 해야만 너의 화가 풀릴까."

"떡볶이 쏴."

"……. 어째서?"

"싫음, 더 맞던가."

"알겠어, 사면 되잖아!"

내 지갑. 안 그래도 썰렁한 지갑이 희진이 덕분에 더 텅텅 빌 것 같다. 이번 주 용돈도 제대로 못 받았는데, 잔인한 녀석. 희진이가 멱살을 잡은 손을 놓더니 내 팔을 잡고 분식집으로 끌고 간다. 언제 화냈냐는 듯 콧노래까지. 설마 처음 목적이 이거였던 건……. 정말, 네가 제일 나빴다니까.

"아주머니, 여기 떡볶이 2인분이요! 많이 주세요!"

"알겠다, 알겠어. 많이 담아 줄 테니 남기기만 해봐!"

"에이, 안 남겨요."

부들부들, 떨리는 손으로 지갑의 돈을 꺼내자 분식집 아주머니께서 웃으면서 거스름돈을 건네주셨다. 가져다 줄 테니 앉아 있으라는 말에 희진이 앞 의자에 털썩 앉자, 희진이가 얻어먹어 기분이 좋은 지 흥얼거린다. 나쁜 지지배. 가난한 친구 돈 뜯어가면서 떡볶이 먹는 게 그렇게 좋냐. 곧 아주머니께서 푸짐하게 담아주신 떡볶이가 나왔고, 쉴 새 없이 먹기 시작한 우리는 먹느라 한동안 말이 없었다. 비록 내 돈으로 사서 슬프지만 떡볶이는 맛있다. 그치, 떡볶이는 죄가 없죠…….

"있잖아, 사실 나 할 말 있는데……."

"어, 응?"

아무 말 없이 떡볶이를 흡입하는 것에 열중하고 있는데 희진이가 갑자기 입을 열었다. 희진이를 쳐다보니 평소의 장난기는 싹없어진, 평소와는 사뭇 다른 희진이의 표정이 심상치 않다. 씹던 떡볶이 덩어리를 더 이상 우물거리지 못하고 꿀떡, 넘겼다. 너무 큰 덩어리인지 목이 답답하게 막혀온다.

"나, 오늘, 엄마 만나기로 했어."

"……. 뭐?"

엄마, 그 한 마디에 숨이 막힌 기분이었다. 희진이는 웬만해서 엄마 이야기를 잘 하지 않는다. 입에 담을 만큼 싫어하는 걸까, 엄마가 밉다고 이혼 직후 나에게 말했다. 아빠와 헤어진 건 엄마 자유라고 해도 자길 그렇게 포기한 건 용서할 수 없다고. 자기에 대한 애정도 없었으면서 왜 낳았던 거냐고.

하지만 희진이가 아줌마를 만나는 것에 대해서 놀라긴 했지만 납득할 수 없는 결과는 아니었다. 말로는 희진이가 아줌마를 미워한다곤 해도, 내 표정을 잘 읽는 것만큼이나 자기 표정도 잘 드러냈으니까. 희진이는 그럴 정도로 어딘가 엉성했으니까.

"아줌마가 먼저 만나자고 했어?"

"응……. 근데 지금 너무 불안해. 왠지 모르게 불안해. 지금 엄청 떨리고, 으, 나도 모르겠다. 어떡해야 하지?"

"그럼 만나러 가. 넌 이미 만나자고 승낙했잖아. 승낙한 것만 봐도, 너 아줌마를 굉장히 만나고 싶어 한 거 아냐?"

희진이가 고개를 푹, 숙였다. 내 눈에 보이지 않았지만 분명 금방이라도 눈물이 터질 것 같은 표정을 짓고 있으리라. 평소에 아무리 대찼어도 속으로는 뭘 어쩌지 못해 속앓이를 했으리라. 그러면서 내 고민까지 안으려고 노력하고, 자기 이야기는 털어놓지도 않았겠지. 적어도 나한테는 다 털어놔도 되지 않았어, 희진아?

"그렇게 보고 싶으면, 그냥 다녀와. 왜 평소답지 않게 그렇게 미련하냐? 답답하지? 이참에 아줌마 만나서 사이다 확, 들이켜 버려. 보는 내가 답답하다. 그냥 만나고 와."

희진이가 숙였던 고개를 들었다. 긴장감에, 참으려 하는 눈물에, 새빨간 얼굴이 터질 것 같다. 답답하다. 마치 내가 희진이가 된 것처럼, 고구마 한 주먹을 한꺼번에 입에 넣은 것처럼 답답하다. 그런 답답함을 해결해 주는 역할은 대찬 희진이밖에 없었다. 평소답지 않게, 이게 뭐하는 짓이람.

희진이가 짐을 챙겨 일어섰다. 입은 다문 채로 희진이를 쳐다보았다. 여전히 그리 좋지 못한 표정으로 나중에 전화한다는 말만 짧게 남기고 분식점 문을 열고 나간다. 왠지 모를 짜증남, 답답함, 그 모든 것에 얼굴을 찌푸렸다. 와구와구, 남은 떡볶이를 마구잡이로 입에 넣었다.

내가 떡볶이 다 먹을 거야.

갑자기 떨어진 입맛에 떡볶이를 억지로 밀어 넣자 목이 턱턱 막혀왔다. 컵에 담긴 물을 벌컥벌컥 들이켰다. 씹는 느낌도 없어질 만큼 우물거리다 떡볶이 덩어리들을 꿀꺽 삼키면서, 더 이상 남은 떡볶이를 입에 넣을 수가 없어서 일어났다. 아깝네. 아주머니께서 남기지 말라고 하셨는데. 마음 한 구석에 죄송함이 느껴졌다.

희진이네 어머니가 생각났다. 처음 희진이네 갔을 때 반갑게 맞아주시며 온갖 간식거리들을 접시에 담아 방으로 갖다 주셨던, 엄마한테 혼나고 무작정 희진이네로 갔을 때에도 나를 달래주며 안으로 들였던 아주머니. 12살의 어느 날, 희진이네 집에 놀러갔을 때만 해도 두 분은 여전히 사이좋고 금슬 좋으신 부부셨다.

불과 두 달 후 이혼을 결정했다는 말이 믿기지 않을 정도로.

'희진이 불쌍해서 어쩌나……. 쯧쯧.'

'……? 왜?'

'희진이가 말 안 해주던? 하긴, 가정사 얘기니까. 너도 밖에서 막 떠들고 다니지 마라. 희진이네 부모님, 결국 이혼한 모양이더라. 몇 년 전부터 사이가 안 좋긴 했지. 엄만 희진이가 더 걱정이다. 아직 초등학교 졸업도 못했는데……. 네가 희진이 잘 좀 챙겨줘.'

분명 사이 좋아 보이셨는데 갑자기 안 좋아질 수도 있는 걸까. 희진이한테 조심스레 전화를 걸었지만 받지 않았다. 무작정 집으로 찾아가서 초인종을 누르자 문을 열고 나를 맞아주신 것은 다름 아닌 희진이네 어머니셨다. 아주머니는 다 알고 있다는 듯이 웃으시며 나를 안으로 들였다. 마치 먼젓번 버스 안에서 희진이가 엄마하고 싸우고 나온 나를 보고 다 안다는 듯이 웃었던 것처럼.

아주머니를 뒤로 하고 방으로 들어가자 침대에 이불을 돌돌 말고 웅크려 있는 희진이가 보였다. 살금살금, 최대한 발걸음을 죽이고 희진이가 누워 있는 침대에 파고들었다. 아니나 다를까 희진이는 울고 있었다. 주륵주륵 소리 없는 눈물만 흘리던 희진이는 나를 보자마자 울음을 터뜨리고 말았다.

"엄마가 집에서 나갈 거래. 엄마가 자꾸 미안하다고 하는데 차라리 이럴 거면 아빠랑 같이 살았으면 좋겠어. 사실 엄마랑 아빠, 예전부터 서로 별로 말 안했어. 그래도 엄마 아빠가 헤어질 줄은 몰랐는데. 엄마도 밉고 아빠도 미워. 나는 어떡하라고, 나는……."

아까 욱여넣은 떡볶이가 체한 듯 숨이 자꾸 턱턱 막혀온다. 떡볶이 때문이 아닐지도 모르겠다. 자꾸 희진이 목소리가 머릿속에서 모기마냥 윙윙 거리며 울린다. 희진이는 잘 하고 있을까? 괜히 또 속상해하면서 눈물 참고 있는 건 아닐까? 그런 애였으니까, 희진이는 좋지 않은 부모님 사이에도 그걸 웃음으로 감춰버릴 만큼 감쪽같은 애였으니까, 이번에도 그럴지도 몰랐다.

집이 가까워질수록 발걸음도 무거워졌다. 희진이는 지금쯤 대체, 어떤 생각을 하고 있을까. 7년 친구인데, 하나도 모르겠다. 친구란 말이 무색해질 정도로, 정말, 하나도.

"식탁에 밥 있으니까 먹어."

"어, 엄만 안 먹어?"

"안 먹어. 그러니까 오늘은 그냥 너 혼자 먹어."

"그럼 나도 안 먹을래. 오늘 별로 입맛 없어."

"빨리 숟가락 안 들어? 저녁밥은 먹어야지!"

"그러는 엄마도……."

뭐라 불평하려던 말은 부라린 엄마의 눈 때문에 금방 목구멍으로 쏙 들어가 버렸다. 왠지 현관문에 들어설 때부터 꺼진 TV 때문인지, 축 가라앉은 분위기에 심상치 않았지만 엄마 표정이 좋지 않다. 저녁밥 안 먹으면 힘이 안 난다며 밥도 꼭 챙겨 드셨는데, 아프지 않은 이상 엄마가 밥을 굶을 리 없었다. 이상함을 느끼면서도 결국 숟가락을 들었다.

아까 떡볶이를 억지로 밀어 넣어 체한 건지, 아니면 왠지 모를 찝찝함 덕분인지 밥이 제대로 넘어가지 않는다. 평소의 엄마라면 왜 이렇게 깨작깨작 먹느냐며 분명 잔소리 했을 텐데 오늘따라 엄마가 아무 말도 없이 조용하다. 엄마 기분을 건들면 안 될 것 같아 최대한 조용조용 밥을 떴다. 불편한 자리에, 불편한 속에, 불편한 생각 때문에 정말 탈이라도 날 것 같았다.

"혜정아."

엄마가 조근조근한 목소리로 말을 걸었다. 왠지 이런 목소리는 오랜만이라 대답하지 못하고 꿀 먹은 벙어리 마냥 가만히 있었지만 엄마는 말을 이었다.

"학교 잘 다녀? 친구들이랑 친하게 지내고? 걱정거리 없지?"

"어, 엉……. 그런 거 없어. 잘 지내."

"그래……?"

엄마 표정이 우울하다. 저런 표정, 별로 보진 못했지만 엄마가 뭔가 힘든 일이 생긴 게 분명했다. 엄마라면 이렇게 사근사근하게 물어보지 않았다. 잘 다녀, 친하게 지내, 하면서 명령형으로 말했을 텐데.

"혜정아."

"응?"

"빨리 크고 싶어? 빨리 어른 되고 싶고?"

정곡을 찔린 기분이다. 엄마가 슬쩍 웃었다. 뭔가 씁쓸해 보이는 웃음에 엄마가 무척 작아보였다. 평소 소리 지르는 엄마가 없으니까, 꽹

장히 허전하고 또 불안했다.

"어른, 힘들어."

"……."

"실수를 해도 책임은 크기만 하고, 어리다고 봐주는 것도 없고, 냉정하기만 하고, 내가 제대로 안하면 아무도 도와줄 사람이 없어. 정말 혼자야, 세상에 나밖에 없어."

정말, 배가 아파온다. 떡볶이 때문이 아니었다. 그냥 배가 아파왔다. 가라앉은, 그리고 기죽은 엄마 목소리에 배가 아파왔다. 차라리 평소처럼 혼냈으면, 차라리 평소처럼 큰 목소리였으면. 이렇게 기죽은 목소리는 더더욱 싫었다.

"어렸을 땐 엄마도 빨리 크고 싶었어. 할머니한테 맨날 혼났으니까. 그런데 크고 보니 그것도 아니더라. 어른이라고 할 수 있는 것도 별로 없어. 감당하기 힘든 책임도 뒤따르고 무엇보다……."

마음 놓고 울 수가 없어. 엄마가 말했다. 엄마의 어딘가가 틀어져 있었다. 뭔가 어긋나고 있었다. 아니, 사실 원래 어긋나 있었는데 오늘 발견한 걸지도 몰랐다. 엄마는 그 뒤로 아무 말도 하지 않았다. 왠지 엄마의 마음을 알 것 같았다.

엄마가 작아보였다. 엄마가 약해보였다. 어른이 되고 싶은 건 순전히 엄마 때문이었는데, 이렇게 나와 버리면 차마 엄마 때문이라고 할 수가 없잖아. 배가 더욱더 찌릿찌릿 아파왔다. 차마 밥을 넘길 수가 없어 그대로 싱크대에 넣어 물을 붓고는 방에 들어와 버렸다. 엄마는 밥을 남겼다고 꾸중하지 않았다.

답답하다. 희진이한테서 어떤 연락도 없었다. 희진이든, 나든, 엄마든. 답답하고 복잡했다. 뭘 어떻게 해야 할 지 도저히 감이 잡히지 않았다. 멍하니, 침대에 눕자 형광등의 불빛이 눈 따갑게 내리쬐었다. 여전히 멍했다.

띠링, 천장과 눈싸움을 하던 중 휴대폰 알림음에 재빨리 휴대폰을 확인하자 희진이의 이름이 화면에 떴다. 메시지의 내용은 우리 집 앞 근처니까 나와 달라는 것이었다. 부리나케 겉옷만 챙겨 입고 현관문을 열고 뛰쳐나갔다. 엄마는 여전히 말이 없었다. 집 안의 엄마도, 집 밖의 희진이도, 둘 다 나를 너무 혼란스럽게 했다. 엘리베이터의 문이 닫히고 1층으로 내려갔다. 엘리베이터의 거울에 비친 내 모습이 불안하고 초조했다.

"희진아."

희진이가 아파트 현관 계단에 앉아 있었다. 고개를 푹, 숙인 채로 어깨를 들썩인다. 울고 있다. 소리 죽여, 작게. 옆에 앉자 희진이가 숙였던 고개를 천천히 들었다. 희진이가 시선을 돌려 희진이를 쳐다보는 내 눈과 마주친다.

나와 눈이 마주치는 순간 희진이가 폭풍처럼 울음을 뱉어냈다. 그 울음에 당황하지도 않고 반사적으로 등을 두드렸다. 희진이가 모든 것을 토해낼 듯이 엉엉 울었다. 너무 안쓰럽게 울어서, 이대로 그냥 내버려 두면 울다가 쓰러질 것 같아서 나도 모르게 희진이를 안았다. 어깻죽지가 축축해졌다.

엄마가 생각났다. 우는 희진이에게서 엄마가 겹쳐보였다. 엄마도 지금쯤 울고 있겠지, 힘들어서. 눈물도 흘리지 못하고 속으로만 엉엉 울고 있겠지. 엄마한텐 나처럼 껴안아줄 사람도 없겠지. 가슴 한 구석이 찌릿했다. 나도 울고 싶은 마음이었다.

왠지 터지려는 눈물에 문득 알 것 같았다.

왜 우리를 보고 아이라고 부르는지. 이렇게 울 수 있다는 게 얼마나 좋은 건지. 어른이란 존재는 생각보다 너무 외롭고 힘든 건지. 엄마 말마따나 우리는 마음 놓고 엉엉 울 수 있었다.

엄마는 차갑게 식은 빈 집 안에서 조용히, 희진이는 따뜻한 내 품 안에서 토해낼 듯이, 그렇게 울었다.

2
희진이

"학교 다녀오겠습니다."

"그래, 잘 다녀와."

여느 때처럼 엄마의 부드러운, 하지만 어딘가 딱딱한 말투가 담긴 인사말에 꾸벅 고개를 숙이고는 집에서 나왔다. 휴대폰의 잠금 화면은 오전 8시를 가리키고 있었다. 곧 있으면 211번 버스가 집 앞 정류장에 서고 그 버스 안에는 나의 베프, 혜정이가 타고 있을 것이다. 언제부터였더라, 혜정이와 나는 일정한 시간에 같은 버스 안에서 만났다.

7년이란 길고 깊은 시간 덕에 이렇게 꼭 약속이라도 한 듯이 통하는 걸까? 통한다는 느낌이 혜정이와 내가 무언가를 공유하고 있는 것만 같아 아침부터 기분이 좋다.

겨울바람이 베일 것처럼 날카롭다. 덜덜, 얼어버릴 것만 같은 몸으로 버스를 기다리는 5분의 시간이 5시간이라도 되는 것 마냥 어느 때보다도 길었다. 저 멀리서 보이는 등굣길 버스에 속으로 환호성이라도 지를 것처럼 구세주라도 만난 기분이다.

역시나 버스 안은 어제도 그랬고 엊그제도 그랬듯이 사람들로 가득 차있어서 숨이 막혀온다. 추운 겨울바람이 쌩쌩 부는 바깥과 달리 버스 안은 꽉꽉 빈틈도 없이 메워진 사람들 덕에 후덥지근하기만 했다. 버스 안에 한 발, 몸을 들이밀자 더운 공기가 확, 얼굴에 끼쳐왔다. 으으, 갑자기 목도리가 답답해졌다.

버스 기사 아저씨는 안으로 더 들어가라고 하지만 완전히 포화 상태인 버스 안에 더 들어가려고 해도 들어갈 수가 없다. 일부러 안 비키는 건지, 아니면 비킬 틈도 없는 건지 사람들은 길을 터주지 않았다. 등굣길, 출근길 버스의 흔한 광경이었다.

"저기요! 저 잠시만 안으로 들어갈게요!"

연신 비켜달라고 외치며 사람들 사이로 파고들었다. 끙끙거리며 사람들 사이에 끼여 겨우겨우 뒤쪽으로 떠밀리듯이 가자 늘 보던 보라색 책가방이 보였다. 반가움 마음이 들어 책가방을 툭 치자 혜정이가 뒤를 돌아봤다. 오오, 나의 베프여.

"웬 납작포가 하나 서 있나 했네."

"지는."

혜정이가 어이없는 표정을 짓는다. 버스 안에서 이래저래 혜정이나 나나 별다른 거 없이 납작포 신세인 건 알지만, 적어도 나한테는 혜정이가 더 웃기니까 괜찮다. 씩, 웃고는 이야기를 시작했다. 혜정이 표정이 나보고 입 좀 다물라는 표정이다. 주위를 둘러보니 너무 크게 떠들었는지 주위 사람 몇 명이 불쾌한 기색을 내보이는 게 보인다. 그제야 눈치가 보여 목소리를 확 줄였다.

그래도 혜정이만은 평소에는 맞장구라도 빈약하게나마 해주었는데 오늘따라 조용하다. 건성건성 하는 게 눈에 보일 정도로 응응하면서 시큰둥한 대답에 시큰둥한 표정이 우울하기만 하다. 기분이 안 좋은 것 같은데, 어디 아픈 건가? 설마 내가 아픈 애를 건드린 건가? 아침부터 욕먹을 짓 한 거야?

하지만 안색이 좋아 보이는 게 딱히 아픈 것 같진 않았다. 혹시 내가 뭔가 잘못했나. 설마 납작포, 그거 한마디 했다고 삐진 건 아니겠지. 놀린 게 이번이 처음도 아니고. 아무리 생각해 봐도 내가 혜정이한테 잘못한 것은 없는 것 같다. 그렇다면 오늘 아침부터 안 좋을 만한 일이라면……. 아, 설마 그건가?

"싸웠지?"

"뭘."

"엄마랑 싸웠잖아, 그치?"

혜정이 표정이 뭐 먹다 들킨 듯한 표정이다. 딱 걸렸어. 아무렴, 7년이나 옆에서 친구 해먹었는데 이 정도도 모르면 친구도 아니지. 내가 잘못한 것도 없고, 아픈 것도 아니고, 더군다나 아줌마나 혜정이나 다 혈질적인 성격이라 이렇게 싸우는 게 최근 들어 더 잦아져서 익숙할 지경이다. 혜정이의 표정이 갑자기 다운된다. 엄마랑 싸운 일이라도 기억난 모양이다.

왠지 그런 혜정이가 부러워서 나도 모르게 중얼거렸다.

"부럽다. 나도 엄마랑 싸워봤음 좋겠어."

갑자기 내 옆의 공기가 축 가라앉는다. 그리고 나서야 아차, 싶었다. 혜정이의 눈치를 슬쩍 살피니 미안해하는 낌새가 보인다. 어휴, 생각 없는 나. 이런 말을 입 밖으로 내뱉어서는.

어린애도 아니고, 유치한 짓을 저질렀다. 혜정이가 일부러 그 흔한 엄마 불평 한마디를 안 꺼내는 게 그냥이란 이유는 절대 아닌데. 분명 속으로는 불평불만 늘어놓고 싶어도 내가 언짢아할까 일부러 아무 말도 하지 않았던 것일 텐데.

오히려 내가 더 미안해졌다. 내가 나쁜 친구인 것 같다. 분위기가 나 때문에 가라앉았다. 혜정이가 미안해하는 기색이 제일 싫었다. 혜정이 탓이 아닌데.

하지만 엄마와 싸워보고 싶은 것은 부정할 수 없는 사실이었다. 엄마와 아빠가 이혼 후 엄마를 별로 만나지도 못했고, 아빠는 밤늦게 들어오시고 새벽에 나가서서 볼 틈도 없고, 어차피 어색해진 아빠, 별로 보고 싶지도 않았다. 새엄마라고, 뭐……. 싸울 이유도 만들지 않았으니까.

중학생쯤 되면 그냥 밥 먹듯이 한다는 모녀 싸움은 새엄마와 나 사이에서는 한 번도 일어나지 않았다. 핸드폰을 밤늦게까지 해도, 성적이 급격하게 떨어져도, 가끔 학원을 빼먹어도 새엄마와 나 사이에는 일종의 싸움이 일어나지 않았다.

언젠가 한 번은 정말 싸움이라도, 혼나는 거라도 좋으니까 새엄마의 관심이 나에게 향하길 하는 마음에 학교를 무단결석한 적이 있었다. 조금은 기대했지만 아니나 다를까 학교를 결석하고 온 나를 보고 잘 다녀왔냐는 인사로 내 반항은 끝이 나버렸다. 학교에서 전화가 안 갔을 리가 없는데. 그 뒤로는 그냥 포기했다. 오히려 이탈하려고 할 때마다 혼낸 건 혜정이었다.

간섭, 조금 순화시켜보자면 관심이 없는 것에 대해 애들은 부럽다고 말했다. 잘 알지도 못하면서. 엄마와 나 사이에 있는 서먹한 기류가 집에 들어가고 싶지 않게 만든다. 집이 제일 편한 곳이라는데, 나에게는 그냥 불편한 만남의 장소일 뿐이었다.

그런데 대략 이런 상태인 나를 일부러 생각해서 흔히들 하는 엄마 뒷담화, 엄마 불평도 안 꺼내는 혜정이 앞에서 아무 생각 없이 말을 하다니. 혜정이가 해준 배려에 그냥 재 뿌린 거나 다름없었다. 이놈의 입이 문제야.

"아야!"

혜정이 눈치를 슬슬 살피는데, 갑자기 혜정이의 입에서 터져 나온 작은 비명에 놀라 혜정이를 붙잡으며 왜 그러냐고 묻자 발이 밟혔단다. 그것도 하이힐에. 으으, 하이힐이라니, 그 뾰족뾰족한 굽으로 밟혔다면 분명 엄청나게 아플 테지.

아픔이 나에게도 통하는 것 같아 진심을 담아 어깨를 토닥여주자 혜정이 몸이 미세하게 떨린다. 아프긴 진짜 아픈가 보다. 멍 남는다고 속상해할 것 같은데 이따 보건실이라도 데려가 약이라도 발라줘야겠다.

혜정이가 범인이라도 찾으려는 듯 고개를 획획 돌린다. 혜정이를 따라 나도 같이 고개를 돌렸다. 이내 그 들어차 있는 사람들 중 한 명에 혜정이와 나는 각기 다른 이유로 주목했다.

"우와, 저 사람 각선미 좀 봐."

"갑자기 웬 각선미야, 아파 죽겠다니까."

혜정이가 고정한 시선에 나도 같이 바라보는데, 눈에 띈 한 여성분의 엄청난 다리 각선미에 방금 공감했던 혜정이의 아픔 따위는 금방 잊어버리고 말았다. 다리선 진짜 예쁘다. 침까지 흘릴 것 같은 태세로 각선미에 주목하며 혜정이를 툭툭 쳤다. 아, 나 이러다 성희롱범으로 낙인 찍혀서 팔찌 차는 거 아니야?

"……."

아무 말 없이 나를 바라보는 혜정이의 표정이 다시 한 번 어이가 없다는 표정이다. 보건실까지 데려다 줄 테니까, 미안, 혜정아. 사과의 의미를 담아 슬쩍 웃어보였다. 여전히 혜정이 표정은 벌레라도 씹어 먹은 듯하다. 내가 미안하다니까.

한숨을 푹, 내쉰 혜정이도 이젠 포기한 듯 보인다. 내 말에 고개를 끄덕이며 맞장구를 쳤다.

"각선미는 인정."

"그치? 그치?"

혜정이가 옆의 여성분을 흘깃, 쳐다본다. 적어도 여성분을 바라보는 시선이 내가 느끼고 있는 감탄 같은, 자칫하다 성희롱범으로 낙인찍힐 수도 있는 그런 류의 표정은 아니었다. 왠지 부러움, 동경 같은 것이 담긴 듯한 시선.

죽마고우라고 했던가. 오랫동안 함께 했던 만큼 혜정이가 무슨 생각을 하는 지는 눈빛만 봐도 알 수 있었다. 뭐, 혜정이는 늘 빨리 크고 싶어 했으니까. 엄마의 간섭이 싫다고 늘 어른이 되고 싶다고 했으니까. 요즘 들어 아줌마와의 갈등이 잦아지면서 더욱더 그런 소리를 중얼거리곤 했다.

혜정이다운 생각이라 별다른 감정은 들지 않았다.

"부럽냐?"

"뭐가?"

"넌 뭐 표정으로 티를 다 내냐? 딱 봐도 예쁘네 어쩌네 부러워하는 거지 뭐. 게다가 너 맨날 빨리 클 거라느니, 빨리 학교 졸업해 어른 되고 싶다고 막 그러잖아."

"그러는 너도 머리 자를 때는 나보다 더하면서. 이건 청소년 인권침해입니다! 교육청에 신고해야 돼! 하면서. 그치?"

"에이. 그건 예외지."

"예외는 무슨."

"그런 의미에서 생각하는 건데 가끔 술에 취한 느낌이 궁금하더라."

"술?"

"술 먹고 막 취하고 그러잖아. 취하면 진짜 어떤 기분일까? 기억은 없어지고 속은 뒤집힌다는데, 난 안 먹어봤으니까."

소올직히 머리 자르게 하는 건 정말 인정해야 한다. 학교에는 한 맺힌 머리 귀신이라도 붙은 게 아닌가 할 정도로 미용실에 돈을 갖다 바치라고 정기적으로 통보하니까.

술 먹으면 대체 어떤 기분일지 가끔 궁금해진다. 어렸을 때 먹어본 맥주는 쓴 맛이 나서 어린 나에게는 별로 좋은 기억으로 남지 않았다. 하지만 취해서 필름이 어떻게 끊길 수 있는 지도 궁금하고, 그냥 느낌이 궁금하다. 회식 자리에서 뭐가 그리 즐거운지 술을 마시는 걸 보면 단순 호기심이다. 혜정이가 나를 질린 표정으로 쳐다본다.

"야, 우리 내려야 돼."

어느새 학교 정류장을 앞두고 있는 버스에 혜정이를 툭툭 치자 혜정이가 고개를 끄덕인다. 드디어 버스 탈출이다. 내리는 문 틈 사이로 들어오는 찬기가 지옥 불구덩이에서 성수라도 본 듯하다. 버스 밖으로 뛰어나오자 순식간에 한기가 오싹하게 밀려들어온다.

정문으로 들어서자 애들 머리카락이 평소보다 짧은 듯한 느낌이 들어 생각해 보니 오늘 머리 검사 날이라는 것이 생각났다. 어제 잘랐는데 잊어버리고 있었네. 어제 필사적으로 걸리지 않기 위해 더 짧게, 외쳤지만 느낌이 영 안 좋다. 으으.

역시나 걸렸다. 더 잘라오라고 하는데, 그냥 학교에다 미용실 하나 만들어주는 게 더 나을 것 같다. 어휴, 진짜 우리 학교는.

1교시 수업이 끝나고 혜정이한테 가서 말을 걸자 대답이 들려오지 않는다. 그냥 못 들은 것 같은데 얼굴 바로 앞에다 박수를 짝, 치자 화들짝 놀라며 그제야 대답한다.

거참, 뒤늦은 중2병인 건가, 가끔 이렇게 철학적인 생각에 빠지는 혜정이는 건들면 안 될 것 같은 뉘앙스를 풍긴다. 평소에는 공부도 그냥 배 째란 식으로 안하더니, 어떤 철학적인 생각을 하고 있을까. 나는 왜 사는가? 아니면 자유는 무엇인가? 정말 중2병이라도 걸린 것 같아 킥킥거리며 웃다가 여전히 멍 때리는 혜정이에게 넌지시 말했다.

"이따 수업 끝나고 가면서 떡볶이 먹고 가자."

"콜."

이 지지배가 아무 말도 않더니 뭐 먹자는 말에는 칼답이네. 속으로 고개를 저었다. 그 말을 끝으로 대화는 끊겼다. 굳이 생각에 빠진 혜정이에게 이래저래 말 붙이면 귀찮아 할 게 뻔했다.

심심하다. 심심했지만 굳이 다른 애들 무리에 가지 않았다. 아무 말도 않고 있었는데 소문이란 게, 이혼한 부모님 타이틀은 짜증날 정도로 빨리, 그것도 중학교 입학 초기에 붙어버렸다.

애들이 이혼한 부모님을 가진 아이에게 대하는 반응은 대부분 세 경우 중 하나였다. 관심 없거나 불쌍하게 생각하거나 영웅 심리에 취하거나. 한심하게도 착한 아이라는 이미지라도 달고 싶은 건지 나한테 일부러 잘 대해 주는 게 눈에 훤히 보였다. 그럴 바엔 차라리 심심하더라도 내 속사정을 다 알고 있는 혜정이와 함께 있는 게 나았다.

하교 후 떡볶이를 먹고 각자 집으로 향하는 길목에서 헤어지고 오는 길이다. 모처럼 둘이 같이 시내를 가기로 약속을 잡아서 그런지 기분이 좋다. 머리 검사는 걸렸지만. 나 말고 다른 애들도 수두룩하게 걸렸으니 별로 신경 쓰지 않기로 했다. 어쨌든 놀러가는 거니까 딱히 기분 건드릴 필요는 없었다.

새엄마한테 시내 간다고 말하면 뭐라고 대답하실까. 조심히 다녀오라고 하실까? 내가 내린 결론은 '아니요' 이었다. 새엄마는 간섭이 없는 만큼 걱정도 없었다. 기분이 다시 꿀꿀해졌다. 이번에 시내 갈 때 또 이렇게 기분 안 좋을 채로 가면 혜정이는 또 내 눈치나 볼 텐데. 긍정적인 생각만 하자, 긍정적인 생각만.

"다녀왔습니다."

"왔어?"

그냥 놀러가기 위해서라도 집에서는 기분 건드릴 거 없이 조용히 지내기로 하고 현관문을 열고 들어가자 새엄마가 나를 맞이했다. 아빠는 오늘도 새벽 1시즈음이나 되어야 들어오겠지. 아빠 얼굴 보기가 주말 아니면 정말 힘들다. 새엄마와 나의 어색한 기류가 또다시 흐른다. 1년째 전혀 변하지 않는 서먹함.

집이 또다시 불편해지는 시간이다.

"오늘 학원가는 날인가?"

"아뇨. 안 가요."

"그럼, 밥 조금 이따가 먹을래?"

"오늘은 밥 안 먹을게요."

새엄마가 그럼 그러라면서 고개를 끄덕였다. 예전의 친엄마는 저녁밥은 무조건 먹으라면서 한 숟갈이라도 퍼주곤 했는데. 그것도 초등학생일 때 이야기였다. 새엄마는 늘 나한테 양해를 구했다. 내가 하지 않겠다는 건 억지로 시키지 않았다.

일종의 서로에 대한 불편함을 조금이라도 줄이기 위한 암묵적인 약속이나 다름없었다. 예전, 피로 이어진 엄마였다면 이런 불편함 따위는 상상도 못했을 일이었을 텐데.

이것도 서먹함이 존재했기에 가능하겠지.

우울해진다. 양말만 벗고 침대의 이불 속으로 기어 들어갔다. 예전 엄마나 새엄마나 아빠나. 그냥 부모님에 관련된 생각만 하면 막막할 정도로 정말 복잡해지고 우울해진다.

이혼할 때의 엄마와 아빠는 새엄마처럼 양해를 구하지 않았다. 그냥 통보만 했을 뿐. 이혼한다는, 그리고 엄마는 나를 키우지 않을 거라는 일방적인 통보. 거기에 내가 느꼈을 감정은 생각도 하지 않은 채 그렇게 통보만 했다.

배신감이 들었다. 엄마와 아빠가 내 앞에서 그렇게 서로에게 갈등을 보인 것도 아니었다. 한 마디로 너무 나한테 갑작스럽게 이혼 통보를 해버린 것이었다.

그래도 차라리 엄마가 나를 키우겠다고 나섰다면 조금은 덜 상처받았을까. 엄마는 너무 쉽게 날 키우지 않겠다고 양육권 포기 선언을 하고 집을 나가버렸다. 진짜 나에게 정은 있었는지조차 다시 생각할 만큼. 아직 집 앞 놀이터에서 밖에 놀지 않았던 나에게는 너무 큰 충격으로 다가올 걸 한 번이라도 생각하지 않았던 듯.

'아빠, 재혼하기로 했단다.'

'재혼?'

'너와 아빠를 위해서라도 해야 할 것 같구나.'

그렇다고 새엄마한테 호감을 느낀 건 아니었다. 이혼 통보만큼이나 갑작스럽게 아빠는 재혼 통보, 말 그대로 통보만 해버리고 낯선 사람을 데려와 불쑥 새엄마라며 재혼해 버렸다.

새엄마 탓은 아니었다. 그저 아빠의 2차적인 통보가 문제였다. 그래서 새엄마가 더 미웠고, 거리를 두려 했고, 새엄마도 그런 나를 굳이 잡으려하지 않았다. 나는 아빠와 달리 엄마한텐 늘 말을 높였다. 일부러인지 아니면 도저히 낮출 수가 없었던 건지.

새엄마는 그냥 나를 내버려두었다. 꼭 양해를 구하고 하고 싶은 대로 하게 했다. 그저 내가 하고 싶은 대로 마음껏. 숙제를 안 하든, 학교에서 성적을 낮게 받아오든, 친구랑 싸우든, 그 어떤 무슨 짓을 하든 그건 내 의사였다. 예전 엄마나 아빠와 다르게 새엄마는 통보를 하지 않았다.

내 의사를 존중했다, 언제나.

그렇다고 어느 쪽이든 나한테 상처 주지 않았던 것은 없었다.

휴대폰이 진동음을 내며 울렸다. 화면을 확인해보니 혜정이다. 왠지 예전 엄마나 아빠보다도 내 생각을 더 잘 알 것만 같은 혜정이. 우울한 마음에 혜정이 이름을 보자 왠지 빛이라도 만난 것 같은 기분이 들어서 반갑게 통화 버튼을 눌렀다.

[희진아!]

"왜 전화했어?"

[너 혹시 수학 숙제 25번 풀었어?]

"그거 저번 주에 냈던 숙제 아니야? 그걸 지금 풀어?"

[까먹어서. 악! 왜 때려! 내가 숙제를 하든 말든!]

전화기 너머가 잠시 소란스럽다. 분명 또 아줌마랑 싸움이라도 났겠지. 착잡한 웃음을 흘리며 스피커의 소리를 조용히 들었다.

혜정이가 아줌마한테 바락바락 소리 지르는 게 들린다. 희미하게 아주머니가 똑같이 맞받아치며 덤으로 혜정이를 퍽퍽 때리는 소리도 들린다. 언제나 혜정이와 아주머니는 시끌시끌하다. 가방을 끌어와 수학책을 꺼냈다. 이내 혜정이가 다시 제대로 말을 걸어왔다.

[그래서 답 좀 알려주라!]

"하여간 당당하기는. 답 67. 내일 학교 올 때 사탕 하나라도 들고 오지 않으면 내가 참 많이 분노할 것이야."

[알겠어, 알겠어! 사탕하나 사갈께!]

"무조건 라임 맛으로 사와!"

[라임 맛이든 포도 맛이든 다 사갈 테니까 걱정 마요, 아가씨!]

전화가 끊겼다. 우울한 기분에 갑자기 찾아온 시끄러운 전화에 절로 웃음이 났다. 아니, 늘 혜정이와 아주머니를 보면 늘 기분이 좋았다. 싸우긴 해도 어쨌거나 금방 잊어버렸으니까.

혜정이는 늘 아주머니가 간섭한다고 말했지만, 늘 걱정하는 마음에서 이루어진 것쯤은 불평하는 혜정이도 알고 있을 것이다. 알고 있으면서 괜히 저러는 것뿐이었다. 일방적으로 혜정이를 몰아가지도 않고, 그렇다고 내버려두지도 않고 적당한 선에서 일부러 자제시키는 그냥 보통의 엄마.

내가 보지 못한, 겪어보지 못한 엄마라 그런지 아주머니가 좋았다. 왠지 혜정이네 놀러갈 때마다 아주머니가 딸 친구라도 조심성 있게 대하기는커녕 오래본 만큼 정말 친딸처럼 대하셔서 그런 걸지도 모르겠다. 조만간 아주머니께 인사드릴 겸 놀러가야겠다. 혜정이네 놀러가는 건 언제나 좋은 일이었다.

"들어가도 되니?"

"왜요?"

침대에서 몸을 일으켰다. 새엄마답게 역시 양해를 구하는 것을 잊지 않았다. 갑자기 벌컥, 문 여는 것 없이 노크 한번, 똑똑. 잔잔하게 미소를 띠며 들어온 새엄마는 조용한 목소리로 말했다.

"이번 주에 같이 한 번 외식하러 갈까?"

"아뇨. 약속 있어요."

"아…….. 그러니? 저녁밥 안 먹을 거라고 했지? 혹시 이따가 배고프면 불러. 금방 밥 차려줄게."

"네."

문을 닫아주는 것을 잊지 않은 새엄마의 표정이 무거워지는 찰나를 보았지만 애써 신경 쓰지 않으려 했다. 엄마건 아빠건, 나도 신경 쓸 것 많은데 새엄마 기분까지 고려하고 싶지 않았다.

차라리 새엄마가 나를 덜 배려했으면 좋았을 텐데.

새엄마는 예상했던 대로 이번 주 토요일에 시내 간다는 말에도 통금을 걸지 않았다. 그래, 내 자유니까 신경 쓰지 않겠지. 통금 시간 따위, 6시에 들어오든, 10시에 들어오든, 외박을 하든.

그래서 혜정이가 더 부러웠다.

그 다음 주 일요일이었다. 깨작깨작, 손톱을 물어뜯었다. 혜정이와는 9시 30분 즈음에 만나기로 했지만 조금 일찍 나왔다. 불안하기도 하고 긴장도 되고, 무엇보다 새엄마의 얼굴 보기가 너무 거북했다. 그냥 부모님끼리 엮이는 그 모든 건 엄마든, 아빠든, 새엄마든 그냥 거북하고 싫었다. 저번 주 혜정이와 시내에서 놀고 돌아올 때 즈음, 친엄마에게 문자가 왔었다.

[다음 주 일요일에 시간 되니?]

만나자는 내용이었다. 이혼 후 엄마가 너무 미워서, 아빠도 미워서, 어쩌다 엄마가 애써 찾아왔던 한두 번 빼고는 만난 적이 없는 친엄마였다.

잊어버리지는 않았지만 엄마가 나를 자식으로서 포기한 만큼 나도 엄마를 엄마로서 포기한 상태였다. 그래서 엄마의 만나자는 문자에 경직될 수밖에 없었다.

거절하고 싶었지만 마음과 다르게 손은 승낙의 메시지를 보냈다. 거절하고 싶은 건 정말 마음뿐인지도 몰랐다. 진짜 만나고 싶은데 일부러 안 만나는 척.

어렵사리, 망설임 끝에 이 사실을 새엄마에게 말하자 새엄마는 굳은 표정으로 다녀오라고 말했다. 내 의사였으니까. 내 자유였으니까. 왠지 새엄마가 반대했으면 좋겠다고 생각했다. 새엄마 성격에 그럴 리가 없다는 걸 알면서도. 늘 존중으로 이루어져 있는 걸 알면서도.

차마 나 혼자 뭘 할 수가 없어서 도서관을 핑계로 혜정이를 불렀다. 다 말해버릴 참으로. 왠지 혜정이가 위로해 줄 것 같았다. 혜정이라면 조금이라도 도와줄 지도 몰랐다. 혜정이는 정말 나만큼이나 다 알고 있으니까, 그것만으로도 괜찮았다.

"근데 얘는 왜 이렇게 안 나와……."

시간을 보니 9시 50분이다. 얘, 설마 약속 잊고 침대에 녹아있는 거 아냐? 갑자기 불길한 예감이 든다. 혹시나 싶어서 전화해보니까 신호음이 꽤 오래간다. 전화라면 빨리 받던 놈이 진짜 지금까지 자고 있는 거야? 이를 빠득빠득 갈고 있는데 신호음이 끊기며 부스스한 느낌의 목소리가 스피커에 나왔다.

[야, 언제 나올 거야?]

"으, 으응?"

[도서관 가야 되는데 언제 나올 거냐고!]

"갑자기 뭔 도서관?"

[오늘 도서관 같이 가기로 했잖아!]

"헐."

[지금 일어났냐?! 당장 튀어나와!]

예감 적중. 자는 것도 모자라 그냥 잊고 있었다 이거지? 아무도 없는 길거리에서 혼자 짜증을 부리며 재빨리 혜정이네로 향했다. 짜증이 부글부글 끓었다. 이따가 떡볶이를 뜯어내던가 해야겠다. 진짜 사람 20분이나 기다리게 하고 아예 약속은 안중에도 없어? 아오, 진짜 이걸 확. 이따 보기만 해봐.

혜정이네 아파트의 엘리베이터를 타며 다시 한 번 전화하니 다급한 목소리와 함께 현관문 열리는 소리가 들렸다. 옳거니, 죽었어, 임혜정. 한 층, 한 층 층수가 올라갈수록 혜정이가 사는 14층에 가까워진다. 열리는 엘리베이터의 문 틈 사이로 보이는 혜정이의 얼굴에 냅다 주먹을 휘둘렀지만 슬프게도 팔이 너무 짧았다. 아, 진짜 이걸 때렸어야 했는데. 짧은 팔에 서럽다.

"미안!! 진짜로 미안!!"

"하여간, 잠 좀 작작 자! 진짜!"

내가 진짜 너 때문에! 추운 겨울날, 그것도 완전 추운 겨울날 아침에 너 때문에! 20분을 와들와들 떨면서 기다렸다고! 혜정이를 퍽퍽 때리며 울분에 찬 목소리로 소리치자 혜정이가 악악거리며 맞으면서도 연신 미안하다고 소리친다. 이거 머리도 떡 진 게 얼마나 급했으면 머리도 안 감고 나왔네. 아이, 드러워.

"내가 전날, 따로 전화 주냐고 하니까 알아서 한다며 거절하고 그러면서 늦잠이나 자고 약속 있는 것도 까먹어? 그러면서 뭘 알아서 해, 뭘! 다음부턴 나랑 어디 갈 생각은 하지도 마! 아오, 진짜. 추워 죽겠는데 밖에서 동상 걸려 죽는 줄 알았다."

혜정이에게 가는 내내 잔소리를 퍼부으며 궁시렁거렸다. 차마 반박할 수가 없는지 혜정이도 조용히 내 잔소리를 들으며 고개를 끄덕였다. 잘못한 건 아네. 할 말이 나오지 않을 때까지 잔소리를 계속했다. 혜정이가 슬슬 표정이 멍해질 때 즈음에야 잔소리가 멈춰질 수 있었다. 그제야 내 용건도 생각났다.

"빌릴 책이 있는데 학교 도서관엔 없더라. 그래서 가려는데 혼자가면 심심해서 너 부른 거고. 너도 읽을 거 없어?"

"난 책 싫어."

"그러다 또 국어 수행평가 시즌 때 책 추천 해달라며 징징거릴 거면서. 그냥 지금 읽어놔, 미리."

하여간 진짜 책을 싫어해. 그러면서 국어 수행평가 시즌 때 분명 독후감 쓸 책 좀 달라며 떼 쓸 거면서. 한두 번도 아니고 매 수행평가 시즌마다 반복된 일이었다.

도서관에 들어서며 혜정이한테 찾아달란 책을 부탁하고 나도 따로 책을 찾기 위해서 책장 사이로 들어갔다. 도서관에 자주 왔으니 책 찾는 건 쉬운 일이었다. 금방 책의 번호를 찾아가며 내가 읽을 책을 뽑아 들 수 있었다.

지나가다 재밌어 보이는 책 몇 권을 더 뽑은 뒤 혜정이가 갔을 책장으로 발걸음을 죽이며 조용히 다가갔다. 혜정이는 책을 찾은 건지 책한 권을 들고 있다. 확인해보니 내가 찾던 책이 맞았다. 오, 도서관 가본 적도 없다면서 번지 수 제대로 짚었네. 고개를 끄덕끄덕 거리는데 혜정이가 말을 걸어왔다.

"희진아, 주식이나 경제 책도 봐?"

"뭐야, 그건. 그거 재미없어서 어떻게 봐? 어른들이나 보는 거잖아. 벌써부터 뭘 그런 걸 보냐? 나중에 다 커서 봐도 괜찮다구."

주식이랑 경제라니. 어차피 나중에 알기 싫어도 알 수밖에 없는 것일 텐데 뭣 하러 벌써부터 봐. 도저히 이해할 수 없다. 뭔가 혜정이 눈이 반짝반짝 거리는 게 또 흥밋거린지 뭔지가 생긴 것 같았다. 하긴 주식이나 경제라니. 사실 조금 멋져 보인다. 복잡해서 읽기 싫은 것 뿐. 지금 알아둬도 쓸 데도 없고.

혜정이 성격에 멋져 보인다고 주식 경제 책에 흥미를 보일 것 같지는 않은데. 역시 요 근래 자주 털어놓는 고민인가. 그런 거라면 어른들이 보니까, 라는 생각이 강하겠지. 어휴, 시간은 알아서 흐를 텐데, 가끔 혜정이 생각을 이해할 수가 없다. 내가 간섭을 안 받아봐서 그런 건지는 몰라도.

"이거 대출이요."

"……."

도서관 카운터에 대출 신청을 하자 도서관 직원 아저씨가 아무 말도 없이 책을 가져가 대출 확인을 찍었다. 왜 이렇게 무뚝뚝대. 도서관 자체 분위기가 많이 가라앉아 있긴 하더라도 이렇게까지 말 없는 사람은 처음이다. 그새 직원이 바뀌다니. 아, 빨리 탈출하고 싶다. 도서관에 책이 있는 건 좋은데 떠드는 게 낙인 내게 있어서 도서관 분위기는 정말 최악이었다.

"그럼, 책은 모두 빌린 거야?"

"응. 진짜, 책 빌리고 놀려고 했는데 너 이 놈 때문에! 네가 늦잠 자는 바람에! 전화를 내가 몇 번이나 했는데!"

도서관 볼 일도 끝났겠다. 나오면서 혜정이가 묻는 말에 대답하려다가 또 치미는 짜증에 혜정이의 멱살을 틀어잡았다. 난 절대 이 분노를 곱게 풀 생각이 없어. 한동안 잘 해야 할 거다.

"뭘 해야 너의 화가 풀릴까."

"떡볶이를 쏴."

"……. 어째서?"

"싫음, 더 맞던가."

"알겠어, 사면 되잖아!"

오케이. 떡볶이를 쏜다니 분노는 이쯤에서 풀기로. 만족감에 고개를 끄덕였지만 혜정이는 지갑을 바라보며 울상이다. 아, 거참. 친구한테 한 번 사준다 생각하고 좀 사주면 안 되니. 좋은 게 좋은 거지. 버티려는 혜정이를 힘으로 잡아끌며 분식집으로 향했다.

"아주머니, 여기 떡볶이 2인분이요! 많이 주세요!"

"알겠다, 알겠어. 많이 담아 줄 테니 남기기만 해봐!"

"에이, 안 남겨요."

계산을 따로 할 혜정이를 뒤로 하고 앉았다. 얻어먹는 것까진 좋았지만, 슬슬 엄마와의 약속시간이 다가오는 게 점점 거슬린다. 왠지 마음이 무거워졌다. 혜정이한테 말해야겠지? 지금 말하는 게 가장 낫겠지. 혜정이는 뭐라고 할까. 어떤 반응을 보일까.

아무것도 모르는 혜정이가 웃으며 내 앞에 털썩 앉았다. 곧 떡볶이가 나오고 잠시 동안은 먹는 데 열중했다. 먹는 건 먹는 거고 엄마는 엄마였다. 그래도 왠지 평소에 좋아하던 건데도 삼키기 힘들다. 흘깃, 혜정이를 보니 역시 먹는 데 열중이다.

삼키기 힘든 떡볶이를 우물우물 씹다 젓가락을 내려놓았다. 푸, 한숨을 쉬고 넌지시 혜정이에게 말을 걸자 혜정이가 먹느라 숙였던 고개를 그제야 든다.

"있잖아, 사실 나 할 말 있는데⋯⋯."

혜정이가 왜 부르냐는 듯 눈썹을 추켜세웠다가 장난기가 없어진 내 표정에 이내 진지한 걸 눈치 챘는지 젓가락을 내려놓고 내 눈을 마주치며 고개를 끄덕였다. 혀 안에서만 맴돌고 맴돌던 말을 조금 망설이다 어렵사리 뱉어냈다. 답답한 무언가를 힘껏 토해내듯이 뱉어냈다.

"나, 오늘, 엄마 만나기로 했는데⋯⋯."

"뭐?"

혜정이한테 말하는 그 한 마디 한 마디마다 뭔가 옥죄여오듯이 답답했다. 혜정이는 놀란 듯 눈을 동그랗게 뜨고 잠시 말을 잇지 못했다. 당연한 반응이었다. 내 사정을 혜정이만큼이나 잘 아는 애는 없었다. 정말 오랜만에 만난다고 하는데, 평소에 만나는 것도 싫어했는데, 갑자기 만난다니 놀랄 수밖에 없었다.

"아줌마가 먼저 만나자고 했어?"

"응……. 근데 지금 너무 불안해. 왠지 모르게 불안해. 지금 엄청 떨리고, 으, 나도 모르겠다. 어떡해야 하지?"

혜정이한테 하나하나 뱉어낼수록 점점 고개가 아래로 쳐졌다. 아까까지 덜하던 불안감이 갑자기 증폭되며 커지기 시작했다. 감정 조절이 제대로 되지 않았다. 내 안에서 어떤 것이 날뛰는 듯한 느낌이었다. 손가락이 떨렸다. 긴장하고 있는 게 분명했다. 이게 뭐라고. 그냥 가버린 엄마 다시 만나는 건데 이게 뭐라고.

"그럼, 만나러 가. 넌 이미 만나자고 승낙했잖아. 승낙한 것만 봐도 넌 이미 아줌마를 굉장히 만나고 싶어 한 거 아냐?"

찔렸다, 정곡을. 늘 내가 혜정이의 정곡을 찔렀었는데, 이번엔 내가 찔렸다. 나도 모르겠는데, 나도 엄마가 나 버리고 간 것 같아서 미워죽겠는데, 사실 보고 싶은 건지 뭔지 나도 모르겠다고. 감정이 이리저리 뒤섞였다. 그리움, 원망, 반대되는 것들끼리.

혜정이가 잠시 말을 잇지 못하고 뜸을 들였다. 분명 화를 누르는 게 틀림없었다. 혜정이는 분명 화난 거다. 다시 입을 여는 혜정이의 목소리에서 가느다랗게 떨림이 느껴졌다. 분노로 인한 떨림이리라. 왜 화났는지는 알 수 있었다. 아무 말 없다가 갑자기 엄마라니 혜정이도 나한테 기가 찼겠지. 눈물이 터질 것 같았다.

"그렇게 보고 싶으면, 그냥 다녀와. 왜 평소답지 않게 그렇게 미련하냐? 답답하지? 이참에 아줌마 만나서 사이다 확, 들이켜 버려. 보는 내가 답답하다. 그냥 만나고 와."

그냥 만나고 와, 그 한 마디에 확 트이지는 않았어도 한결 나아진 기분이었다. 혜정이의 표정에는 별다른 감정은 보이지 않았다. 혼자 이대로 가기 무서워서 저 말 한 마디 듣겠다고 혜정이를 이리 끌고 온 걸지도 몰랐다. 사이다는 혜정이었다. 내 속을 확 뚫어준 그런 사이다.

전화할게, 짧은 인사말을 남기고 짐을 챙겨 일어섰다. 남은 떡볶이가 아쉽지만 약속시간까지 얼마 남지 않았다. 혜정이한테 고마운 마음이 들었다. 이래나 저래나 늦잠 자는 녀석이지만 역시 친구란 게 있어서 다행이었다.

"후우……."

심호흡을 했다. 엄마와 만나기로 한 카페의 문손잡이를 잡고 당겼다. 카페의 커피향이 짙게 코에 와 닿았다. 따뜻한 카페의 분위기가 추운 겨울바람이 감도는 바깥과는 확연히 달랐다. 주위를 휘휘 둘러보자 얼마 되지 않아 엄마를 찾을 수 있었다. 별로 보지 못해 기억도 안 날 것 같았지만, 나랑 너무 닮아서 잊을 수 없는 엄마. 엄마의 눈이 나와 마주쳤다. 몇 년 만에 이렇게 단 둘이 있는 걸까. 엄마가 희미하게 웃어 보였다. 발걸음을 떼었다.

쿵. 쿵. 쿵.

한 발자국, 한 발자국, 그렇게 갈 때마다 심장이 터져버릴 것 같았다. 아빠와 셋이서 만난 적은 있어도 엄마와 둘이서만 만난 것은 이혼 이후 처음이었다. 손가락 사이에 땀이 찼다. 주먹을 쥐었다 폈다, 반복해도 긴장감은 없어지지 않았다.

엄마 자리는 너무 멀어 보여 과연 도착할 수 있을까, 그런 생각이 들었지만 느낌과는 달리 몇 걸음 만에 엄마는 내 바로 앞에 앉아 있었다. 그제야 엄마 모습이 제대로 보였다. 예전과 달라진 점은 크게 없었다. 예전의 엄마와 똑같이 생겨서 오히려 더 낯설기도 했다. 주춤거리며 자리에 앉았다.

"그, 엄마, 안녕. 오랜만……."

"그래, 안녕. 와줘서 고맙다."

엄마가 나를 보고 웃어보였다. 어디 아픈 곳은 전혀 없어보였고, 오히려 전보다 훨씬 건강해보였다. 무슨 말을 하려 해도 다음 말이 생각나지 않았다. 혀가 꼬이고 머릿속이 백지장처럼 변해버렸다. 서먹했다. 새엄마와 나의 관계보다 더 서먹했다. 엄마는 그런 나를 상관 않고 여전히 웃으며 말을 이었다.

"엄마가 왜 만나자고 했는지 궁금하지?"

조용히 고개를 끄덕였다. 이혼 이래로 만나자는 말, 내 생일 때나 와서 생일 선물만 간단하게 챙겨주고 갔던, 그것도 새엄마가 생기고 난 후에는 오지도 않았던 엄마가 나를 불렀다. 긴장감 이전에 궁금증이 있었다. 대체 무슨 이유로 나를 불렀을까. 찾지도 않던 나를 왜 지금에서야 불렀을까. 적어도 나를 잊어버리지는 않은 것 같아서 속으로 안도의 한숨을 쉬었다.

"엄마, 이번 달에 재혼해."

"그, 그래서?"

"그냥, 재혼한다고 해도 별로 새롭지도 않아. 이미 한 번 해본 결혼, 뭐 특별한 거 없지. 결혼 상대도 재혼하는 거라고 하더라."

"……."

"너보다 두 살 정도 어린 아들이 하나 있더라고. 너처럼 아파서 낳은 아이 아니지만 그래도 잘 키워보려고. 너 키웠던 것처럼. 네 앞에서 할 말은……. 아닌 것 같지만."

"……. 그럼 나는 그냥 버려도 되고 그 남자애는 키워도 돼?"

엄마가 재혼한다. 실상 엄마가 재혼하든 말든 나에게 있어서는 상관없는 일이었다. 새엄마도 있고, 아빠도 있고, 별로 좋지는 못해도 정상적인 가정이 이미 있었다. 이미 날 버려두고 간 엄마가 결혼을 다시 하든, 애를 어떻게 키우던 상관없는 일이었다.

근데 그 사실을 나한테 이렇게 일부러 전해줄 필요가 있는 건가? 나한테는 별 쓸데도 없는 소식만 전하려고, 고작 오랜만에 만난 딸한테 하는 소리가 남자애 하나를 데리고 키운다는 거잖아. 왜 그런 걸 이렇게까지 알려줘?

"왜, 그 남자애는 나 대신 키우는 거네? 난 그냥 안중에도 없는 거지? 나갈 때는 나 몰라라 버리고 이제 좀 괜찮아지니까 또 누굴 키우고 싶어? 그러고 나서 나처럼 버리려고 그래?"

감정이 격해졌다. 분노, 화, 원망, 엄마에 대해서 모든 부정적인 감정이 솟아올랐다. 그러고 싶은 마음은 없는데도, 생각이 부정적으로 치우치자 감정도 가만히 있지는 않았다. 아무 말이나 생각나는 대로 내뱉었다. 엄마의 마음에 스크래치를 내고 비수를 꽂는 말을 그냥 내뱉었다. 엄마가 힘들어하든 나도 힘든데 엄마 기분까지 생각하면서 저런 말을 듣고도 억지로 내 감정을 제어하기는 싫었다. 엄마는 격하게 모든 걸 토해내는 나에게 별말 하지 않고 계속해서 듣기만 했다.

"엄마가 재혼하든 말든 난 상관없어. 그런데 이렇게까지 전해 주는 이유가 뭔데? 뭐, 내 대용품 생겼으니까 이제 넌 잊어버릴 거야, 뭐 그런 거야? 그래도 돼? 엄만 내가 엄마 딸 같지도 않지? 그래서 버리고 다른 애 키우는 거 아냐!"

"네 말이 다 맞아."

엄마가 고개를 끄덕였다. 별로 기분 나빠 보이지도, 내가 한 말들 따위는 별로 듣지도 않는 것 같아 보였다. 엄마가 씩씩거리는 나에게 여전히 조용한 목소리로 말했다.

"너 버린 거나 다름없어, 이혼할 때. 그 땐 그냥 힘들어서 그랬어. 나 혼자 너 키울 자신도 없었고 네가 차라리 아빠랑 사는 게 더 나을 것 같았어. 내가 널 감당할 만큼 좋지 않았어."

"그럼, 나는 안 힘들어? 엄마만 힘들어?"

"알아, 너도 힘들었던 거. 있잖아, 엄마는 지금 괜찮아. 힘든 것 없이 잘 지내는데, 너도 나처럼 힘들어 했잖아. 그래서 나처럼 지금은 괜찮은지 보고 싶었어. 넌 잘 지내는지 보고 싶었어."

아무 말도 하지 못했다. 그저 눈알이 빠질 것처럼 노려보는 것 밖에는, 노려보는 것도 힘들었다. 엄마 힘든 건 알았다. 내가 그걸 이해 못할 만큼 어린애는 아니었다. 하지만 그래도 미웠다.

"그래서, 너는 잘 지내니?"

엄마가 웃으면서 물었다. 잘 지내냐 그렇게 물었다. 나는 잘 지내고 있었다. 집도 있고, 옷도 있고, 밥도 있고, 친구도 있고, 비록 어색하지만 부모님도 있었다. 내가 안 괜찮을 리 없었다. 오히려 엄마보다 더 빨리 괜찮아졌을지도 몰랐다.

사실 하고 싶은 말이 많았다. 순식간에 감정처럼 몰려들어와 서로 비집고 나가지 못하고 메여버렸다. 아무 말도 하지 못하고 고개를 끄덕였다. 엄마가 다행이라는 듯이 웃어보였다. 감정이 갑자기 올라왔다가, 다시 갑자기 가라앉았다. 아까의 분노가 다 거짓말이었던 것처럼 수면 아래로 확 꺼져버렸다.

노려보던 눈을 밑으로 깔았다. 노려볼 이유도 없었다. 엄마 인생에 엄마가 괜찮아져서 그렇게 산다는 데 뭐라 할 수 없었다. 분노는 그렇게 올라왔다가, 깨달아버렸다. 분노할 이유가 없다는 걸.

"혜정이랑도 잘 지내? 싸우진 않고?"

고개를 끄덕였다. 대답은 차마 할 수가 없었다. 엄마는 계속해서 물었다. 학교생활은 어떤지, 친구들이랑은 잘 지내는 지, 아빠는 요즘 뭐 하는 지, 선생님 말씀 잘 듣는지. 새엄마에게선 들을 수 없었던 그 질문을 들었다. 엄마가 내 소식을 많이 궁금해 하긴 했구나, 싶었다. 정말 엄마랑 예전처럼 대화하는 것 같았다.

"그 쪽 엄마는 잘해 주니?"

"응."

"다행이네, 잘 지내서. 다행이야."

침묵이 감돌았다. 이번엔 내가 물어볼 차례였다.

"그 쪽 아빠는 잘해 줘?"

"응, 그럼. 아빠가 잘해 준 만큼, 이쪽 아빠도 잘해 줘. 잘해 주고, 또…… . 그래서 결혼할 마음이 들었지. 같은 동지이기도 하고."

"다행이네…… ."

엄마는 정말 괜찮아보였다. 행복하다고는 정의내릴 수 없었겠지만 그렇다고 나쁘진 않아보였다. 지금의 나처럼. 그냥 나와 달리 좀 더 적응하려고 애쓰는 것 같았다. 엄마의 목소리가 예전과는 확연히 밝아졌다. 밝은 뉘앙스를 풍기고 있었다.

"목소리가 좋아졌어. 너도 그렇게 생각하지 않아? 주변 사람들도 많이 밝아졌다고, 그러더라고…… . 넌 어때?"

"밝아졌어, 많이."

이혼 두 달 전, 아빠를 대하는 엄마 목소리와는 확연히 달랐다. 왠지 엄마를 이해할 수 있을 것 같았다. 분노가 한 차례 지나가자 오히려 더 냉정해져서 왠지 알 것 같았다. 엄마가 나아지기 위한, 아빠가 나아지기 위한 최후의 수단으로 선택한 것이 결국 이혼이었던 것을 이해할 수 있을 것 같았다.

그걸 이해할 수 있을 만큼 엄마는 정말 괜찮아 보였다.

"나중에 한 번 놀러와. 그이가 너, 보고 싶대."

"응."

고개를 끄덕였다. 놀러가도 괜찮을 것 같았다. 밖은 이미 깜깜해져 있었다. 오늘 만난 게 다행이라는 생각이 들었다. 엄마가 용기 내서 연락해준 게 고마웠다.

엄마는 나와 헤어지기 전 말했다.

"희진아."

"응?"

"괜찮니?"

"응."

"다행이네."

엄마는 끝까지 웃으며 사라졌다. 전보다는 훨씬 웃음이 많아져서, 괜찮냐는 말에 진심이 가득 담겨 있어서 색다른 기분이 들었다. 엄마가 잘 가라며 손을 흔들고는 반대 방향으로 걸어갔다. 엄마가 사라진 방향을 바라보다 집 쪽으로 나도 걸음을 옮겼다.

처음엔 천천히 걸었다. 왠지 발걸음이 빨라졌고, 나중에는 거의 뛰다시피 했다. 왠지 감정이 복받쳐서 눈물이 나오려고 했다. 계속 달렸다. 그렇게 달려간 곳은 혜정이네였다. 자꾸 만나고 오라던 혜정이 얼굴이 생각나서 무작정 혜정이에게로 향했다.

눈물이 방울방울 떨어진 휴대폰 액정을 꾹꾹 누르며 혜정이한테 문자를 넣었다. 목소리가 너무 떨릴 것 같아서 차마 전화를 걸 수 없었다. 눈물이 쉴 새 없이 떨어졌다. 추운 겨울바람은 느껴질 지도 못할 만큼 손과 얼굴이 뜨거웠다.

"희진아."

내 이름을 불러주는 혜정이의 그 한 마디에 천천히 고개를 들었다.

혜정이의 눈과 마주치는 순간 그대로 감정이 폭발해버려서 왈칵, 방울방울 떨어지던 눈물이 더욱더 커졌다. 혜정이가 등을 토닥토닥 두드리며 가만히 안아주었다. 아까까지만 해도 엄마 앞에서 잘 웃었는데, 그렇게 마음이 편했는데.

왠지 엄마를 이해했다는 그것 때문에 계속해서 울었다. 울음이 잦아들 것 같지 않았다. 모든 걸 벗겨내듯이 울었다. 엄마를 이해할 수 있어서, 엄마에게도 미안해서. 이제 엄마는 괜찮아졌고 나도 괜찮아졌는데 너무 이기적이게 엄마를 그렇게 미워했던 게 후회스러워서.

가끔 어른이 되고 싶다는 혜정이가 부러우면서도 이해할 수 없었던 적이 있었다. 그만큼 관심이 많았다는 거니까.

나는 크고 싶지 않았다. 일방적인 통보를 하고 가버린 엄마, 일방적으로 통보하고 재혼해버린 아빠, 일방적으로 나한테 양해를 구하고 배려하는 새엄마, 그 모든 게 어른이라고 생각하니까 소름이 끼쳐서. 그런 게 어른이라면 전혀 되고 싶지 않았다. 그래서 혜정이의 마음도, 어른이란 존재도 이해하기 어려웠다.

그런데 지금은, 그 어른이란 것을 어렴풋이나마 이해할 수 있을 것 같았다. 그 일방적이, 언제나 최후의 수단이었다면.

"다녀왔습니다."

"왔어?"

곧장 방으로 들어가 옷을 벗었다. 피곤했다. 오늘 여러 가지 일 때문에 더 그랬다. 아까 울었던 것을 생각하니 혜정이가 밤중에 나와 줬던 게 고맙게 느껴졌다. 피곤이 물밀 듯이 밀려 들어왔다. 엄마를 만난 것부터, 마지막까지 토할 것처럼 울었던 것까지, 그냥 오늘 하루는 피곤하고 지쳤다. 그래도 엄마를 만난 것은 후회하지 않는다.

운 티가 너무 날까 걱정이긴 했어도 속은 후련했다. 똑똑, 새엄마가 방문을 노크하는 소리가 들리고 조심스럽게 방문이 열렸다.

"밥 차려놨는데, 저녁 먹을래?"

역시나 양해를 구하는 의문형 문장. 조심스레 나도 고개를 끄덕였다. 편한 옷으로 갈아입고 나가 식탁에 앉았다. 서먹함은 여전했다. 숟가락으로 밥을 뜨려다가 멈칫, 하고 새엄마를 쳐다봤다.

맞은편에 앉아 밥 한 숟가락을 조심스럽게 뜨는 새엄마. 엄마를 이해했던 것처럼 새엄마도 이해할 수 있을까? 이 서먹함도 해결 할 수 있을까? 엄마가 날 만나기 위해 냈던 용기를 생각해 보았다.

새엄마에게 넌지시 말을 걸었다.

"엄마."

"어어, 응?"

"이번 주에 외식할래?"

엄마가 당황스러운 듯 멍하니 날 쳐다보더니 이내 활짝 웃으면서 고개를 끄덕였다. 외식하자는 그 한 마디에, 새엄마는 기뻐했다. 앞으로 조금만 더, 조금만 더 이 서먹함이 줄어든다면 새엄마 또한 이해할 수 있을 것이기에 나는 노력할 것이다.

누군가를 이해한다는 것, 그게 설령 우리보다 훨씬 커버린 존재라 하더라도 생각보다 쉬울지도 몰랐다.

작가 후기

　도서 동아리에 가입 신청을 한 2년 전의 나에게 고맙다고 말하고 싶다. 단순히 책을 좋아하는 마음으로 들어온 동아리는 올해 나에게 큰 선물을 안겨 주었다. 내가 쓴 글이 내 이름이 찍힌 책으로 나와 다른 사람 손에 읽혀지는 것. 그게 늘 상상했던 내 꿈이었다. 그 꿈이 실현될 줄은 전혀 생각도 못했다. 그래서 이 순간이 믿기지 않지만 그래도 한 글자 한 글자 써내려갔고 이렇게 작가 후기까지 쓰게 되었다.

　어른이란 존재, 나에게 있어서 자주 충돌하고, 이해할 수 없는 존재다. 이렇게 어른을 이해하는 과정을 담은 글을 쓰면서도 나는 혜정이나 희진이처럼 어른을 이해할 수 없다. 하지만 답답했던 속을 풀어내는데 있어서는 좋은 계기가 되었다.

　글짓기를 좋아하면서도 막상 쓰는 것은 힘들었다. 뭐라고 해야 할 지도 막막했고, 혜정이와 희진이의 마음을 제대로 공감하는 것도 어려웠다. 하지만 부족하더라도 서점에 놓여 있을 완성된 책을 생각하니 힘든 것도 잊어버릴 만큼 기쁘다. 언제 또 기회가 된다면 다음 글은 더 잘 쓰고 싶은 마음이다.

　마지막으로 책 출판이라는 좋은 기회를 잡아주시고, 막막하던 나와 다른 부원들을 이끌어주신 이경화 사서 선생님께 고개 숙여 감사드리고, 혜정이 편을 쓸 때 고민하던 나에게 도움을 준 애름 언니한테도 고맙다는 말을 전하며, 작가 후기를 마친다.

2016년 1월

이지윤

전학생

양효정

"수진아, 이제 선생님한테도 말해 보렴. 어떻게 된 일인지…….그래야 선생님이 해결할 수 있지. 유진이를 왜 괴롭힌 거니?"

지겹다. 진짜. 내가 그러지 않았다고 말한 것이 수천 번은 된 것 같지만 늘 그 대답은 의심이 가득했다.

"……. 아니라고 말씀 드렸잖아요. 분명 다른 이유가 있을 거라고요."

"수진아, 이제는 제발 말 좀 해주지 않겠니? 어떻게 했기에 유진이가 자살을 하니? 이렇게까지 해야 되는 거니?"

수천 번 참기엔 어린 마음일터, 흐르는 눈물에 나도 모르게 지긋지긋한 교무실을 뛰쳐나왔다. 아이들의 욕설과 질타, 찢어진 교과서, 더러워진 책상은 물릴 정도로 찢어진 마음을 자꾸 짓누른다. 왜? 나에게만 이런 시련이 오는지, 세상 모든 것들이 밉다. 오늘도 학교를 뛰쳐나왔다. 무슨 정신으로 학교에서의 무서운 시간을 버틸까. 터덜터덜 집으로 향했다. 아무도 없는 집에 들어가면 떡하니 붙여져 있는 가족사진도 무의미해진다. 아빠가 돌아가신 지가 언젠데 저 사진을 아직도……. 아픔을 나눌 사람은 유진이 하나뿐이었는데. 엄마? 하루 종일 일하고 온 엄마한테 어리광을 부리는 건 상상도 못할 일이다. 어렸을 때부터 짐이 되기는 싫었던 탓에 모든 일을 마음에 담아두는 습관이 나를 이 지경까지 오게 할 줄은 몰랐다. 한참을 거실 소파에 기대어 힘없이 앉아 있던 중,

현관문이 열리는 소리가 들렸다. 이 시간에 집에 올 사람이 없는데……?

"어? 집에 수진이 있니?"

"어……. 엄마……?"

"왜? 이 시간에 집에 있어?"

"아니, 몸이 좀 아파서……. 조퇴했어."

마음에도 없는 말을 했다. 이게 아닌데. 사실 못한 말이 많은데.

"그래도 조금 참지 그랬어. 조퇴를 함부로 하면 어떡하니. 너 평소에도 뭐 이런 식으로 학교 빠지고 그런 거 아니지?"

"엄마는 딸이 아프다는데 그렇게밖에 말을 못해?"

"아프다는 애가 엄마한테 그렇게 소리를 박박 질러? 엄마 힘든 거 알잖아. 제발 너라도……."

"나도 힘들어. 힘들다고. 알아주는 사람 하나 없어. 내가 지금 어떤 상황인지 알기나 해? 엄마는 정말로……."

"그만해. 힘들어 죽겠는데 서로 얼굴 붉히지 말자. 빨리 학교 가."

"엄마는 지금 이렇게 끝내겠다는 거야? 내가 하는 말 하나도 안 들어주면서. 안 가, 학교."

"말 좀 들어. 박수진. 엄마가 수진이를 얼마나 믿는지 알잖아. 엄만 너 하나 뿐이야. 적어도 우리 딸은 잘 먹고 잘 살았으면 좋겠어. 엄마 행복하게 좀 해주라. 응? 학교에서 전화 왔더라. 너랑 제일 친했던 유진이 자살했다고. 엄마는 너 믿는데 자꾸 이렇게 실망하게 만들래?"

"엄마는 내가 무슨 일이 있었는지 들어보기나 했어? 엄마 진짜 역겨워."

거칠게 멘 가방 하나와 쾅 닫은 현관문. 따뜻한 손길 하나만 있어도 될 것 같은데, 세상에 나 혼자만 남은 듯하다. 거친 손에 얼굴을 파묻고 한숨을 쉴 엄마를 알기에 무거운 걸음으로 학교에 갔다. 정말 울컥했다. 아무도 반겨주지 않고 오히려 나를 더럽다는 듯이 쳐다보는 시선으로 가득 찬 학교. 정말 고통스럽다. 지금 가면 2교시일 텐데…….

'마음 굳게 먹고 들어가자.'

힘겹게 교실 뒷문 앞에 섰다. 눈 꼭 감고 용기 내어 교실 문을 열자 따가운 시선만 한 가득이다. 조용히 고개를 숙이고 자리에 앉으려 고개를 드는 순간 깜짝 놀랐다. 어느 순간부터 항상 비어 있던 내 옆자리에 처음 보는 남자아이가 떡하니 앉아 있는 것이 아닌가? 순간 놀란 나는 멈칫했다. 선생님은 나를 보더니 그 아이로 시선을 옮기곤 아니꼬운 표정으로 말했다.

"전학생, 이름이……. 최성훈? 자리 바꿔도 되고."

"아니요. 여기 앉겠습니다."

아……. 전학생이구나. 날 피하지 않는 아이를 얼마 만에 보는 건지. 고맙기도 하고 미안하기도 하다. 저런 아이가 내 옆에 앉다니 신기하다. 그 아이의 코선, 눈에 띄게 뽀얀 피부와 깊은 눈. 힐끗 쳐다봤다. 왠지 모르게 가쁘게 뛰는 듯한 내 심장은 학교에 뛰어온 것 때문만은 아닌 것 같았다. 엎드려 있기만 했던 2교시가 오랜만에 느껴보는 새로운 감정으로 가득 찼다. 햇빛 드는 창가 옆에 그 아이와 내가 있는 지금 이 시간이 흐르는 것이 아깝다는 생각이 들었다.

딩동댕동-.

"이상, 수업 끝!"

아, 아픈 시간은 끝이 없는 것 같은데 계속 머물고 싶은 시간은 날개 돋은 듯 날아가 버린다. 자연스레 쉬는 시간이 되자 모두들 전학생 자리로 모였다.

"와, 진짜 잘생겼다. 성훈아, 나 번호 좀 주라!!"

"야, 최성훈! 놀러가자."

"성훈, 매점 갈래?"

"야. 성훈이 나랑 놀 거야!"

'역시……. 나랑은 거리가 멀구나.'

최성훈은 아이들의 쏟아지는 질문에 오히려 나를 쳐다보았다. 내 어두운 표정을 본 듯 알 수 없는 웃음을 지으며 고개를 돌려 내 명찰을 보더니, 내 얼굴을 보며 말했다.

"얘들아, 수진이 불편하겠다! 나가서 이야기하자."

아이들의 수군거림이 뼈끝까지 느껴졌다. 또 욕먹게 생겼다. 안 들리게 좀 말하지. 아이들은 크게 떠들어대며 원래 있던 상처에 더 큰 상처를 준다.

"야, 쟤 너무 좋게 보지 마. 인성이 글러먹었어. 쟤 때문에 한 명 죽었잖아. 쟤랑 제일 친한 친구, 쟤 때문에 자살했어."

굳이 안 봐도 실망스럽고 놀란 표정일 것 같아 눈을 감아버렸다. 이 대로 모든 게 끝나버린다면 좋으련만. 내가 잘 보이고 싶었던 사람에게 창피하고 나쁜 사람으로 비춰지는 역겨운 상황이 싫어 텅빈 가방과 초라한 몸을 이끌고 뛰쳐나왔다.

엄마도 다시 나가서 없고 찬 공기만 가득한 집에 도착했다. 먹을 것 하나 없는 냉장고와 찬장을 한 번씩 열어본 후 힘없이 앉아 집으로 오며 흘렸던 눈물을 닦았다. 여러 생각은 끝이 없었고 눈을 뜨면 이 집과 같이 어두운 내 마음은 그냥 이 세상과 영영 작별하기로. 유언장을 쓰고, 결백을 위해 자살하는 그런 드라마, 영화에서만 나올 듯한 이 상황에 괜한 헛웃음을 지었다. 왜 나에게 이런 시련이 올까라는 생각 속에 실성한 듯 울었다. 울다 지쳐 나도 모르게 잠이 들었다. 어지러운 정신으로 깨 보니 벌써 9시가 되어 있었다.

'얼마나 잔거야. 이제 곧 영원히…….'

마음은 굳혀진 지 오래였다. 엄마에게 쓴 편지 한 장 쥐고 팔목에 칼을 들었다. 흐르는 눈물도 이제 마지막이고, 나를 향한 차가운 사람들의 괴롭힘도 마지막이다. 꽃잎이 맺히는 이 아름다운 날에 하늘에서 흩날리는 꽃잎 밟고 이 세상을 떠나는 처참한 날이다. 눈 꼭 감고 칼을 들었다.

'조금만 참자.'

칼이 빠른 속도로 내 팔을 내려치려 하는 그 순간,

딩동-. 딩동-.

초인종소리가 들렸다.

'누구지? 뭐야? 왜 이 시간에……?'

칼을 놓치고 가까스로 놀란 가슴을 추스르며 입을 열었다.

"누, 누구세요?"

"야, 박수진. 나 최성훈이야. 빨리 문 열어. 빨리!"

다 큰 남자 목소리로 미친 듯이 외치는 말소리에 심장이 덜컥했다.

'최성훈? 오늘 그 전학생? 무슨 일이지?'

상황 파악이 전혀 되지 않는 내 머리가 무색할 만큼 최성훈은 문을 두드려댔다.

"빨리 열라고!! 빨리!!!"

벌컥-.

"남의 집에 와서 뭐하는 거야? 우리 집은 어떻게 알고 왔어?"

최대한 아무 일도 없었던 척 차갑게 말했다. 최성훈의 눈을 마주치지 못했던 건 내가 자살시도를 했다는 것을 감추기 위한 것이지만 마음은 사실 이상한 떨림 때문에 그랬다고 말하고 있었다.

"너, 나와. 빨리. 뭐하고 있었어? 솔직히 말해."

집은 어떻게 안 거지. 가슴이 철렁했다. 오늘 처음 본 아이, 아니, 한눈에 반할 것 같았던 그 아이가 왜 내 앞에서 내 손목을 잡고 있는지. 멍할 따름이었다.

"너, 나랑 이야기 좀 해. 나와."

나는 손목을 잡힌 채 끌려나가 어둑해진 집 앞 놀이터 벤치에 앉았다.

"이제 손 좀 놔."

"아, 미안."

조금 어색했는지 손을 바로 놓아버렸다. 그냥 가만히 있을 걸. 괜히 좋으면서도 차가운 말이 나왔다.

"하여튼……. 어떻게 알았어?"

"너……. 왜 자살하려 한 거야? 자살을 그렇게 쉽게 결심하냐? 나, 같았으면……."

자살을 쉽게 결심했다는 그 아이의 말에 내 가슴 한 군데를 찌릿하게 만들었다.

"뭐? 자살을 쉽게 결심했다고? 내가 칼을 들었다 내려놓은 게 몇 번인지 알아? 넌 당해보지 않아서 그렇게 쉬운 말이 나오겠지. 이런 이야기할 거면 왜 온 거야?"

"그게 아니라, 내 말 좀 들어봐. 난 너를 도와주어야 된다는 느낌이 들었어. 나는 네가 지금 겪고 있는 문제를 같이 해결해 주고 싶어."

"……. 됐어. 나랑 같이 있지 마. 학교에서도 말 걸지 마. 왜 잘해 주려는 거야? 애들한테 다 들었잖아. 나 어떤 애인지. 날 몇 번을 봤다고 네가……."

"수진아. 네가 한 일 아닌 거. 나도 알아. 말해봐. 아니, 말해줘. 내가 도울 수 있는 만큼 도와줄게. 부탁이야."

성훈이가 나를 뚫어져라 쳐다봤다. 굳이 눈을 마주치지 않아도 최성훈이 한 말이 진심이라는 것을 느낄 수 있었다. 그 눈빛에 닫았던 문이 모두 열려버렸다.

"나는 다른 애들처럼 그렇게 생각 안 해. 널 처음 본 순간부터……. 정말로 넌 그런 아이가 아닌 것 같았고, 아니……. 울리려 한 건 아닌데……."

내가 그러지 않았다는 걸 믿어주는 한 마디 말을 얼마나 애타게 듣고 싶었는지, 따뜻한 목소리와 위로의 말이 나를 눈물 나게 만들었다. 시리도록 얼어 있던 마음이 녹는 것 같았다. 나도 모르게 오늘 만난 그 아이에게 모든 이야기를 해버렸다.

"그게……. 유진이가 죽기 전 날이었어. 나는 유진이와 크게 싸웠어.

유진이랑 항상 둘이 붙어 다니고, 한 번도 싸운 적 없는 사이였어. 우린 마음이 통하는 둘도 없는 좋은 친구였어. 그런데 유진이가 갑자기 가출하겠다는 거야. 무작정 우리 집에서 살면 안 되냐고. 한 번 못된 짓하지 않았던 유진이가 무턱대고 가출한다 하니……. 난, 당연히 안 된다고 했어. 그런데 유진이가 나한테 울며 화내는 거야. 무턱대고 자기 마음 몰라준다며, 네가 내 친구냐며, 나에게 화내는 유진이가 이해가 안 돼서 싸웠어. 유진이는 학교에 나오지 않았고, 유진이와 싸운 게 학교에 퍼졌어. 그날 저녁 유진이는 자살해버렸어. 난 정말 유진이가 죽었다는 게 믿기지 않았어. 착한 유진이가 자살한 이유가 나에게로 돌아올 수밖에 없었고, 소문이란 게……. 나는 언제부턴가 유진이를 괴롭혔다는 살인자가 되어버렸어. 정말."

목이 메어 다음 말을 이을 수 없었다. 누구에게도 기댈 수 없었던 내 마음을 최성훈이 보듬어 주고 있었다. 우는 나를 빤히 바라보던 성훈이는 팔을 들어 나를 감싸 안았다. 얼마 만에 느껴보는 포근함인지, 눈물이 멈출 생각을 안했다. 도망치고만 싶었던 세상의 어두운 밤하늘이 저렇게 아름다웠다는 것을 처음 알았다. 그렇게 울다 집에 들어왔다. 몇 번이나 성훈이에게 집이 어디냐고 물어봤지만 말해 주지 않았다. 난 아직도 내가 목숨을 끊으려던 그 순간 어떻게 성훈이가 나의 집에 찾아왔는지 알 수 없었다.

다음날, 학교가 무섭지 않았다. 모두가 등 돌려도 성훈이는 나를 바라봐준다는 생각에 그 무엇도, 그 누구도 겁나지 않았다. 최성훈이라는 아이를 만난 지는 하루도 안 됐지만 내 마음은 이미 누구보다 그 아이에게 기대고 있었다. 오랜만에 가벼운 발걸음으로 학교에 갔다.

"어? 왔어?"

성훈이가 교실에 먼저 와 있었다. 이렇게 일찍 오는 건 나밖에 없었는데, 우리 둘 밖에 없는 이 교실이 좋아 보인다.

"응."

가볍게 웃으며 대답했다.

"수진아, 내가 생각해 봤는데 그 자살한 친구, 유진이네 집이 어딘지 알아? 오늘 한 번 찾아가보자. 증거가 있을지 모르고……. 부모님 말씀도 들어보면 도움 되지 않을까? 내 생각엔 가족 문제일 것 같아서 그래."

"그래, 가보자. 그리고……. 어……. 아니야."

어제는 어떻게 된 일이고, 고맙긴 했지만 어떻게 집을 알고 찾아왔는지 궁금하고 신기했다. 오히려 생각할수록 무서웠다 해도 틀린 말은 아니다. 물어 보고 싶었지만 몇 번을 망설이다 고개를 돌리고 말았다. 그러자 성훈이는 또 내 얼굴을 쳐다보더니 손을 뻗어 내 얼굴을 살짝 돌렸다.

"뭐야, 박수진. 할 말 있어?"

"아니, 그냥……."

"말해봐. 얼른. 응?"

신기하다. 이 자식, 어떤 얘기든 다 꺼내게 만드는 무언가가 있다.

"아니, 어제도 그렇고 오늘도 그렇고. 넌 정말 눈치가 빠른 거라 하기엔 너무 날카롭고 평범하다 하기엔 너무 특이하고……. 어제 집은 어떻게 알았어? 날 처음 봤으면서 내 사정은 어떻게 그렇게 잘 알고……."

의심하는 것 같은 내 말투에 차가워지는 성훈이 얼굴을 나만 느낀 건가 싶어 하던 말을 멈추었다. 정적이 흘렀다. 갈수록 성훈이는 얼굴은 똑같은데 전혀 다른 사람 같은 차가운 분위기여서 나도 모르게 한 발짝 뒤로 물러났다. 그러자 성훈이는 한 발짝 내게 다가와 입을 열었다.

"네가 가질 수 없는 걸 내가 가졌거든? 굳이 네가 알고 싶어도 알 수 없고, 가지고 싶어도 가질 수 없는 거. 난 너랑 같지 않아. 그렇지만 날 믿는다면 그런 건 더 이상 물어보지 않았으면 해. 이제 자리에 좀 앉아. 얘들 오니까."

아무 소리도 들리지 않는 이 교실과 복도에 누가 온다는 건지. 정말 알 수 없는 아이다. 정적이 흐르던 그 순간.

드르륵ㅡ.

문 열리는 소리가 났다.

"어? 성훈? 와 있었냐. 학교 완전 일찍 오나보네. 연락 왜 안 받나했다. 얘들 이제 올 걸? 야, 매점이나 가자."

"넌, 아침부터 매점이냐? 으이구, 가자."

뭐야, 이거? 온 몸에 소름이 돋았다. 성훈이가 아이들이 온다고 말한 것보다도 나에게 차가웠던 모습은 온데간데없고 아무렇지 않게 전처럼 평범한 표정으로 웃으며 말하는 모습에 더 소름이 돋았다. 성훈이는 자리에서 일어나 지나가면서 허리를 숙여 나의 귓가에 속삭였다.

"이게 바로 네가 가질 수 없는 거라는 거야. 어때, 좀 알겠어?"

성훈이는 가볍게 뒤돌아 갔다.

수업종이 쳤는데, 집중이 전혀 되지 않았다. 내 옆자리에 앉아 태연하게 수업을 듣고 있는 이 아이가 누구인지, 전혀 감이 잡히지 않는다. 머리가 복잡하다. 정신없이 학교가 끝나고, 아이들이 모두 빠져나가자 성훈이가 말을 걸었다.

"가자, 유진이네 집."

성훈이와 걷는 길은 아무 말도 없었지만 어색하지는 않았다. 이 길은 항상 유진이하고만 가던 길이었는데, 유진이가 이젠 다신 볼 수 없는 곳에 있다는 것과 이 길을 유진이가 아닌 사람과 걷는다는 사실이 유진이의 죽음을 조금 와 닿게 하면서 내 눈을 촉촉하게 했다. 그렇게 눈시울이 뜨거워져 유진이네 집에 도착했다. 초인종을 눌렀다.

딩동-.

"저기, 계세요?"

"네. 누구세요?"

"저, 유진이 친구 수진이에요."

유진이의 부모님은 나를 알아보시고는 반갑게 맞으셨다. 지금 나도 유진이의 빈자리가 이렇게 슬픈데, 부모님은 오죽하실까 싶었다.

"많이 힘드실 텐데 찾아뵙게 되었네요."

"응, 아니다. 너야말로 힘들었겠구나. 앉아서 이야기 하자. 그 뒤에 남자 친구도 들어와."

뭐 대접할 변변한 것이 없다며 웃으시는 부모님에게 괜한 안타까움이 느껴졌다.

"혹시……. 유진이가 자살한 이유를 아시나요?"

"글쎄다. 이유도 모르고, 경찰도 모르겠다는 식으로 나오고."

"더 힘드시겠어요. 사실 학교에서는 제가 유진이를 괴롭혔다고……."

"그래, 선생님께 대충 들었다. 수진이 너 유진이랑 사이좋지 않았니?"

가만히 있던 성훈이가 눈을 부릅뜨고 나섰다. 오늘 아침의 차가운 표정이다. 성훈이는 조심하는 듯이 말했다.

"네. 분명 사이가 좋았는데, 자살하기 전날 사소한 걸로 다투었다 하더라고요. 그래서 지금 수진이가 괜한 의심을 받고 있고요. 모르셨어요?"

"학교에서 전화가 오긴 했는데, 경찰들도 자살의 정확한 이유를 찾지 못해서 마음만 졸이고 있었단다."

나는 유진이의 이야기를 하면 할수록 유진이가 정말 나 때문에 죽은 것 같은 죄책감과 실감 못했던 유진이의 죽음이 와닿아 눈물이 흐르기 시작했다. 울먹이며 나도 모르게 툭, 한 마디가 튀어나왔다.

"실례지만 유진이 방, 마지막으로 한 번만 들어가 볼 수 있을까요?"

어머니는 나를 달래며 방으로 이끌어 주셨다. 시간을 보내라며 어머니도 눈물을 훔치시고는 문을 닫고 나가셨다. 나와 함께 놀던 추억들이 서려 있어 이불을 들추면 유진이가 나를 놀리며 나와 줄 것만 같았고, 커튼을 들추면 우리의 교환일기와 추억 사진들이 나와 줄 것만 같아 엉엉 울며 방을 뒤지듯 살폈다. 책상에 앉아 같이 했던 수학숙제는 이제 유진이의 죽음을 밝혀야 하는 나 혼자만의 숙제가 되었다. 나를 위해 준비했던 두 개의 의자는 보란 듯이 하나가 되어 남았고, 같이 숨바꼭질하며 숨었던 옷장에는 유진이 흔적 하나 찾아볼 수 없었다. 유진이와 내가 찍힌 사진이 담긴 액자를 보자 다리 힘이 풀려버렸다. 울며 방을 살피던 도중 자물쇠가 걸린 서랍 하나를 발견했다. 무언가 들어 있을 것만 같아 열쇠를 찾아보았지만 어디에도 없었다. 서랍을 열고자 하려는 마음에 쩔쩔매던 나는 안타깝게 바라만 보던 성훈이를 불렀다.

"서, 성후, 훈아, 잠깐만 이…… 이리 와 봐. 이 서, 서랍……."

우느라 진정 안 된 거친 숨소리와 잠긴 목소리로 서랍을 열어달라며 무언가 있을 거라고 말하자 성훈이 표정이 순식간에 변했다. 누군지 모를 정도로 변한 얼굴로 성훈이와 나는 열쇠를 찾으려 애썼지만 어디에도 없었다. 그러자 성훈이는 내 어깨를 붙잡고 말했다.

"날 믿어. 놀라지 마."

성훈이는 무작정 서랍을 흔들었다. 그러더니 자물쇠를 잡고 온 힘을 다해 잡아당겼다. 자물쇠가 철사처럼 구부러지며 떨어지고 말았다. 나는 놀라운 광경에 온 몸이 굳어버린 채 눈물만 흘릴 수밖에 없었다. 서랍 안에는 일기장이 하나 있었다. 거의 가족이나 다름없었던 나도 한번 보지 못한 일기장이었다. 나는 그것을 다짜고짜 가방에 넣으며 유진이에 대한 슬픔과 성훈이에 대한 걷잡을 수 없는 놀라움으로 방을 정리한 채 급히 나왔다. 방 밖의 어머님의 질문에 내가 눈시울만 붉어져 있는 걸 보고 성훈이가 대답했다.

"마음은 좀 괜찮니?"

"네. 감사합니다. 또 여쭤볼 것이 생기면 찾아올게요. 감사합니다."

"아니다. 그래, 자주 오렴."

"네. 안녕히 계세요."

나는 이 상황이 무엇인지 알 수 없었다. 정신이 나갈 정도로 어지러웠다. 최성훈은 누구이고, 그게 말이 되는 일이었는지. 이 일기장에는 뭐가 적혀 있는지, 정신을 차릴 수 없던 도중 성훈이가 입을 열었다.

"내 얘기는 다음에 하고……. 일단 진정해."

성훈이는 우리 집 앞 놀이터로 나를 끌고 왔다.

"일기장부터 빨리 꺼내보자."

난 모든 게 당황스러워 아무 말도 나오지 않았는데, 태연히 일기장을 꺼내보자는 성훈이를 이해할 수 없었다. 성훈이가 무서웠고 어떻게 된 일인지 설명해 주길 바라는 흥분된 마음에 말이 곱게 나오지 않았다.

"넌 뭐가 그렇게 태연해? 이게 있을 수 있는 일이라고 생각해? 먼저 그 상황에 대해서 설명해 줘. 너, 누구야? 왜 내 옆에 있는 거야? 나……. 사실 너 무서워. 너랑 같이 있는 게 무서워. 너, 사람 아니야? 아니, 믿을 수가 없어. 설명 좀 해줘. 내가 두 눈으로 본 게 뭔지!!!"

"이게, 먼저가 아니잖아!!! 제발 정신 차려, 박수진!"

"정신 차리고 있을 수 있는 일이야? 이게? 너한텐?"

"너, 도와주려고 그러는 거잖아. 제발 말 좀 들어."

성훈이는 나를 바라보며 내 어깨에 손을 올렸다. 나도 모르게 그 손을 거칠게 뿌리쳤다. 성훈이는 예상치 못한 내 반응에 놀란 듯했다. 난 성훈이가 내가 자살 시도를 했던 그날 밤처럼 날 따뜻하게 달래주며 상황을 설명해 주었으면 하는 마음이 가득했다. 하지만 성훈이는 전혀 모르는 듯 묘한 표정으로 일어나서 이야기했다.

"난 널 끝까지 도와주려한 것뿐인데, 놀란 네 마음은 알겠지만……. 실망이야. 박수진. 앞으로 알아서 잘 해결할 수 있길 바래."

성훈이는 아무렇지 않게 걸어갔고, 나는 바보처럼 그 자리에 앉아 있었다. 일기장이 어떤 증거를 줄지, 최성훈은 누구인지 뭐 하나 알 수 없어 터져버릴 것 같은 머리에, 다리가 풀려 그 자리에 하염없이 앉아 있었다. 그렇게 한참이 지나고 문득 정신이 들었다.

'최성훈은 어차피 마음을 돌린 것 같고, 나라도 이 사건을 해결해야지. 아니, 할 수 있어, 뭐. 힘내자. 박수진.'

숨을 깊게 들이쉰 뒤 집에 뛰어 들어가 가방을 열어 일기장을 꺼냈다. 지금 성훈이와 같이 있다면 더 좋았을 거란 생각이 들었다. 너무 놀란 나머지 성훈이에게 그렇게 말해버렸지만, 아무리 그래도 성훈이에 대한 내 마음이 커져 있음을 스스로 인정해야 할 것 같았다. 신경 쓰이니까, 그래서 그렇게 화낸 거였다. 내 마음이, 내 놀란 가슴이 머리보다 먼저 반응했으니까. 또 성훈이 생각에 빠져 있는 나를 타이르며, 일기장이 먼저라는 것을 생각했다. 그렇게 일기장의 첫 페이지를 넘겼다. 그런데 이럴 수가……. 사진이 몇 장 들어 있었다. 모두 멍이나 피멍, 보기에도 아픈 상처들이 사진으로 남아 있었다. 머리가 정리되지 않았다. 어떻게 된 일인지 모르겠다.

OOOO년 OO월 OO일

오늘은 어떤 아픔이 있을까 생각해 본다. 나의 고통을 알린다면 나에게 어떤 보복이 돌아올지 모른다. 차라리 모르는 사람이 날 때리고 욕한다면 좋을 텐데. 숨 막히는 집에서 나가고만 싶다. 엄마가 보고 싶다. 내게 아픔의 존재인 새엄마가 아닌, 엄마를 보고 싶다. 바보같이 아무 말도 못하고 있는 것은 무서워서다. 너무, 너무 무섭고 아프고 두려워서…….

00월 00일

오늘은 수진이한테 몇 번을 말해볼까 고민했다. 어쩔 수 없이 드러나는 팔에 난 큰 피멍자국이 무슨 상처냐고 물어봐 주며 걱정하는 수진이에게 바보같이 넘어져서 그런 거라고 한 내가 밉다. 버티기가 너무 힘들다. 가난한 가정에 힘들어하는 수진이에게 내 고민을 털어 놓기는 더 힘들다. 걱정거리를 주고 싶지 않다. 오늘도 아무 말 없이 그냥 맞고, 아파하는 수밖에 없다.

00월 00일

아버지가 술을 드셨다. 내 몸에게 미안했다. 오늘은 좀 더 아플 거라고 위로했다. 나에게 술을 더 가져오라고 소리 지르셨다. 술을 살 돈도 없었거니와 나에게 술을 팔 가게도 없었다. 내일 학교 가기는 글렀다. 오늘은 상처가 너무 커 아파 죽을 것만 같다. 이럴 때마다 새엄마가 아닌 진짜 엄마가 보고 싶다. 하지만 볼 수 없다. 죽음만이 진짜 엄마를 볼 수 있다.

00월 00일

오늘은 경찰서에 신고를 했다. 용기 내 할 수 있는 마지막 시도였다. 어디에도 말하고 다니지 말라며 나에게 칼을 들이밀었던 아버지 얼굴이 눈앞에 보여 몸을 가누지 못할 만큼 무서웠지만 언제까지나 이렇게 살 수만은 없다. 어렸을 때 아버지가 죽인 엄마처럼 세상을 떠나긴 싫다.

○○월 ○○일

아버지께 전화가 왔다.

"야, 너, 나 신고했냐? 아주 죽여주세요, 하는 거야? 내가 말하지 말라고 했지. 너 오늘 집에 가서 보자. 오늘은 그냥 가만히 안둘 줄 알아."

무서웠다. 몸이 주체할 수 없이 떨렸다. 뭐라도 해야만 했다. 단축번호 1번을 눌러 말해 보려 했다.

"수진아…… . 잠깐 나 좀 보자."

수진이는 밝은 목소리였다. 일단 내가 가출을 해서 너희 집에서 좀 머물수 있냐고 부탁하고, 그 뒤에 마음속에 숨겨둔 아픔을 말해 주려고 했다. 내가 앓아왔던 상황을. 수진이는 내 부탁을 들어줄 테니까. 수진이가 먼저 약속 장소에 나와 있었다.

"어!! 유진! 일로 와."

밝은 수진이 덕분에 이 상황에도 웃음이 났다. 난 무턱대고 말했다.

"수진아, 나 가출하려고…… . 네 집에 잠시 머무르면 안 될까?"

진심을 다해 말했다. 하지만 수진이의 표정은 내가 바랐던 것과는 정반대였다.

"왜?"

"아니, 그게…… ."

"야, 유진아 왜 그래. 너 이런 아이 아니잖아. 부모님께서 얼마나 걱정하시겠어. 집 들어가, 응? 내일 학교에서 보자. 난 네가 이렇게 가출하고 그런 걸 원하지 않아. 내가 너의 진짜 친구…… ."

나는 수진이의 말을 끊었다. 더 이상 듣고 싶지 않았다. 내 마지막 희망이 끝나는 것 같았다. 난 무작정 화를 냈다. 내가 말을 못해 놓고, 수진이가 나를 알아주길 바라는 건 헛된 욕심이었다. 하지만 내 마음이 그렇게 외치는데 뭘 어떡할까. 그 순간 모든 것을 놔버리기로 결심했다. 그냥 화를 냈다. 욕도 하고 싸우기도 했다. 괜히 더 가까운 사람한테 투정부릴 때가 있지 않은가. 누구 한 명에게라도 어리광, 투정, 마음 표현 하나 하지 않았던 내 인생 처음이자 마지막의 화였다. 그러고는 울며 집에 돌아왔다. 나 같은 바보가 또 있을까. 수진이에게도 괜한 상처를 준걸까, 하는 생각에 내 자신이 더 원망스러워져 아예 생각하지 않기로 했다. 난 그냥 이 세상과 작별하리라 결심했다. 이름만 아버지라 부르는 그 사람에게 맞아 죽느니 나 스스로 떨어지겠다. 내가 너무 쉽게 삶을 포기한다는 것은 틀린 말이다. 말할 수도 없이 두려움에 떨며 입을 막고 흐느끼기만 했던 고통을 누가 겪어 봤을까. 옥상으로 올라갔다. 내가 수진이를 두고 떠나는 것이 이 세상에 저지른 가장 큰 잘못이겠지만 더 이상 이 상황을 버틸 의지와 힘도 없었다. 그런데 아빠한테 전화가 왔다.

"아, 너 이 새끼 오늘 처리해야 되는 거였는데. 일이 생겨서 오늘은 못 들어 갈 것 같고……. 내일 넌 죽는 줄 알아."

아무 대답도 하지 않았다. 입을 틀어막고 울며 전화를 끊었다. 옥상에서 내려왔다. 내일 학교에도 가지 않을 것이다. 죽기 전 마지막 하루를 친구들에게 보여주기 싫다.

OO월 OO일 - 내가 쓰는 마지막 일기

　유언장.

　나는 이 세상을 떠난다. 세상에 대한 미련하나 없기에 세상을 떠난다기
보다는 엄마를 찾으러 간다. 하늘에 계신 엄마를 탓할 뿐이다. 수진이에
게 너무 미안하다. 하지만 더 이상 버티는 것이 무리이다. 어떻게든 살아
보려던 마음은 없어진지 오래고, 다 죽어가는 내 마음에 나비 하나 날아
들지 않았던 것도 오래다. 까만 밤하늘이 보일 때면 나는 항상 아픔이 찾
아올 때가 되었기에 차마 아물지 않은 몸과 마음을 달래며 하늘이 어두워
지는 것을 지켜보곤 했다. 까만 하늘은 내게 무너져 내 숨을 조르는 것
같았고, 아버지의 걸음 소리는 내 목을 조르는 듯했다. 엄마에게 왜 이런
사람과 결혼해 나를 낳았냐며 한탄해 본 것도 여러 번이지만 상황은 변함
없이 나아지지 않았다. 난 제대로 된 세상 한 번 살아보지 못했다. 가진
거라곤 누구에게도 줄 수 없는 친구 한 명, 수진이었다. 수진이에게 미안
하지만 수진이밖에 나를 알아준 사람이 없기에 삶의 끈을 놓아버리겠다
고 결심했다. 항상 내 맘에 날아오던 나비가 거의 다 죽어가니 나비는 남
겨두고 내 몸만 저 하늘로 가려 한다. 그 나비에게 부탁이 하나 있다면,
수진이한테 가주어 내가 펴지 못한 꿈과 내가 살아온 이 아픈 삶을 밝힐
수 있게 해주고, 나를 떠나보낸 것에 대한 아픔과 미련없이 내가 꿈꾼 자
유롭고 아름다운 세상을 대신 맘껏 살게 해달라는 것이다. 수진이가 누구
보다 아름다운 삶을 살다 때가 되어 하늘, 내 옆으로 와준다면 어두움 하
나 없는 하늘에서 진정한 우정을 이루어내고 싶을 뿐이다. 끝이다. 내가

못한 모든 것을 수진이가 대신 해줬으면 하는 바람이다. 차가운 바람이 분다. 나비가 나를 향해 날고, 꽃이 희망을 품고 사는 하늘로 영원히 간다. 모든 것과 작별한다. 후회는 없다. 단지 나비가 멀리 날아갈까 내 서랍 안에 자물쇠 걸어 일기장을 고이 보관할 터이니 이 일기장과 서랍을 처음 여는 사람이 수진이가 되기만을 바랄 뿐이다.

일기장을 덮었다. 유진이의 마지막 눈물이 떨어져 있는 유언장 위로 내 눈물이 다시 떨어졌다. 엉엉 울었다. 이제 와서 유진이를 찾는다고 내 곁에 돌아올 것은 아무것도 없었지만 그냥 울었다. 아니, 울음을 멈출 수 없었다. 심장이 저려왔다. 내가 그날 우리 집에 하루만이라도 유진이를 재웠다면. 유진이의 얘기를 더 들어보고자 했었다면. 모든 일이 나 때문인 것 같다. 나도 따라 죽고 싶었다. 그렇지만 유진이가 자기 대신 내가 자신의 몫까지 아름답게 살다 오라는 그 말에 죽을 순 없었다.

우리가 함께한 시간이 아픔으로 되돌아오는 게 날 슬프게 만든다. 유진이가 보고 싶었다. 내가 못해 준 게 너무 많은데, 이렇게 떠나가 버리면 안 되는데. 세상에 나와 꿈 한 번 펼쳐보지 못하고 자그만 옥상에서 뛰어내린 상처투성이 몸이 상상이 갔다. 죽고 싶었다. 울고 또 울어 정신이 나갈 것 같았다.

그렇게 실성한 채로 시계를 보니 이미 12시가 돼 있었다. 나는 아무 감각도 없었다. 단지 유진이가 그리웠다. 머리가 복잡했다. 유진이가 그런 상황에 처해 있는 것을 처음 알았고, 날카로운 말로 단 하나의 내 편이었던 성훈이와의 사이도 망쳐놓았다. 신고는 어떻게 해야 하는지,

유진이가 정말 죽은 것인지 너무 어지럽고 복잡한데, 떠나보낸 유진이를 생각하면 가슴이 먹먹해왔다. 답답한 마음에 집 밖으로 일기장을 품에 안고 나갔다. 유진이와 항상 가던 공터의 그네로 가기 시작했다. 항상 함께 듣던 노래가사가 떠올랐다.

'모두 다 지나버린 슬픈 이야기- 그후엔 아픔과 후회만이-'

그네에 걸터앉아 숨을 고르고 조용히 불러보았다. 아무도 없는 공터엔 내 목소리만 울렸고 나는 그 소절을 부르고 또 불렀다. 유진이가 하늘 위에서 듣기를 바랐다. 흐르는 눈물이 멈출 생각을 안 하는 것이 참 미웠다. 어둑한 어둠이 나를 적시고, 나의 눈물은 어둠을 적셨다. 컴컴한 밤에 겁도 없이 걸터앉은 그네와 유진이와의 추억이 있는 공터는 그나마 나를 위로해 주는 듯했다.

나는 지친 몸을 이끌고 그네에서 일어나 한참 동안 공터를 바라보았다. 텅빈 공터가 유진이가 내 곁엔 더 이상 없다는 사실을 알게 된 내 마음 같았다. 그러고는 떠오르는 추억이 끝없이 뒤따라오는 듯한 먹먹한 느낌에 뒤돌아 집으로 향했다. 아프다. 너무 아프다. 너무 힘들다. 힘없이 아무도 없는 어둑한 골목길로 들어섰다.

'이 좁은 골목길을 가면서도 뭐가 그리 행복했었는지……'

웃음이 났다. 유진이와의 추억에 빠져 웃음이 났다. 추억에서 벗어나고 싶지 않았다. 추억에서 벗어난 나는 한낱 작은 존재인 것 같았기에. 흐르는 눈물을 닦고 정신을 차리고 보니 왠지 으스스했다. 어느새 1시 정도가 된 것 같았고 너무 어두웠다. 다시 뒤돌아 큰 길로 가기엔 너무 와버린 탓에 그냥 걸음을 빠르게 한 채 걸어갔다. 그러던 중,

'탁탁, 탁……. 탁.'

누가 뒤에 걸어오는 것 같았다. 갑자기 온 몸에 소름이 돋았다. 설마 싶었다. 설마……. 계속 걷고, 또 걷고, 길을 돌아도, 계속 누군가 뒤를 따라왔다. 설마 나를 따라오는 사람인가 싶은 마음에 풀려버릴 것 같은 다리에 온 힘을 주었다. 급하고 떨리는 마음을 부여잡으며 조금 더 빠르게 걸었다.

'탁탁, 탁탁……. 탁탁탁.'

같이 걸음이 빨라졌다. 너무 무서워 뒤돌아볼 수 없었다. 하늘에 있는 유진이가 좀 도와주길 바라는 생각을 했다. 또 성훈이의 얼굴이 아른거렸다. 몸을 부르르 떨던 나는 미친 듯이 내달렸다.

'탁탁타탁! 탁탁!'

나를 따라 같이 뛰는 그 누군가가 가까워져 그의 발소리가 크게 들릴수록 내 마음도 터질 듯이 쿵쾅거렸다.

'제발……. 제발 그만 따라와라. 여기만 돌면, 여기만 돌면 집인데.'

일기장을 껴안은 팔에 더 힘을 주어 일기장을 꼭 껴안았다. 그 순간이었다.

"아!!! 으……. 읍……. 으윽."

큰 손이 내 입을 틀어막았다. 숨이 막혔다. 아무 말도 할 수 없었다.

'일기장만은……. 일기장은…….'

그 남자는 모자를 조금 올리더니 그 무서운 입을 벌렸다.

"어이구, 우리 수진이. 일기장 어디서 가져왔어?"

그는 웃었다. 나는 눈을 치켜떴다. 순간 머릿속이 하얘졌다. 얇고 위로 올라간 눈, 한쪽만 올라가는 입 꼬리, 덩치 있는 몸집, 그리고 술과 담배 냄새. 아무리 봐도 유진이 아버지였다. 어떻게 아셨을까, 몸은 두려움에 떨고 있었고 이 새벽에 날 도와줄 사람은 없다는 생각에 정신이 아찔했다.

"수진아, 일기장 좀 줘라. 남의 집에서 물건 함부로 가져가는 거 아니지? 서랍 어떻게 여셨나, 대단하네? 자물쇠는 좀 치우고 가지 그랬어. 티 나잖아, 아주 웃겨?"

웃으면서 말하는 그 얼굴이 흉측하다 못해 끔찍했다.

"지금 유진이 꼴 나고 싶어서 그러는 거야? 같이 뒤지게?"

웃던 얼굴이 굳더니 소름 돋는 얼굴로 말했다.

"죽고 싶지 않으면 그냥 내놓고 끝내자. 일기장에 무슨 내용이 있기에 이렇게 안 주실까나?"

나는 온 힘을 다해 아등바등 거리며 입을 힘들게 열었다.

"아, 안 돼요……. 안 돼요. 제발……."

"뭐? 안 돼요?"

그는 어이없는 듯이 웃더니 손을 들어 나의 뺨을 때렸다. 너무 아파서 눈물이 흘렀다.

"아, 아파……. 아파요……."

"일기장 내놓으라고!!"

내가 더 힘을 주자 그는 일기장을 잡더니 내 품에서 가볍게 빼내었다. 그리고 주먹을 들어 나를 치려했다. 나는 그 자리에 주저앉았다. 주먹이 나를 향하던 그 순간,

"하지 마!! 당장 그 일기장 내놔!"

아무도 없던 거리에 체념했던 내 마음을 달래는 듯한 외침이 나의 두려움과 무서움을 움츠려들게 했다. 난 이 시간에 사람이 나타나준 것은 유진이가 나를 하늘에서 도와주었다고 생각하며 떨군 고개를 들어 그 사람을 보았다. 그 사람은 다름 아닌 성훈이었다.

"뭐야? 이 미친 새끼가? 어디서!"

그는 어이없다는 듯이 웃으며 죽일 기세로 주먹을 들어 성훈이를 치려 했다. 성훈이는 그 손목을 정확히 잡았다. 그러고는 무서운 눈빛으로 노려보았다. 그러자 그는 성훈이의 힘에 놀랐는지 몸을 쓰지 못했다. 성훈이는 용서 따윈 없는 표정으로 그의 목을 잡았다. 그리고 손을 뻗었다. 한 손으로 그의 목을 조른 채 서서히 그를 들었다. 그는 성훈이 손에 목덜미가 잡혀 아등바등 거렸다. 나는 놀라 말없이 그 모습을 보고만 있었다.

"사, 살려 주세요. 잘못했어요."

그가 겨우 말하자 성훈이는 손에 더 힘을 주어 목을 졸랐다. 그는 얼굴이 빨갛다 못해 터질 것 같았다. 말 한 마디 하지 못했다. 성훈이는 말했다.

"너 같은 새끼는 나가 뒤져야 돼."

그러고는 그를 내려놓았다. 그는 곧 죽을 듯이 숨을 거칠게 몰아쉬며 땅바닥에서 굴렀다. 나는 눈물만 흘리고 있었고, 성훈이는 나를 빤히 바라보더니 일기장을 바닥에 놓고 순식간에, 눈앞에서, 연기처럼 사라졌다. 믿을 수 없었다. 무슨 일이 일어난 것인지도 모른 채 나는 너무 놀란 상태로 있었다. 잠시 후, 경찰들이 왔다. 경찰은 나에게로 달려왔다.

"괜찮으세요?"

나는 붉어진 뺨을 만지며 말했다.

"네……. 그런데 누가 신고했나요?"

내가 묻자,

"그, 키 큰 남학생이 뛰어 들어오더니 여자아이가 맞고 있는 걸 목격했다며 알려주었어요. 어? 저기 있네요."

성훈이가 나에게로 다가왔다.

"괜찮으세요?"

나는 그 표정에서 약간의 웃음을 찾을 수 있었다. 차가운 웃음도 아니고 형식적인 웃음도 아니라는 걸 알 수 있었다. 그 웃음이 내 마음을 다 녹여버렸다. 더 이상 성훈이에 대한 의심이 없어졌다. 그가 정말 인간이 아니고, 놀랍고, 무서운 존재라는 걸 알았지만 믿음이 갔다. 고마웠다. 나는 웃으며 말했다.

"네. 감사합니다."

고개를 돌리자 경찰차 몇 대가 와 있었고, 숨이 막혀 정신을 못 차리던 유진이 아버지는 수갑이 채워져 차에 탑승되었다. 경찰은 나에게 말했다.

"어, 조사 좀 하게 마음 좀 추스르고 차에 타주세요. 남학생도 타려면 같이 타고. 남학생 아니었으면 정말 큰일날 뻔했네요. 저 자식 흉기도 가지고 있었더라고요. 그런데 남학생이 저 남자를 제압했나요? 숨이 거친 걸 보니 누가 목을 조른 것 같은데……. 아, 일단 가서 이야기합시다."

나는 성훈이의 부축을 받으며 경찰차에 탔다. 경찰차는 경찰서로 향했다. 가는 도중 경찰이 말을 꺼냈다.

"남학생이 그 남자 제압한 건가요?"

"아니요. 제가 보고 신고하려고 할 때 덩치 좋은 아저씨를 봤는데 그
분이 도와주신 것 같은데……. 맞죠?"

성훈이는 태연하게 나를 보며 말했다. 나도 태연하게 말했다.

"네. 덩치 좋으신 분이 와서 제압하더니 목을 조르셨어요. 경찰들이
오자 복잡해지니까 빠져나가신 것 같더라고요. 감사하다고 인사라도
드렸어야 하는데……."

경찰은 백미러로 우리들을 번갈아 보며 말했다.

"정말 다행이네요. 그 분도 대단하시고."

그렇게 이야기하다 보니 경찰서에 도착해 있었다. 경찰서 안으로 들
어가자 큰 소리가 나고 있었다.

"아니, 그 신고했다는 남자애가 날 한 손으로 목을 조른 상태로 들었
다니까? 여기 자국 안 보여?"

"그럴 리가 있나요. 말도 안 되는 소리 하지 마세요."

"아, 진짜라고 이 사람들이……. 저, 저 자식 말이야!"

성훈이와 내가 안으로 들어온 걸 보고는 성훈이를 손가락질하며 그
는 붉으락푸르락해져서는 소리쳤다. 그러더니 같이 온 경찰이 말했다.

"어떤 덩치 좋은 주민이 제압했다고 이 학생들이 말하더라고요. 주위
가 복잡해지니까 빠져나가신 것 같데요."

"들으셨죠? 헛소리 그만 하시고."

"진짜, 이 사람들이?"

나는 어디서 용기가 났는지 눈을 쳐다보며 말했다.

"소리 지르지 마세요. 제가 할 말이 있어요."

나는 일기장을 꺼내 들었다. 그리고 안에 있는 사진을 꺼냈다.

"이 명. 제 친구 이유진의 사진이에요. 경찰 분들 투신자살했던 이유진 학생 기억나세요? 저분이 유진의 아버지세요. 저분이 저에게 이 일기장을 내놓으라며 협박하고 때렸습니다."

"야! 너 말 제대로 해!"

그는 흥분해 자리에서 의자를 박차고 일어났다. 경찰들은 그를 제압해 다시 앉혔다. 한 경찰이 말했다.

"어쩐지 내가 조사 갔을 때 부모가 협조를 안 해주더라고. 아무 증거도 없고 흔적도 없이 자살했다니 어이가 없더라니까? 부모가 심드렁하니, 모르쇠 하더라고."

"글쎄, 그 사건이 가장 친한 친구 때문이라는 소문은 들었는데 증거도 없고 해서 해결이 되지 않았는데……."

나는 화가 나면서 슬펐다.

"이 일기장을 읽어보세요. 유진이는 가정폭력을 당했고요, 수차례의 협박과 구타를 당했어요. 이 일기장에 보면 유진이가 경찰에게도 신고했었는데, 무책임하게 다들 넘기셨잖아요. 유진이는 아버지의 보복이 무서워 자살한 거예요. 그 괴롭혔다는 친구? 그게 저예요. 제가 가장 친한 친구였고요. 누명을 쓴 저도 왕따를 당하고, 자살 시도도 여러 번 했었어요. 경찰 분들이 조사만 더 했더라도……. 다들 이렇게 아플 일은 없었어요. 그리고……."

또 바보같이 말끝을 흐린다. 울어서 이제 더 이상 나올 울음도 없다고 생각했는데, 상처라는 게 정말 깊은 건가보다. 아무리 아물기 바라지만 가릴 수 없는 흉터로 남는다.

"그 일기장 좀 줄 수 있어요?"

경찰들은 묵묵히 일기장을 전해 받아 내용을 보고 사진을 정리했다. 성훈이는 바보같이 서서 울고 있는 나를 부축 해 의자에 앉혔다. 그러고는 조용히 속삭였다.

"잘 될 거야. 마음 내려놓고 기다려보자."

무섭고 두려워 한 걸음 뒤로 도망쳐버린 나지만, 성훈이가 없었다면 한 걸음도 나서지 못한 나였다. 나를 도와주려했던 성훈이에 대해 의심을 품었던 내가 바보 같았다. 믿음이 간다. 그 아이 품에 다시 안기고 싶다.

"그만 울어. 넌 웃는 게 예뻐."

헉! 진짜 부끄럽게. 울던 얼굴에 어설픈 웃음이 돌았다. 부끄러워서 머리칼로 얼굴을 가린 뒤 살짝 웃었다. 성훈이는 내 머리를 귀 뒤로 넘기더니,

"얼마나 걱정했는데. 아무리 슬프다고 해도 여자애가 그 밤에……. 설마해서 달려왔더니……. 어이구."

언제는 심정 복잡하게 해놓고는, 내가 듣고 싶었던 목소리와 그토록 보고 싶었던 얼굴로 달콤하게 말했다. 몇 번 봤다고 이런 말을 하고, 나를 도와줄 만큼 가까운 사이가 되었는지 모르겠지만 왠지 성훈이는 나와 아주 오래 알고 지낸 사이 같다. 편하고 소중하다. 눈빛 하나, 말 한 마디로 느껴진다. 알 수 없는 아이다. 초인적인 힘, 순간이동, 또 얼마

나 많은 상상을 초월한 능력을 갖고 있는지가 궁금한 것이 아니라 어떻게 저런 눈빛을 띄는지, 나를 어떻게 생각하는지, 앞으로도 내 곁에 있어줄 수 있는지가 궁금하다.

"저기, 이제 돌아가셔도 될 것 같아요. 수사에 대해서는 정말 죄송하고요. 또 다른 피해자는 없도록 노력하겠습니다. 증거는 충분하고요. 이유진 학생 아버지께서도 가정폭력에 대해선 인정하는 듯해요. 한 번 더 연락드리겠습니다. 정말 죄송합니다."

용서하기 싫을 정도로 미운 경찰이었지만, 하늘에 있는 유진이에게 당당히 나설 수 있기에 기분이 좋았다. 경찰서를 나가자 쌀쌀한 바람이 불었다. 고개를 들자 별 하나가 떠 있다.

'유진아, 이제 좀 편안하지? 아프지만 말아줘. 거기에선 제발……'

"괜찮을 거야. 유진이. 마음 놓아."

성훈이가 말했다.

"고마워."

도움 받지도 않고 주지도 않았던 내가 이런 말을 하게 될 줄은 몰랐다. 다른 사람들이면 하루에 몇 번은 할 고맙다는 인사지만, 나에게는 어색한 한 마디다. 사랑을 모르고 살았던 내가 애석하게 느껴질 정도로 부끄러웠다. 성훈이는 기쁘다는 듯 웃었다. 그러고는 내가 그 말을 얼마나 어렵게 꺼냈는지를 아는 눈치로 웃으며 말했다.

"바보."

기분이 좋았다. 하늘은 어두웠고, 밝게 빛나는 내 마음이 그 하늘을, 온 세상을 밝힐 수 있을 것만 같았다. 내가 해야 할 숙제의 반은 해결한 것 같았다. 성훈이가 너무 고마웠다. 성훈이가 있어서 지금 이 자리까지 내가 올 수 있었고, 내일 학교에도 밝은 모습으로 나갈 수 있을 것 같다. 성훈이는 내가 이런저런 생각을 하는 것을 빤히 바라보았다. 또 이렇게 바라본다. 사람 심장 터지게.

"가자, 너희 집 바래다줄게. 위험해. 또 누가 잡아갈까 봐."

성훈이는 살짝 웃으면서 날 바라보았다.

"내일은 학교에 끝까지 있기, 약속해. 너랑 학교에서 하루 한 번 같이 있어 본 적이 없다."

"약속할게! 내일은 친구들한테도 유진이 이야기가 어떻게 된 건지도 말해 주고."

나는 웃었다. 어느새 우리 집 앞에 도착해 있었고, 왠지 모르게 성훈이와 헤어지기 싫었다. 괜히 아닌 척하려고 발걸음을 급히 했다.

"맨날 네가 나만 바래다주네. 고맙고……. 조심해서 들어가."

"그래."

"집이 어디 쪽에 있다 했더라? 여기서 멀어?"

"아……. 아니야. 얼른 들어가."

말을 돌리는 성훈이가 이상했지만 그냥 생각 없이 인사를 밝게 하고 집으로 들어왔다. 그러고는 바로 베란다 앞으로 뛰쳐나가 성훈이가 가는 모습을 지켜보았다. 우리 동에서 성훈이가 나오고 집 앞 놀이터까지 조금 걸어가더니, 그 순간 감쪽같이 사라져버렸다. 놀랐긴 했지만, 뭐 순간이동으로 집에 가는 건 편하겠다는 생각이 들었다.

"풉."

나도 모르게 이런 말도 안 되는 상황을 있는 이야기처럼 재밌게 받아들이고 있는 것이 성훈이에게 적응된 느낌이었다. 나도 모르게 웃음이 나왔다. 오늘은 꿈이 있는 잠을 자고 싶다. 앞으로의 시간들을 잘 보낼 수 있을 것만 같은 행복과 그 시간들에 함께 있어줬으면 하는 그 사람을 생각하며.

아침이다. 햇살이 비치는 내 방이 오늘따라 화사해 보인다. 울어서 눈이 붓긴 했지만, 얼음찜질 덕분에 많이 가라앉은 듯하다. 엄마는 그 새벽에도 한 번 들어오지 않고, 아침은 어떻게 해놓았는지 된장찌개 냄새가 가득하다. 맛있게 아침을 든든히 먹은 건 또 얼마만인지. 엄마 방 앞을 지나가니 텅 빈 우리 집에도 사람의 손길이 닿았으면 좋겠다는 생각을 했다. 시계를 보니, 살짝 어려 있는 새벽, 아침 공기의 냄새를 맡을 수 있는 시간이었다. 괜히 항상 내 투정을 받은 거친 가방을 예쁘게 메고 집을 나섰다. 문을 열고 빠르게 계단으로 한 층, 두 층 내려갔다.

"깜짝이야!!"

성훈이가 있는 것이 아닌가?

"어때? 어제 잠은 좀 잤어? 뭐, 잔 것도 아니지. 무슨 학교를 이렇게 일찍 나오냐."

"습관 돼서 그래. 너야말로, 언제부터 기다렸어? 어떻게 알고 왔어?"

"안 궁금해도 돼. 얼른 가자."

"치, 이런 것도 몰라야 되냐??"

"너랑 같이 학교 가고 싶어서 왔어. 그거면 됐지, 뭐."

와. 정말 아침부터 이 자식은 부끄럽게 만든다.

"그건 둘째치고, 일 잘 해결될 것 같아. 그 아저씨도 뭐, 오랫동안 못 볼 것 같아. 가정폭력으로 가족을 다 죽인 거잖아. 그니깐 유진이의 죽음이 네 탓이라고만 생각하지 말고."

따뜻하게 감싸주는 성훈이가 고마웠다. 어느새 교실에 도착했다. 오늘은 몇 명 친구들이 있었다.

"오, 성훈 왔냐?"

"뭐야, 둘이 같이 왔어?"

아이들이 놀란 눈치로 쳐다보자 나는 말했다.

"그냥 오다가 만난 거야."

그러고는 조용히 내 자리에 앉았다. 여자 아이들도 몇 명 도착하기 시작하자 모두 내 자리로 모여들었다.

"유진이, 네가 죽인 거 아니라며. 가정폭력이라는 거 맞아?"

"응."

나는 이런 상황이 싫었다. 물론 내 누명이 벗어졌긴 하지만 내가 논란의 중심이 되고 싶지는 않았다. 여자아이들이 쑥덕거리더니 한두 명씩 나에게 말했다.

"미안해, 수진아."

"그런 건 줄 몰랐는데……."

"맞아, 수진이가 그럴 애가 아니었지."

나에게 수도 없이 던졌던 돌에 난 죽을 것만 같았는데, 이제 와서 그 상처에 밴드 하나, 연고 하나씩을 건네주는 것 같은 아이들이 고마우면서도 미웠다. 그래도, 지금 이렇게 아이들이 내 편에 있다는 것이 어디인가.

'이제라도 풀렸으니 됐지.'

"수진아, 이거!"

어떤 친구가 내 책상에 쪽지 하나랑 초콜릿 하나를 두고 갔다.

딩동댕동−

종이 울리고 다들 제자리에 가자 나는 편지를 펼쳐 읽었다.

수진이에게.

안녕? 나 다희야. 조용한 아이라서 기억할지 모르겠지만 내가 너에게
몇 번이나 다가가려고 친해지고 싶었는지 몰라. 난 네가 그럴 아이가
아니랄 걸 알았고 믿어왔어. 앞으로 나랑 친하게 지낼래?

다희가.

초콜릿의 달콤한 맛이 다희의 마음을 대신하는 듯이 나를 기분 좋게
만들었다. 성훈이가 나에게 말했다.

"다희? 걔 좋아 보이더라. 친하게 지내."

"야! 너 누가 몰래 훔쳐보래!"

"야, 그렇게 대놓고 읽고 있으면 안 보려 해도 보이지, 바보야."

티격태격하는 것도 참 재밌다. 그때, 선생님이 들어오셨다.

"조용−. 다들 조용히 하고, 수진아, 너는 선생님 좀 보자. 따라와."

따라오라는 말이지만, 난 그 뜻이 안 좋은 것이 아니라는 걸 알았다.
그렇게 항상 울며 뛰쳐나갔던 복도를 새로운 기분으로 걸으며 선생님
을 따라갔다. 선생님은 교무실 구석 의자에 나를 조용히 앉혔다.

"수진아, 선생님이 많이 미안하다. 선생님의 역할이라는 것이 친구들 말과 소문을 듣고 판단하면 안 되는 거였는데……. 정말 미안하구나."

선생님은 내 손을 잡았다. 따뜻하진 않았지만 나에게 용서를 구하는 마음은 깊게 느껴졌다.

"괜찮아요."

"많이 힘들었지? 어떻게 참았을까. 정말 미안하다, 수진아. 선생님과 친구들이 정말 너무 밉더라도 용서해 줄 수 있겠니?"

선생님의 눈가가 달아오르는 것을 보았다. 나도 괜히 마음이 먹먹해져 눈물이 떨어질 것만 같았다.

"아니에요. 괜찮아요. 제 누명도 풀렸고……."

"고맙다. 마음 좀 가라앉히고, 교실로 가서 애들한테 사과 받도록 하자."

선생님은 휴지 두 장을 뽑아선 한 장은 나에게 주고, 한 장으로는 선생님의 붉어진 눈시울을 톡톡 치며 눈물을 달래시곤 교실로 향했다. 교실을 여는 문소리에 모두가 나를 쳐다보았다. 다들 분위기를 느꼈는지 몇 명은 언짢고, 또 몇 명은 미안한 듯한 기색으로 날 쳐다보았다. 나는 이렇게 큰 주목을 받는 것 자체가 낯설어 고개를 숙였다. 선생님께서 교실에 흐르는 정적을 깼다.

"우리가 수진이에 대한 오해가 있었다는 것을 모두 알고 있을 거라 생각해요. 우리 모두 수진이에게 진심으로 사과합시다. 그동안 정말 큰 상처를 받았지만 수진이가 고맙게도 우리를 용서해 준다고 해요. 모두들 그동안의 잘못을 인정하고 선생님으로서의 잘못도 인정할 테니 앞으로 이런 일이 없도록 유진이를 기억합시다."

아이들의 표정은 묵직하면서도 뭐라 표현할 수 있는 단어는 없을 듯한 애매모호함이었다. 나는 눈물을 참으려 애를 썼고, 아이들은 한참 동안이나 아무 말도 하지 않았다. 나는 그 정적이 너무 아팠다. 마음의 상처는 긁히고 찢어져 피가 날 때보다 그후에 남아 지워지지 않을 쓰라린 흉터로 남은 것이 더 아픈 것 같다. 지금 내가 그렇다. 아무 말 없이 하나 같이 어두운 아이들의 표정이 내 과거를 다시 끄집어낸 듯했다. 나도 자꾸 아팠던 기억들을 재생하고 있었다. 정적을 깬 건 한 아이가 나에게 건넨 사과로부터였다. 그렇게 반 전체는 내게 미안하다하며 손을 내밀었다. 내 몸은 사과를 받고 있었지만 마음은 아닌 것 같았다. 언뜻 엄마가 내가 어릴 적 자주 해주었던 말이 뇌리를 스쳤다.

'딸아, 사람은 마음을 숨겨야 할 때가 많은 법이야.'

머리처럼 안 되는 마음에 이를 물었다. 많은 생각을 깨는 종이 울리자 아이들은 내 주변으로 모여들었다.

"어떻게 된 거야? 자세히 말해봐."

"정말 그 아버지가 유진이 어머니하고 유진이를 죽인 거야?"

"유진이 너랑은 왜 싸웠어?"

"경찰서는? 경찰들이 뭐래? 조사 받았어?"

수많은 질문에 머리가 아팠다. 그때,

"이건 유진이 잘못이 아니고, 수진이의 잘못도 아니야. 유진이의 가정에 관한 거라고 확실히 조사됐어. 애들아, 말 많이 만들지 말자. 소문이 사람 어떻게 만드는지 봤잖아. 수진이한테 더 상처주진 말자. 수진이 얼마나 아프고 힘들었는지 다들 이해하지?"

성훈이가 상황을 정리하며 말했다. 아이들은 수긍하는 듯 하나둘씩 흩어지더니 자연스레 또 각자의 이야기를 했고, 성훈이는 내 손목을 잡아끌더니 한적한 복도로 끌고 나갔다. 사람이 없는 옥상 앞 계단에 나를 앉히고는 낮은 목소리로 나직하게 말했다.

"괜찮아? 안 괜찮지?"

그러더니 내 옆에 자연스레 앉았다.

"그래, 그 일을 어떻게 쉽게 잊을 수 있겠어. 많이 힘들지?"

내 마음을 다 아는 성훈이에게 기대고 싶었다. 나도 모르게 그 순간 성훈이에 대한 마음이 이제는 걷잡을 수 없이 커져 있는 것을 느꼈다. 성훈이는 내 손에 초콜릿 하나를 쥐어주었다. 성훈이는 내가 그동안 성훈이를 두려워했건, 신세를 졌건, 미워했건, 그런 모든 나의 감정들을 포용해버리는 눈빛을 지금 나에게 전하고 있었다. 나는 성훈이를 보고 환히 웃었고, 성훈이도 나를 보며 환히 웃었다. 이런 것을 '행복하다' 라고 하는 것 같았다. 정신을 차리고 보니 몸이 으슬으슬했다. 가을이 지나 겨울이 오는 듯하다. 저물어가는 여름쯤에 만난 성훈이와 새로운 계절을 다시 맞게 된다는 사실에 상처가 치유되고 기쁨이 느껴졌다.

일주일이 지났다. 난 다희와 함께 다니고, 아직도 다희의 초콜릿 맛을 기억하며 정말 고마워하고 있다. 친구들과 사이도 다 괜찮아졌다. 아, 성훈이는 사건이 종결될 때까지 나와 함께 했다. 정말 고맙다. 사건들도 정리가 되고, 충격과 아픔도 사라지자 딱 내 나이의 여성스런 소녀의 마음이 되살아났다. 모두가 알다시피, 내가 하고 싶은 말은 이성에 관심이 생겼다는 것이다. 이성이라기보다는 최성훈이라고 말하는 게 맞지만 이곳에만 말해 둔다. 인기도 많고 가진 것도 많은 그와는 달리 난 부족한 아이지만, 내 옆에 있어 주었으면 좋을 것 같다. 이게 누군가를 좋아하는 마음인가 보다. 난 성훈이에 대해 잘 알지 못하지만, 알아가기 위해 무엇이라도 해보고 싶다. 내 마음을 따라가고 싶다. 지금과 같은 평온하고 기분 좋은 하루가 계속되고 성훈이도 곁에 있어준다면 바랄 것이 없다. 엄마에게도 있었던 일들을 모두 털어놓았고 엄마는 울며 나를 안아주었다. 요새 엄마의 밥 먹었냐는 안부 전화가 흔한 일이 되었다. 어, 문자가 왔다.

'내일 등교 같이 하자.'

성훈이다. 우리는 등교시간은 정하지 않는다. 내가 준비가 끝나고 집 밖으로 나오면 성훈이는 순간이동으로 눈앞에 나타난다. 정말 이런 말도 안 되는 상황에 익숙해진 내가 정말 웃기다. 재밌다. 알아갈 것도 많고, 풀어가야 할 것도, 해결하지 못한 것도 산더미 같지만 이런 하루 속에 살면서 해결 못할 내일 걱정, 미래 걱정 따위에 발 동동거리며 인상 쓰는 건 너무 지친다. 아무도 겪지 못할 놀라운 인연과 상황들을 겪었던 나이기에 마음의 폭이 넓어진 것 같다. 아픔도 많았지만 이겨낸 지금은 아무것도 아닌 것처럼 보인다.

너무나도 넓고 큰 세상 속 나는 너무나도 작지만, 누군가의 너무나도 넓고 큰 마음속과 머릿속엔 내가 너무나도 크고, 크게 존재할 수 있다는 사실이, 내가 알아낸 그리고 지금 나를 행복하게 만드는 이유이다. 내 존재는 아름답다. 세상은 예쁘다. 우린 행복하다.

작가 후기

내게 이렇게 책을 쓸 되는 기회를 갖게 해준 도서동아리에게 감사하다는 말로 시작을 연다. 서툰 솜씨로 주제도 몇 번이나 바꾸어가며 한두 장 끼적이던 혼자만의 이야기가 이렇게 내용이 늘어나고 말도 다듬어져 하나의 책으로 만들어진다는 것이 피부에 와닿지 않기도 하면서 뿌듯하다.

처음이기에 서툴고 또 조금 정리가 안 된 듯한 느낌도 많이 들지만 14살의 풋풋한 로망과 우리가 이상적이게 꿈꾸는 초능력에 대한 내용이 섞여 나름대로의 매력을 가지고 있는 책이 아닐까 싶다. 아직까지 직접 쓴 이야기를 누군가와 함께 공유하고 나눌 실력은 아니지만 앞으로 글을 쓰면서 한 단계 업그레이드 될 것 같다.

파란만장한 이야기인 만큼 참되고 뜻 깊은 교훈을 줄 만한 이야기는 아니지만, 여학생들의 가슴을 두근거리게 만들 수 있는 환상의 이야기가 되어주었으면 하는 바람이다. 부족하지만 재밌고 가볍게 읽을 수 있는 책이 되길 바란다.

2016년 1월
양효정